KB038176

꽃의 노래

하늘가리기 장편소설

fioret

꽃의 노래 1

초판 1쇄 인쇄 2017년 4월 12일
초판 1쇄 발행 2017년 4월 19일

지은이 하늘가리기
발행인 오영배
기획 박성인
책임편집 심지은
표지 · 본문 디자인 권지연
제작 조하늬

펴낸곳 (주)삼양출판사 · 피오렛
주소 서울시 강북구 도봉로 173
대표 전화 02-980-2112 **팩스** / 02-983-0660
출판등록 1999년 3월 11일 제9-00046호.

ISBN 979-11-283-9168-2 (04810) / 979-11-283-9167-5 (세트)

fioret 은 (주)삼양출판사의 로맨스 판타지 문학 브랜드입니다.

하늘가리기 장편소설

꽃의 노래

1

fioret

| *Contents* |

1장
자라지 않는 소녀

『……있어.』

잘 안 들려.

『……고 있어.』

뭐라고 하는 거야.

『……고 있어. 조심해!』

아델은 눈을 떴다. 눈동자를 굴리며 익숙한 침실의 내부를 훑었다.

이상한 꿈.

깨고 나면 귓가에 울리는 목소리만 기억에 남았다.

몇 번째 반복된 꿈을 꾸었다. 악몽이라고 할 것까지는 아니었지만, 끝이 항상 경고라는 사실이 마음에 걸렸다.

아델은 몇 번 몸을 뒤척이다가 침대에서 일어났다. 작은 소녀의 몸에 비해 침대는 광활하게 넓었다.

"찜찜해."

꿈을 꾸고 나면 항상 기분이 안 좋았다. 반드시 기억해 내야하는 것을 잊은 것 같아서 속이 답답했다.

그녀는 발코니 창으로 보이는 바깥을 보면서 울상을 지었다.

"아……. 안 돼."

이건 꿈보다 나쁘다. 비가 내리고 있었다.

그녀의 침실은 거대한 성의 남쪽 탑에 있었다. 탑의 뒷문으로 나가면 정원이 나온다. 탑을 통해서가 아니면 드나들 수 없는 폐쇄된 구조였다.

현재 남쪽 탑에 머무는 사람은 그녀뿐이었다. 그래서 개인 정원이나 다름없는 그녀의 놀이터가 되었다.

정원에서 차를 마시고, 나무 밑에 기대앉아서 책을 읽고, 때로는 낮잠을 잤다. 하지만 비가 오면 아무것도 할 수 없었다.

창 가까이에 테이블을 붙이고 아델은 멍하게 바깥을 바라보았다.

어제가 오늘 같은 하루가 반복되었다. 그녀의 삶은 무료했지만, 이미 익숙했다.

"아가씨. 손님이 오셨습니다."

하녀 소녀가 조용히 다가와서 알렸다.

"마담 르네젤?"

"예."

아델을 찾아오는 손님은 매우 한정되어 있었다.

*　　*　　*

"그간 평안하셨는지요, 아가씨."

마담 르네젤은 언제나 육감적인 몸매를 드러내는 옷차림을 했다. 가슴은 강조하고 허리는 바짝 조였다.

"제 가슴을 그렇게 노골적으로 보는 사람은 아가씨뿐이에요."

르네젤이 눈을 찡긋하며 웃었다. 르네젤의 깊은 가슴골에서 시선을 못 떼던 아델이 얼굴을 붉혔다.

"미안해요. 마담."

아델은 여성성이 드러나는 르네젤의 몸매가 신기하면서 부러웠다.

"괜찮아요. 얼마든지 보셔도 돼요. 그런데 제 가슴 말고 다른 눈에 띄는 것은 없으신가요?"

아델은 르네젤의 머리로 시선을 올렸다. 안 그래도 아까부터 화려한 모자가 눈에 띄었다.

모자 위에 꽂은 새하얀 깃털이 모자를 전부 덮고도 위에서 흔들거릴 만큼 컸다.

"모자가 멋지네요. 마담 르네젤은 언제 봐도 멋쟁이예요."

"매일 아침 준비하는 시간만 두 시간이랍니다."

"두 시간이나요?"

"허투루 입고 밖을 나갈 수가 없으니까요. 다들 제가 무엇을 입고 다니는지 눈을 부릅뜨고 주시하거든요."

르네젤은 동부에서 손꼽히는 의상 디자이너이자 재단사였다.

"제가 아가씨 미모의 반만 지녔어도 화장에 공들이는 시간만큼은 많이 줄었을 거예요."

르네젤은 찬사를 아부처럼 들리지 않게 하는 재주가 있었다.

아델은 웃었다. 어린 소녀에게 어울리지 않는 허탈한 웃음이었다.

"미모라니요. 그런 표현은 성숙한 숙녀들에게 쓰일 만한 말이지요."

"무슨 말씀이세요. 아가씨는 제 영원한 뮤즈랍니다."

르네젤은 고객의 기분을 위해서라면 박색도 천하를 뒤흔드는 미녀처럼 칭송할 수 있지만, 아름다운 자신의 작은 고객에게 하는 말은 언제나 진심이었다.

그녀는 들고 온 커다란 상자를 테이블에 올렸다.

"화사한 봄이니까요. 봄의 분위기에 어울리게 만들어 보았어요."

아델은 봉인된 리본을 풀고 상자를 열었다. 은은하면서도 화려하게 색감을 뽐내는 노란색 드레스가 들어 있었다. 마담 르네젤이 색감을 배합하는 능력은 최고였다.

"와아…… 예뻐요."

"입어 보실까요?"

노란 드레스는 군더더기가 없이 아델의 몸에 아주 꼭 맞았다. 소녀는 활짝 피어난 프리지어 꽃잎 같았다. 르네젤은 만족한 표정으로 아델의 주변을 돌았다.

르네젤은 항상 아델을 위한 드레스를 만들 때 아이를 위한 옷을 만들지 않았다. 이미지는 언제나 성인의 드레스이고 그것을 작은 몸에 맞추어 줄였다.

"역시 인위적인 색은 아가씨의 금발을 흉내도 내지 못하네요."

르네젤은 아델의 허리까지 늘어진 풍성한 금발을 보며 다시 감탄했다.

셀 수 없이 많은 귀부인들을 상대했으나 이렇듯 선명하고 화사하고 윤기가 흐르는 금발은 보지 못했다.

"아가씨의 금발을 생각하며 만들었어요. 잘 어울리세요. 거울로 보시지 않겠어요?"

르네젤이 침실 구석을 흘끔 보며 말했다. 두 사람이 양쪽에서 잡고 끌어야 할 만큼 거대한, 바퀴가 달린 전신 거울은 흰 천에 싸여 구석에 박혀 있었다. 사용하지 않고 방치된 모습이다.

아델은 고개를 저었다.

"마담이 보고 잘 어울린다면 됐어요. 고마워요."

소녀가 살짝 미소 짓는 모습에 르네젤은 황홀하게 넋을 놓았다.

'아깝기도 하지.'

이렇게 아름다운 아가씨가 피어나지 못하고 봉오리로 꽁꽁 감추어져 있다니. 숙녀로 자라면 얼마나 그윽한 향을 뿜어낼지 상상만 해도 아찔했다. 정말 아까웠다.

"저야말로 아가씨께 감사합니다. 아가씨께 어울리는 디자인을 상상하며 얼마나 많은 영감을 얻는지 몰라요. 물론 성주님께 가장 감사하고요."

옷값을 지불하는 실질적인 물주야말로 최고의 찬사를 받아 마땅했다. 르네젤이 한쪽 눈을 찡긋하며 덧붙이는 말을 듣고 아델은 쿡쿡 웃었다.

"그만 가 볼게요. 아가씨의 시간을 더는 방해하지 말아야지요."

"마담. 꼭 직접 오지 않아도 괜찮아요. 옷만 보내 주어도 기쁠 거예요."

"어머나. 무슨 말씀이세요. 아가씨를 뵙는 일이야말로 제게 휴식이나 다름없는걸요."

다음 달에도 꼭 오겠다는 말을 남기고 르네젤은 돌아갔다. 혼자 남은 아델은 애써 짓고 있던 미소를 지웠다. 생기발랄한 웃음이 가득해야 할 아이답지 않았다.

"벗는 거 도와줘. 소냐."

"예. 아가씨."

아델만큼이나 곁에서 시중드는 소냐의 얼굴에도 표정이 없었다. 삭막해 보이는 광경이지만, 정작 두 사람은 신경 쓰지 않았다.

벗은 드레스는 상자에 잘 넣었다. 아델은 상자를 든 소냐와 함께 드레스 룸으로 들어갔다.

원래 침실이었다가 개조한 드레스 룸은 매우 넓었다. 하지만 옷으로 꽉 차 있었다. 자리가 부족해서 요즘은 상자에 담은 채 쌓아 두었다.

옷에 관심이 있는 여자라면 누구나 탄성을 지를 만한 방이었다. 동시에 아쉬운 한숨을 내쉴 것이다. 드레스는 전부 어린 소녀의 체형에 맞춘 것이라 크기가 작았다.

정작 드레스 룸의 주인은 시큰둥했다. 소녀는 매일 갈아입어도 일 년 내내 다른 옷을 입을 수 있는 엄청난 양의 드레스를 보면서도 감흥이 없었다.

아무리 예쁘고 화려해 봤자 쓸모가 없다. 입고 나가서 뽐낼 곳이 없었다. 오히려 지나치게 값비싸고 화려해서 일상복으로 입을 수 없으므로 드레스 룸에 방치되었다.

'이건 낭비야.'

아델은 언제부턴가 르네젤이 드레스를 가져올 때마다 같은 생각을 했다. 하지만 거절할 수 없었다. 예쁜 옷을 선물하는 할머니의 마음을 알기 때문이었다.

*　　*　　*

스텔라는 각각 다른 스타일과 색상의 드레스를 들고 서 있는 하녀들을 노려보며 입술을 잘근잘근 깨물었다.

"다른 거!"

하녀가 우물쭈물했다.

"마지막입니다. 아가씨."

"뭐야? 이게 끝이라고?"

기어코 가지고 있는 옷을 전부 꺼내 봤다. 퇴짜를 놓은 드레스가 테이블 위에 쌓여서 산을 이루고 있었다. 몇 시간 내내 묵직한 드레스를 들고 왔다 갔다 하느라 하녀들은 진이 다 빠졌다.

"말도 안 돼. 오늘 입고 갈 옷이 없잖아!"

스텔라는 찻잔을 들어 입으로 가져갔으나 잔이 비어 있었다.

"차 가져와! 대체 뭐하는 거야? 이런 것도 제대로 못 해?"

며칠 전에 봤던 광경은 지금까지 그녀의 화를 부채질했다. 성으로 들어오는 길에 나가는 마차(魔車)를 보았는데 틀림없는 마

14 꽃의 노래

담 르네젤의 마차였다. 르네젤은 매우 값비싼 디자이너였다. 스텔라는 특별한 때만 겨우 한두 벌 의뢰할 수 있었다.

콧대 높은 르네젤이 직접, 그리고 자주 방문하는 이유가 아델 때문이라는 것은 알고 있었다. 그런데 알고 있던 것과 사실을 확인하는 건 기분이 달랐다.

분하고 배는 아프고 마음에 드는 옷은 없다. 스텔라는 짜증이 폭발했다.

하녀가 허둥지둥 찻잔을 채웠다. 다시 마시려고 입술에 대자 마자 스텔라는 미간을 찌푸렸다. 그대로 찻잔의 내용물을 앞에 있는 하녀의 얼굴에 끼얹었다.

"꺄악!"

하녀가 비명을 지르며 비틀거리다가 넘어졌다. 다른 하녀가 얼른 다가가 부축하는 모습을 보면서 스텔라는 싸늘하게 빈정 거렸다.

"다 식었잖아. 정말이지. 집사는 뭐 이런 애들을 나한테 붙여 났어? 마틸다 집사 불러와!"

"목소리가 방을 넘는구나. 교양 없게."

거만한 표정의 귀부인이 허리를 꼿꼿이 세우고 안으로 들어 왔다.

뾰족한 턱과 마른 볼살로 가뜩이나 성마른 인상인데 쌀쌀맞 은 표정까지 더해져서 강퍅해 보였다.

스텔라는 벌떡 일어나서 쪼르르 달려가 귀부인의 팔짱을 끼었다. 귀부인은 바닥에 넘어진 하녀에게 시선도 주지 않았다.

"어머니. 저 드레스 한 벌만요. 요즘 유행에 맞출 만한 옷이 하나도 없어요. 이대로는 파티에 나갔다가 창피만 당할 거라고요."

나탈리는 매달려서 콧소리를 내는 딸을 보며 혀를 차면서도 눈은 웃었다.

"네 아버지께 사 달라고 해."

"아버지는 요즘 뵙지도 못하는걸요."

"네 스무 살 생일 파티에 입을 드레스는 주문해 두었잖니. 그게 얼마짜리인 줄 알아?"

"하지만 그건 몇 달 뒤라고요. 당장 오늘 입고 갈 옷이 없어요."

"내가 골라 주마. 오늘 저녁에 입을 옷을 만들어 낼 수는 없잖아. 거기 있는 옷들, 하나씩 들어 봐라."

나탈리는 하녀들에게 손짓했다. 찻물을 뒤집어쓴 하녀는 다른 하녀의 부축을 받아서 이미 방을 나갔다. 움직이는 하녀들의 안색은 딱딱하게 굳어 표정이 없었다.

하녀들은 몇 시간 동안 했던 노동을 다시 시작했다. 드레스의 형태가 잘 살아나도록 높게, 구겨지지 않게 들고 있기를 반복하자 팔이 빠질 듯이 아프고 저절로 부들부들 떨린다. 하녀들의 이마에 식은땀이 맺혔다.

"저게 제일 낫다."

나탈리가 드레스를 골랐다. 아까 스텔라가 마지막으로 타박한 드레스였다.

"옷만 입고 가라고요? 저기에 어울리는 장신구가 없어요."

스텔라가 부루퉁하게 입을 내밀었다.

"진주 목걸이로 해."

"진주에 흠집이 갔어요."

"붉은 루비가 박힌 티아라는?"

"그게 언제 적 건데 지금 해요? 제 열다섯 살의 생일에 받았다고요."

딸의 칭얼거림이 길어지니 나탈리도 슬슬 언짢아졌다.

"그럼 머리에 꽃이라도 꽂든가. 생화로 장식하면 괜찮아 보이겠지. 요즘 한창 꽃 피는 철이니까 많이들 할 거야."

"꽃으로 감당되는 얼굴이 아니니 문제죠."

키득거리는 웃음소리와 함께 빈정거리는 목소리가 들렸다. 열린 문가에 기댄 청년을 보고 스텔라의 눈꼬리가 사납게 올라갔다.

"왜 또 시비야?"

그는 스텔라의 쌍둥이 오라버니, 체이스였다.

닮지 않은 오누이였다. 어머니를 닮아서 이목구비가 옹기종기한 스텔라와 다르게 체이스는 부친을 닮아 얼굴이 둥글고 매부리코 때문인지 억세 보였다.

"너는 매번 방을 뒤엎냐."

여기저기 쌓이고 널린 드레스와 굴러다니는 구두로 잔뜩 어질러진 방을 보면서 체이스는 미간을 찡그렸다.

"남이사."

스텔라가 날카롭게 받아쳤다. 오누이의 사이는 감정의 골이 깊었다. 밖에서 마주치면 서로 소 닭 보듯 하고 말만 섞으면 싸움이 되었다.

체이스는 따박따박 대들고 한마디도 지지 않으려 달려드는 스텔라가 못마땅하고, 스텔라는 듬직한 오라버니 노릇은커녕 기회만 생기면 낄낄대고 놀리는 체이스가 미워 죽을 지경이었다.

"그냥 아무거나 입고 나가지? 꾸민다고 네가 갑자기 사교계의 여왕님이라도 될 줄 알아? 분홍 돼지야."

스텔라의 얼굴이 시뻘겋게 달아올랐다. 스텔라는 어릴 적에 꽤 살이 올라 있었다. 통통한 정도를 넘어서 뚱뚱한 편이었다.

열 살 때였다. 아버지에게 졸라서 사 온 분홍색 드레스는 한눈에 봐도 스텔라가 입기에 작았으나 고집을 부려서 억지로 입었다.

뿌듯하게 거울 앞에 섰으나 어울리지도 않을뿐더러 살이 울룩불룩한 모습은 끔찍했다. 부욱, 소리와 함께 허리가 터지는 순간, 체이스가 바닥에 엎어져 웃기 시작했다.

그 생각만 하면 스텔라는 아직도 잠자리에 누웠다가 발을 굴렀다. 더구나 체이스는 그 후 분홍 돼지라는 별명을 붙여서 말끝마다 놀렸다.

"너 죽을래?!"

"뭐? 이게 얻다 대고 너야. 오라버니라고 부르는 법이 없지."

"오라버니다워야 오라버니라고 부르지."

"그만하지 못해!"

나탈리가 신경질적으로 목소리를 높였다. 남매가 씩씩대며 서로를 노려보았으나 입은 다물었다.

"도대체 너희는 보기만 하면 서로 못 잡아먹어 안달이니."

나탈리는 손끝으로 관자놀이를 누르면서 귀부인다운 교양을 잃지 않으려고 호흡을 가다듬었다. 하지만 표정 가득한 히스테릭한 감정까지 지우지는 못했다.

"내가 아랫사람들 보는 앞에서는 천것들처럼 싸우지 말라고 했지. 어째 나이가 들어도 철이 들지를 않아!"

조곤조곤 말을 하려고 했으나 말끝에는 거의 소리를 질렀다. 남매는 슬그머니 시선을 피했다. 어머니의 신경질이 섞인 잔소리는 감당하기 어려웠다.

"아버지는 대체 어디 가신 거예요."

스텔라가 작은 소리로 구시렁거렸다. 예민한 어머니보다는 아버지 쪽이 공략하기 좋았다.

"난들 아니. 집을 보고 다니는지도 모르지."

"무슨 집이요?"

"무슨 집이긴. 우리가 살 집이겠지."

"우리는 여기 살잖아요."

"별장을 구매하시려고요?"

해맑게 묻는 남매를 보며 나탈리는 혈압이 솟구쳤다.

"내가 너희에게 분명히 말했다. 너희의 성년 생일이 지나면 우린 성에서 나가야 한다고."

남매는 생각이 났는지 표정이 굳어서 말이 없었다. 수년 전에 그런 말을 부모님께 들었다. 그런데 그때는 당장 닥칠 일도 아니고 실감이 나지 않아서 까맣게 잊었다. 아득히 멀다고 생각한 스무 살의 생일이 불과 몇 개월 뒤로 다가오고 있었다.

"정말 레바스 성에서 나가야 해요?"

스텔라의 안색이 창백해졌다. 그녀가 사교계에서 의기양양하게 콧대를 세울 수 있는 가장 큰 이유가 사라지게 생겼다. 그녀 인생에서 최대의 위기였다.

"아버지께서는 뭐라고 하세요?"

체이스도 심각했다. 그가 어울리는 동기들은 모두 동부의 이름 있는 가문의 자제들이었다. '레바스 성에서 살고 있는 도련님'은 그가 가진 강력하고 유일한 타이틀이었다.

"몰라. 알아서 하겠지."

나탈리도 심경이 복잡했다. 성에서 나가게 되면 망신도 이런 망신이 없다. 말 많은 귀부인들이 우아한 척 부채를 흔들면서 '이사하셨다지요?' 하고 질문을 던질 것이다. 얼마나 좋은 대저택이기에 성에서 나와 사느냐고 물으며 속을 뒤집겠지.

"나가야 하면 그 계집애가 나가야지 왜 우리가 나가요?"

스텔라는 분통을 터뜨렸다. 며칠 내내 아델을 떠올리며 이를 갈고 있던 터라 즉시 비난의 대상이 되었다.

"백모님은 정말 너무하세요. 우리는 백모님의 친척이잖아요."

남매의 아버지는 레바스 성주의 시동생이었다. 성주의 인척이긴 하지만, 혈연으로 이어지지는 않았다.

멀론의 가족이 레바스 성에서 지금껏 살 수 있었던 것은 성주의 배려 덕분이었다. 더구나 그들은 모두 성의 동쪽 탑에서 지냈다. 동쪽 탑은 원래 성주의 직계 가족만 머물 수 있는 곳이었다.

성주는 시동생에게 많은 것을 해 주었다. 어린 시동생을 데려다가 성의 동쪽 탑에 침실을 내주고 가족처럼 대했다. 부족함 없이 뒷바라지해 주고 결혼도 시켜 주었다. 태어난 남매가 성년이 될 때까지는 성에서 살아도 좋다고 긴 시간의 유예를 허락했다.

멀론 부부는 당시에는 성주의 결정에 감사했다. 그러나 시간이 지나며 마음이 바뀌었다. 그들이 받은 배려를 당연한 권리로 생각하기 시작했다.

나탈리는 딸의 투정에 마땅히 따끔하게 야단쳐야 했다. 하지만 떨떠름하게 아무 말도 하지 않았다.

'그러게 말이야. 노인네가 망령이 든 거지. 근본 없는 애를 데

려다가 애지중지하고 있으니.'

당연히 부모의 생각에 자식들도 물들었다. 남매는 자신들이
부당하게 쫓겨날 처지에 이르렀다고 인식했다.

"백모님은 항상 저희를 무섭게 처다보신다고요. 걔는 그렇게
싸고도시면서."

"따지고 들면 네 탓이잖아."

체이스가 누이동생을 타박했다.

"내가 뭘?"

스텔라의 눈초리가 사납게 올라갔다.

"네가 심보를 곱게 썼으면 이렇게 됐겠어?"

"그래, 너 잘났다. 그럼 너라도 백모님 다리를 붙들고 매달려
보지그래?"

스텔라는 쏘아붙이다가 체이스를 아래위로 훑어보면서 비웃
었다.

"하긴, 네 주제에. 백모님 앞에선 말도 제대로 못 하면서."

이죽거리던 체이스의 얼굴이 벌겋게 달아올랐다.

"아우, 이걸 확!"

"그만하라고 했지!"

날카롭게 찢어지는 나탈리의 외침이 터졌다.

그녀가 그토록 추구하려는 교양 있는 귀부인의 모습은 온데
간데없었다.

*   *   *

　어슬렁거리며 복도를 거니는 체이스의 안색이 어두웠다.

　'성을 나가야 한다고?'

　불과 몇 개월 뒤에 다가올 현실이었다. 대책이 필요했다.

　'백모님은 절대 흐지부지 넘어갈 성품이 아니야.'

　성년의 생일이 지나면 분명 며칠 지나지 않아서 성에서 나가라고 할 것이다. 더구나 그들 가족은 이미 미운털이 박혔다.

　'아버지는 기대가 안 돼.'

　백모님의 앞에서 아버지는 설설 기었다. 비굴한 웃음을 지으며 굽실거리는 아버지는 백모님의 말씀에 절대로 '아니오'라는 말을 하지 못했다.

　체이스는 자신이 누리고 있는 모든 것들이 아버지가 그런 비굴한 웃음으로 얻어 낸 것이라는 사실은 망각했다. 그저 아버지의 비겁함을 창피하다고 생각했다.

　'내가 백모님을 뵙고……'

　잠시 솟아난 용기는 백모님의 엄한 표정을 떠올리자 다시 밑으로 푹 꺼졌다. 아버지를 욕하는 그도 정작 다를 것이 없었다. 백모님의 앞에 서면 다리가 후들거렸다. 제대로 시선을 맞추지도 못했다.

　성주의 집무실 근처에서 빙빙 돌다가 결국 돌아섰다. 터벅터벅 계단을 내려가던 체이스는 우뚝 멈추었다. 계단 아래에서 위로 올라오는 사람을 보고 입을 벌리고 눈을 부릅떴다.

계단을 오르다가 아델은 멈칫했다. 그녀의 고운 미간에 살짝 주름이 잡혔다. 불편한 내색을 감추고 묵례로 인사 후에 지나쳤다.

아델이 남쪽 탑 밖으로 나갈 때는 오직 중앙탑으로 건너갈 때뿐이었다.

'체이스가 여기는 어쩐 일이지.'

매우 오랜만에 보았지만, 한눈에 알아볼 수 있었다. 어릴 때 모습이 많이 남아 있었다.

멀론을 제외한 셋은 절대 성주의 집무실이 위치한 중앙탑 근처에는 얼씬하지 않았다. 그래서 동쪽 탑에서 지내는 멀론 가족과 마주칠 일은 거의 없었다.

체이스는 아델이 곁을 지나갈 때 뻣뻣하게 굳어 있었다. 천천히 몸을 돌려서 홀린 눈으로 사뿐사뿐 걸어가는 아델의 뒷모습을 바라보았다. 멍하게 바라보던 체이스는 다시 계단을 올라갔다.

멀리서 아델과 그 뒤를 따라가는 체이스의 모습을 목격한 하녀가 잠시 생각하다가 얼른 어디론가 달려갔다.

하녀가 달려간 곳은 집사 마틸다의 업무실이었다. 성의 살림을 관장하는 집사가 둘이 있는데 마틸다는 하녀들을 관리하는 여집사였다.

"집사님. 드릴 말씀이 있습니다."

하녀가 마틸다의 귓가에 속삭였다. 마틸다의 눈빛이 미묘하게 번뜩였다. 그녀는 말솜씨가 좋고 표정 연기에 능한 하녀를 불렀다.

"넌 성주님께 가서 아가씨께서 곤경에 처하셨다고 고해라."

"예. 집사님."

스텔라의 방에서 하녀가 봉변을 당한 일은 아주 빠르게 하녀들 사이에 퍼졌다.

무릇 고용인의 처지란 그랬다. 더럽고 치사해도 참아야 한다. 그렇다고 화를 낼 줄 모르는 것은 아니다. 이 일은 곧바로 마틸다 집사의 귀에도 들어갔다.

마틸다 집사는 오랜 세월 성주를 보좌했다. 성의 살림을 보살피며 하녀들을 관리했다. 마음대로 부리는 고용인과 격이 달랐다. 성주도 마틸다를 존중하는데 멀론의 가족은 아랫사람 부리듯 마틸다를 대했다. 멀론 가족에게 내심 벼르고 있던 참이었다.

마틸다의 입꼬리가 슬쩍 올라갔다가 내려왔다. 그녀는 들여올 식재료를 점검하던 일에 다시 집중했다.

고용인의 위치는 매우 낮았다. 하지만 흔히 생각하는 이상으로 그들이 할 수 있는 일은 많았다.

*　　*　　*

"야."

복도를 따라 걷다가 아델은 걸음을 멈추고 뒤를 돌았다. 체이스가 따라왔는지 몇 걸음 뒤에 다가와 있었다. 무례하게 불러 세워 놓고 체이스는 우물쭈물했다.

"오랜만이다."

"무슨 일이야?"

"……넌 변한 게 없네."

체이스는 아델을 처음 본 날 천사를 봤다고 생각했다. 여자아이는 모두 얄미운 여동생 같은 줄 알았던 그에게 금발의 소녀는 충격이었다.

"내가 변한 것이 없다는 것을 확인하고 싶었니?"

체이스는 아델의 싸늘한 반응에 당황했다.

"왜 그러냐? 오랜만에 봐서 반가워서 그러는데."

"우리가 언제부터 반갑게 인사를 나누는 사이였어?"

체이스는 무안한 표정으로 뒷머리를 긁적였다.

'뭐야. 아직까지 옛날 일로 그러는 거야?'

대부분 사내아이가 그렇듯 체이스는 어릴 때 악동이었다. 걸 핏하면 쌍둥이 누이의 머리를 잡아당겨 울리기를 즐기고 아델에게 짓궂은 장난을 쳤다.

잘했다는 건 아니다. 하지만 그렇게 잘못한 것도 모르겠다. 평소에 누이동생을 약 올릴 때 악의를 품고 그러는 게 아닌 것처럼 아델에게도 무슨 나쁜 마음으로 그런 것은 아니었다. 오히려 반대였다. 그때는 아델의 관심을 얻고 싶었다. 그저 어릴 때의 장난일 뿐이었다.

'계집애가 좀 못되게 굴기는 했지.'

체이스는 절대 자신은 잘못했다고 생각하지 않지만, 스텔라는 좀 문제가 있다고 생각했다. 스텔라가 아델과 그럭저럭 어울려 놀던 시기는 아주 짧았다.

처음에는 작은 심술이었다. 아델이 백모님께 이르지 않는다는 사실을 알게 되자 스텔라는 더 악질적으로 아델을 괴롭혔다. 그리고 체이스는 방관했다.

아델의 입장에서는 스텔라나 체이스나 다를 것이 없었다. 둘 다 꼴도 보기 싫었다.

체이스는 아델의 눈동자에 희미하게 감도는 경멸을 보면서 속이 뒤틀렸다.

"그게 언제 적 일인데 아직 꽁해 있냐?"

아델은 헛웃음을 흘렸다. 지나간 추억이라도 되는 것처럼 말하는 태도가 어이없었다.

"날 불러 세운 용건이 그거니? 내 속이 좁다고 비아냥대고 싶어서?"

체이스는 속으로 구시렁거렸다. 아무튼 따지고 드는 여자는 피곤했다. 하지만 당장은 목적이 있으니 아델을 구슬릴 필요가 있었다.

"예전 일은…… 미안하게 됐다."

아델은 눈을 가늘게 좁혔다. 체이스의 사과에는 진심이 느껴지지 않았다. 인제 와서 딱히 사과를 받고 싶은 생각도 없었다.

과거의 일은 그녀에게 큰 슬픔을 주었지만, 체이스의 말대로 지난 일이었다. 시간은 천천히 상처를 치유했다. 그때의 일로 아직도 아파서 끙끙거리지 않았다.

"알았어."

더는 말을 섞고 싶지 않았다. 돌아서려는데 다시 체이스가 불렀다.

"저기!"

체이스는 잠시 주저하다가 말했다.

"지금 백모님…… 뵈러 가는 거지?"

"맞아."

"얘기 좀 전해 줄 수 있을까? 우리 부모님이 오래전에 백모님하고 약속한 것이 있어서 곧 우리 식구가 다 성에서 나가게 될지도 모르거든."

"그런데?"

"백모님께서 네 말이라면 들으실 테니까. 네가 말을 잘해 줬으면 해서."

아델은 체이스를 물끄러미 바라보다가 웃었다. 기가 막혀서 그냥 웃음이 나왔다. 조금 전의 사과는 목적을 위한 수단일 뿐이었다.

얼마나 자신을 우습게 보았으면 이런 뻔한 수작일까. 상대할 가치도 없었다. 아델은 말없이 몸을 돌렸다.

"야!"

뒤에서 부르는 소리가 들렸으나 무시했다. 갑자기 강한 힘이 그녀의 팔을 잡아서 몸을 확 돌렸다. 억센 손아귀에 잡힌 팔이 아팠다.

아델은 인상을 쓰며 체이스를 노려보았다. 어려서는 그나마 철없는 악동의 귀여움이라도 있었지, 오랜만에 본 체이스의 인상은 훨씬 보기 싫게 변해 있었다.

"말하는데 무시하냐?"

"내가 왜?"

"뭐?"

"내가 왜 너희가 성을 나가지 않도록 도와야 하는데?"

아델은 팔을 빼려 했으나 어린아이의 힘으로 장성한 남자를 뿌리칠 수 없었다. 그녀는 힘없는 어린아이에 불과했다. 자신의 처지를 새삼 인식하니 울컥 화가 치밀었다.

"이제 더는 너희를 안 봐도 되는데 그 좋은 일을 내가 왜? 할머니께 여쭈어 보기는 할게. 혹시 그 약속을 잊으셨으면 큰일이니까."

"이게 진짜!"

"당장 그 손 놓지 못해!"

쩌렁쩌렁한 고함이 복도에 울렸다. 체이스는 화들짝 놀라며 움켜쥐고 있던 아델의 팔을 놓았다.

그에게는 백모님이 되는, 레바스 대가문의 가주이자 성의 주인인 시마가 무시무시한 눈으로 노려보고 있었다. 체이스는 바로 시선을 떨구고 어깨를 움츠리며 뒤로 주춤 물러났다.

"천하의 망종 같으니."

시마가 그들을 향해 성큼성큼 다가왔다. 체이스를 바라보는 눈에 노여움이 가득했다.

"분명 내가 아델의 근처에 얼씬도 하지 말라고 했을 텐데. 내 말이 우습게 들리더냐? 아직 못된 버릇을 고치지 못했어? 또 아델을 괴롭히는 게야?"

"괴롭힌 게 아…… 아닙니다."

체이스는 고개를 숙인 채 웅얼거렸다. 그는 떨군 시선을 불안하게 이리저리 굴리며 맞잡은 두 손을 꼼지락거렸다.

"내가 보았는데 어디서 발뺌이냐. 나이를 허투루 먹었어. 변하지를 않아!"

시마의 목소리에 담긴 기세가 얼마나 강한지 체이스는 옴짝달싹하지 못했다. 크지 않은 키에 가냘픈 체형이지만, 누구도 성주를 연약한 여인이라고 생각하지 않았다. 수십 년을 동부의 대가문 주인으로서 군림한 위엄은 저절로 주변을 압도했다.

"저는 괜찮아요. 할머니."

아델은 시마를 만류했다. 체이스의 편을 들려는 것이 아니라 노여움이 시마의 건강을 해칠까 봐 염려되었기 때문이었다.

"저놈이 네게 무슨 짓을 한 거니."

"그저 말을 나누는 중이었어요. 약간의 언쟁이 있었고요."

상황을 조금만 과장되게 말해도 체이스가 큰 벌을 받을 것이다. 하지만 굳이 그렇게까지는 하고 싶지 않았다.

"대화를 나누는 방법조차 제대로 배우지 못했어."

시마는 체이스를 향해 혀를 찼다. 고개도 들지 못하는 체이스가 한심했다. 언제나 체이스는 그녀의 앞에 서면 겁을 잔뜩 집어먹은 어린 짐승처럼 굴었다.

"꼴도 보기 싫다. 썩 물러가라."

뒷걸음질을 치다가 서둘러 도망가는 체이스의 뒷모습을 보면서 성주의 뒤편에 서 있던 하녀 중 하나는 고개를 숙이며 웃음을 감추었다.

하녀가 과장된 고자질을 했을 때만 해도 체이스는 아델과 그저 대화를 나누는 중이었다. 그런데 실제로 시마가 목격한 광경은 하녀의 말이 진실이 된 상황이었다.

고용인들이 파놓은 얕은 함정에 알아서 푹 빠져 주었다. 한동안 이 일은 고용인들 사이에 떠돌며 그들의 속을 후련하게 해 줄 것이다.

시마는 몸을 낮추어 앉아서 아델을 향해 두 팔을 벌렸다. 아델은 할머니의 목을 끌어안았다. 품에 폭 안긴 아이를 시마는 토닥토닥 두드렸다.

"많이 놀랐겠구나."

"괜찮아요. 할머니."

"혹시 전에 종종 이런 일이 있었던 건 아니지?"

"아니에요."

"그래. 예전처럼 속으로 삭이지 말고 아픈 일을 겪으면 꼭 말해야 한다. 알았지?"

"네. 할머니."

"온다고 말을 하지 그랬어."

"방해하고 싶지 않아서요. 바쁘시면 그냥 돌아가려고 했어요."

"방해는 무슨. 우리 아델과 함께할 시간은 언제나 있단다."

시마는 손끝으로 아델의 뽀얀 볼을 톡톡 두드렸다. 아이의 작은 손을 잡고 집무실로 걸었다. 걸어가며 도란도란 나누는 대화가 복도에 울렸다.

*   *   *

늦은 오후에 아델에게 손님이 찾아왔다.

검은 머리의 청년은 싱긋 웃으며 인사를 건넸다.

"오랜만입니다. 아가씨."

"캘빈."

오랜만에 보는 친구를 향해 아델은 진심에서 우러나오는 환한 웃음을 지었다. 그녀의 소중한 친구는 언제나 환영이었다. 근 두 달 만에 보는 것이라 더욱 반가웠다.

소녀가 자리를 비켜 주어 둘만 남자 캘빈은 편하게 소파에 기대앉았다.

"언제 입성했어?"

"오늘 아침 일찍."

"통과한 거지?"

캘빈은 말없이 씨익 웃었다.

"축하해! 이제 몇 번 남았어?"

"두 번만 더 하면 끝이야."

둘만 있는 자리가 되자 캘빈은 말을 편하게 했다. 두 사람은 어릴 때부터 어울린 격 없는 친구 사이였다. 다만, 캘빈이 기사단으로 들어가면서 두 사람의 사이에 작은 변화가 있었다. 캘빈이 다른 사람이 있는 자리에서는 깍듯하게 예의를 차리기 시작했다.

"와아. 캘빈 코우가 코우 경이 될 날이 얼마 남지 않았네. 미리 축하해."

오래전 그녀보다 키가 작았던 소년은 이제 두 번의 훈련만 수료하면 정식 기사가 된다. 세월은 아델을 제외한 모든 사람에게 변화를 가져다주었다. 아이가 어른이 될 만큼.

"뭘 미리 축하해. 말로만 얼렁뚱땅 넘어갈 생각 마."

"무슨 선물을 원해서 그래? 난 그럴 능력 없어."

"능력 없기는! 네 말 한마디면 성주님께서 모두 해 주실 텐데. 네가 날 친구로 생각하면 내 얘기를 잘 말씀드려 줘."

"진심이야?"

캘빈은 동부의 명문으로 손꼽히는 기사 가문 출신이었다. 그의 아버지는 전설이나 다름없고 하나뿐인 형도 뛰어난 기사로 유명했다. 그래서 캘빈은 자신의 실력이 가문과 가족의 이름 아래에 눌린다고 씁쓸해했다. 그러면서도 오직 실력만으로 자신을 증명하겠다는 건강한 사고방식을 지녔다.

아델은 친구의 올바른 사상을 존경했다. 그래서 대놓고 뒷배를 이야기하는 친구의 변화가 충격이었다.

굳어진 아델을 보면서 캘빈은 한숨을 쉬었다.

"농담이야, 농담."

아델이 심각하게 받아들이자 오히려 캘빈이 겸연쩍었다. 동기들과 거친 훈련을 하다 보면 일상 대화가 욕설이 되고 어지간한 농담은 우스갯소리로 쳐주지도 않았다. 그저 몸에 밴 습관대로 무심코 말했다가 캘빈은 아델의 순진무구함을 새삼 깨달았다.

"이건 '헛소리하네.'라고 면박 주면서 웃어넘기라고 하는 말이라고."

아델은 '흥' 하고 코웃음 치며 캘빈에게 눈을 흘겼다. 캘빈과 대화하다가 간극을 느끼는 일이 점점 늘어났다. 내색하지 않으나 서글펐다. 그리고 언젠가 곁에 남은 유일한 친구를 잃게 될까 봐 겁났다.

"아, 정말 이번 훈련은 죽는 줄 알았어."

그는 가혹한 훈련의 경험담을 몇 배쯤 과장해서 거창하게 늘어놓기 시작했다. 동기들이 들었다면 야유를 퍼부었을 것이다.

"진짜? 너무했다."

아델은 캘빈의 말을 그대로 믿었다. 아델이 순진하게 호응하자 캘빈은 더 흥이 났다.

"그래서 그 녀석이……."

문이 열리고 하녀가 들어오는 모습을 보면서 캘빈은 입을 다물었다. 소녀가 다가와서 아델에게 고했다.

"아가씨. 스텔라…… 아가씨께서 오셨습니다."

미간을 찡그린 아델이 잠시 아무 말이 없다가 말했다.

"지금 손님이 계시니 기다리라고 해."

"예. 아가씨."

하녀가 나가고 나서 캘빈이 따져 물었다.

"스텔라가 여기를 왜 와?"

"……."

"그 남매는 남쪽 탑에 출입이 금지된 거 아니었어? 설마 성주님께서 그 명을 철회하시지는 않았을 텐데."

남매가 아델을 괴롭힌 사실을 알게 되었을 때 시마의 노여움은 엄청났다. 나중에 슬쩍 마틸다 집사가 아델에게 말하기를, 성주님을 오래 모셨지만 그런 모습은 처음 뵙는다고 했다.

아델은 모르는 사실이지만 당시에 시마는 멀론의 가족을 성에서 쫓아내려고 했다. 멀론 부부가 아이 둘과 엎드려서 싹싹

빌었다. 아직 철없는 아이들이니 한 번만 용서해 달라는 애원을 차마 뿌리치지 못했다.

대신 남매에게 아델의 침실이 위치한 남쪽 탑 자체의 출입 금지를 명했다.

어려서 어울려 놀던 무리에는 캘빈도 끼어 있었다. 하지만 며칠마다 와서 몇 시간 정도만 놀다 돌아가는 캘빈은 아델이 남매에게 괴롭힘 당하는 사실을 알아차리지 못했다. 나중에 알고 나서 캘빈은 남매와 친구 관계를 끊었다. 그 일 이후로 전혀 그들과 아는 척도 하지 않는다고 아델에게 말했다.

"성주님께서는 모르시지? 너 설마 지금도……."

"스텔라뿐이야. 체이스는 온 적 없어. 그리고 난 이제 그때의 어린아이가 아니야. 아무에게도 말하지 않으면서 꾹꾹 참지 않아."

캘빈은 유심히 아델을 살폈다. 덤덤한 아델의 표정에 괴로움은 보이지 않았다. 굳은 캘빈의 미간이 슬며시 풀어졌다.

"그럼 무슨 일이야? 설마 스텔라가 사과하러 와서 지금 다시 사이좋게 지낸다는 건 아니겠지?"

아델은 어깨를 으쓱했다.

"그럴 수도 있잖아."

"그럴 리가 없지. 내가 쟤네를 몰라?"

"어떻게 알아?"

"넌 모르겠지만……."

캘빈은 잠시 말을 멈추었다가 슬쩍 아델의 눈치를 살폈다.

"밖에서 자주 봐. 모임이나 파티 같은 곳에서."

"아……."

아델은 고개를 끄덕였다. 캘빈이 혹시 그들과 다시 잘 지내기로 한 걸까, 아주 잠깐 의혹을 가졌던 자신이 바보 같았다. 작은 세상에 자신을 가두고 사는 사람은 그녀뿐이었다. 모두 넓은 바깥에서 활발한 교류를 하며 살아간다.

"체이스와 스텔라 둘 다 평판이 안 좋아."

"왜?"

"사람은 끼리끼리 어울리게 되어 있어. 둘 다 몰려다니는 무리의 질이 낮아."

캘빈은 거기까지만 말하고 세세한 내용을 미주알고주알 떠들지 않았다. 사실을 말할 뿐이라고 해도 누군가를 험담하는 일은 내키지 않았다. 아델도 캘빈의 성격을 알기에 더는 캐묻지 않았다.

"아무튼, 스텔라는 왜 온 건데?"

"내 장신구를 빌리러 온 거야."

스텔라가 아델을 찾아오기 시작한 지는 1년 정도 되었다.

시마는 아델을 위해서 값비싼 드레스를 사 주는 것은 물론이고 어울리는 장신구도 마련해 주었다. 그걸 스텔라가 어떻게 알게 되었는지 아델을 찾아왔다.

남쪽 탑의 출입구는 모두 기사가 지키고 있다. 스텔라는 안까지 들어오지 못하고 기사가 말을 전하러 왔다. 기사는 성주의 인척인 스텔라를 그냥 쫓아 보낼 수 없었을 것이다.

찾아온 이유가 궁금해서 만났다. 진심으로 사과하러 왔을지도 모른다고 기대했다. 물론 기대와는 전혀 다른 용건이었지만.

맡겨 놓은 것을 찾듯이 목걸이를 빌려 달라는 스텔라의 뻔뻔함이 신기했다. 아델의 거절은 전혀 생각하지 않는 눈치였다.

할머니께 들키면 크게 혼이 날 것을 무서워하면서도 찾아온 스텔라의 용기가 가상해서 빌려주었다. 그 후로는 가끔 찾아왔다.

'어쨌든 제 오라버니보다는 용감하지.'

아까 봤던 체이스의 모습이 얼핏 떠올랐다. 할머니 앞에서 꼼짝도 하지 못하는 모습은 어릴 때와 달라진 것이 없었다. 솔직히 우스워 보였다.

"그걸 왜 빌려줘?"

"불쌍하잖아."

"스텔라가?"

"아니. 그 아름다운 보석들이 보석함 속에서만 잠자고 있는 것이."

"……빌려 갔다가 되돌려 주기는 해?"

"당연하지. 아니었으면 진즉 할머니께 말씀드렸을 거야."

"참 뻔뻔해. 그걸 빌리러 올 생각을 어떻게 하지? 처음에 왔을 때 사과는 제대로 했어?"

아델이 피식 웃었다.

"했을까?"

캘빈이 미간을 구겼다.

"그럴 리가 없지. 걔한테 착하게 해 줘도 소용없어. 넌 마음이
약해서 문제야."

아델은 말없이 웃었다.

'내가 그렇게 착하지는 않아.'

스텔라에게 빌려주면서 아델은 우월감을 느꼈다.

할머니는 나를 위해 이런 것도 해 주셔. 너는 절대 갖지 못할
거야.

빌린 보석을 돌려주러 올 때마다 스텔라는 샘이 나서 어쩔 줄
모르는 표정을 감추지 못했다. 그 꼴을 구경하는 일이 즐거웠
다.

아델은 자신의 마음속에 자리 잡은 유치한 심술을 인정했다.
다 그들에게서 배운 것들이었다.

그녀의 순수한 어린 마음은 그 남매가 빼앗아 가 버렸다. 씁
쓸한 교훈도 얻었다. 그들로 인해서 아델은 이유 없는 악의를
알게 되었다. 호의가 반드시 호의로 돌아오지 않는다는 사실도
배웠다.

"그만 가 볼게."

"저녁 먹고 가. 할머니와 함께하는 자리를 마련할 수 있어. 네

가 원한다면."

"야, 됐어. 체할 일 있냐."

"그럼 나하고만 먹고 가."

"어……?"

아델은 캘빈이 곤란해하는 기색을 알아차렸다.

"스텔라가 장신구를 빌려 달라고 온 거 보니까 저녁에 파티가 있는 모양인데 거기 너도 가는 거지?"

"어……. 응."

아델은 피식 웃었다.

"왜 내 눈치를 봐. 내가 뭘 어쨌다고."

"아니, 그게 아니라. 나도 꼭 가고 싶은 건 아닌데……."

"그러지 마. 괜히 내가 이상한 사람 같잖아. 난 전혀 신경 쓰지 않아."

캘빈이 멋쩍게 웃었다.

"그러게. 별것도 아닌데 말이지. 조만간 또 올게. 그때 같이 밥 먹자. 아, 성주님하고는 말고."

"알았어."

응접실을 나가는 그를 배웅하려고 따라가던 아델은 그가 멈추어 서자 움찔했다. 고개를 한참 올려야 그의 얼굴을 볼 수 있었다. 키가 크지 않는다고 투덜대던 소년은 이미 아델의 키를 훌쩍 넘었다.

"……너 키가 더 컸나 봐."

"그런가? 그래도 우리 형보다는 아직 작아."

캘빈이 나가고 홀로 남은 아델은 복잡한 마음을 가누지 못해 한참을 서 있었다. 그녀는 제 두 손을 내려다보았다. 어린아이의 앙증맞은 작은 손이었다.

"아가씨. 스텔라 아가씨는……."

"들어오라고 할 필요 없어. 알아서 골라 가라고 해."

지금은 스텔라를 보고 싶지 않았다.

전혀 신경 쓰지 않는다는, 캘빈에게 태연한 척 건넨 말은 전부 거짓이었다. 사실은 궁금했다. 상상 속에서만 그리는 사교 파티가 어떤 자리인지 보고 싶었다. 그런 자리에 당당히 참석할 수 있는 스텔라가 부러웠다.

그녀는 구석에 놓인 거울 앞에 섰다. 거울을 보지 않은 지 무척 오래되었다. 망설이다가 눈을 질끈 감고 거울에 덮인 흰 천을 잡아 벗겼다.

잠시 후 그녀는 천천히 눈을 떴다. 거울에 비친 자신을 보며 절망했다.

어린 소녀가 슬픈 눈으로 자신을 바라보고 있었다.

찬란하게 빛이 나는 금발, 푸른 바닷물을 머금은 보석처럼 맑은 눈동자, 옅은 홍조를 품은 하얀 피부, 유난히 붉은 입술은 묘하게 고혹적이었다. 가만히 거울을 응시하는 소녀는 살아 있는 인형 같았다.

그러나 어린 소녀의 외모와 어울리지 않게 그녀의 눈 속에는 세월이 있었다. 깊이 가라앉아 음울한 기운이 감돌았다.

'왜 나는 자라지 않을까.'

아무리 시간이 지나도 그녀의 겉모습은 언제나 예닐곱 살의 어린 여자아이였다. 어떤 실력 있는 의사도 원인을 알아내지 못했다.

누구도 그녀를 본래의 나이로 봐 주지 않았다. 어린아이가 아닌 것을 알면서도 아이를 다루듯 한다. 그녀를 몹시 사랑하는 할머니조차도 언제나 그녀를 쥐면 망가질 여린 꽃잎처럼 대했다.

캘빈은 아델을 같은 눈높이의 친구로 봐 주고 대화했다. 그가 좋은 사람이라는 것을 알면서도 혼자 저만치 가 버리는 그가 가끔 미워서 견딜 수 없었다.

그녀가 자라지 않는 것은 캘빈의 탓이 아니다. 캘빈을 미워하는 건 어리석은 심술이었다.

'이러면 안 돼.'

아델은 거울에 이마를 대고 마음을 다스렸다. 추한 마음이 커지면 언젠가 그 마음은 겉으로 드러나 외모까지 보기 싫게 바꿀지도 모른다.

'내가 가진 유일한 걸 잃을 수는 없잖아.'

자신의 외모가 얼마나 큰 무기인지 알 만큼 그녀는 나이가 들었다. 자라지 않는 것은 오직 그녀의 몸뿐이었다.

        *   *   *

'못된 계집애.'

스텔라는 모멸감으로 몸을 떨었다. 자신을 골탕 먹일 속셈이 분명했다. 손님맞이를 한다는 핑계로 자신을 세워 둔 것이다. 마음 같아서는 그냥 돌아가고 싶었다. 하지만 장신구를 빌리지 않으면 오늘 저녁 파티에 초라한 모습으로 참석해야 한다. 그건 죽기보다 싫었다.

'손님? 흥. 웃기네.'

아델을 찾아올 손님이 있을 리가 없었다.

'그런 괴물을.'

아무리 시간이 지나지 않아도 자라지 않는 괴물이었다. 그러니 사람들 앞에 나서지 못하고 숨어 사는 것이다.

아델을 괴물이라고 깔아뭉개는 그녀의 내면 깊은 곳에는 뿌리 깊은 자격지심이 있었다. 스텔라가 원하는 모든 것을 아델은 갖고 있었다. 예쁘고 머리가 좋고 백모님의 사랑을 한몸에 받았다.

하지만 그래 봤자 뭘 하겠나. 영원히 자라지 않는 어린아이의 모습으로는 구설에 오르내릴 뿐이었다. 그걸 알고 있으니 아델은 남쪽 탑 밖으로는 나오지 않는 것일 테고, 백모님도 아델을 사교 무대에 내보내지 않는 것이리라.

문이 열리고 나오는 사람을 보면서 스텔라는 흠칫했다. 검은 머리의 청년이 머리카락처럼 검은 눈동자로 무감하게 스텔라를 슬쩍 보고 까딱 고개만 끄덕였다.

"캘빈!"

가려는 캘빈을 다급하게 불러 세웠다. 쳐다보는 시선이 차가워서 스텔라는 어깨를 움츠리고 호칭을 정정했다.

"코우 경……."

"아직 기사 서임은 받지 못했으니 과분한 호칭입니다."

스텔라는 기가 죽었다. 격식을 차린 말투에서 확연한 거리감이 느껴졌다.

파티나 모임에서 간혹 볼 때 딱딱하게 말하는 것은 공식적인 자리이니까 그렇다 해도 둘만 마주친 자리에서까지 벽을 세우는 태도가 서운했다. 한때는 함께 어울려 놀던 친구였다.

아델을 괴롭혔다는 이유로 스텔라는 많은 것을 잃었다.

귀여워해 주시던 백모님의 애정을 잃었고 백모님 앞에서 엎드리는 부모를 보며 자신의 처지가 형편없다는 현실을 알았다. 첫사랑이었던 캘빈은 절교를 선언했다.

자신이 한 일에 비해 터무니없이 과한 대가를 치렀다고 생각했다.

"오…… 오늘 파티에 오는 거죠? 전당에서 열리는……."

"예."

"파트너는…… 정했어요?"

"예."

스텔라는 당황했다. 오늘 파티는 파트너 동반이 필수가 아니었다. 캘빈이 교제하는 아가씨가 있다는 소문은 듣지 못했다. 파트너가 없다는 대답이 나오면 에스코트만이라도 부탁하려고 했다.

"아……. 어느 분인지 궁금하네요."

캘빈은 묵례하고 지나치려 했다. 스텔라는 다급하게 외쳤다.

"캘빈. 아직 화가 풀리지 않은 거야? 다시 잘 지내면 안 될까? 우린 친구잖아."

어려서 어울릴 때는 잘 몰랐다. 나이가 들어 사교 활동을 하면서 동부에서 코우 가문이 얼마나 명문가인지 알게 되었다. 파티나 모임에서 캘빈과 그의 친구들은 뭇사람들의 동경의 대상이었다.

스텔라의 처지는 뭇사람 중의 한 사람에 불과했다. 스텔라는 변두리가 아니라 캘빈과 함께 중심에 서고 싶었다.

그녀는 레바스 대가문의 주인인 백모님이 자신의 배경이라고 생각했다. 사교계에 데뷔하면 주변에 사람들이 구름처럼 몰려들 줄 알았다.

그러나 현실은 달랐다.

열다섯 살의 데뷔 무대에 시마는 참석하지 않았다. 아델이 앓아누워서 시마가 곁을 지켰다는 말을 나중에 들었다.

스텔라에게 아델은 자신의 데뷔를 망친 장본인이었다. 시마가 참석하지 않은 데뷔 무대에서 스텔라의 가치는 쭉 떨어졌다.

그녀는 자신의 비참한 현실 때문에 동부의 명문가 자제들이 자신을 상대하지 않는다고 생각했다.

　　그런 속내를 캘빈이 알았다면 비웃었을 것이다. 단순히 그런 문제가 아니었다. 캘빈이 어울리는 친우들은 사람을 가려서 사귀었다. 신분 지위로 고르는 게 아니라 됨됨이로 고른다. 스텔라는 기준에 한참 미치지 못했다.

　　"화가 난 게 아니야. 실망한 거지."

　　캘빈은 억울한 표정을 짓는 스텔라를 보며 역시 달라진 것이 없다고 생각했다.

　　"너는 어떨지 모르겠지만, 내게 친구는 그렇게 쉽고 가볍지 않아."

　　매정하게 가 버리는 캘빈을 붙잡을 수 없었다. 스텔라는 분한 마음에 발을 굴렀다.

　　'지금까지 계속 아델과 만나 왔단 말이야?'

　　아델 역시 캘빈과 더는 교류가 없는 줄 알았다.

　　'대체 왜?'

　　넓은 남쪽 탑 전부를 쓰는 아델이 부러워서 속이 쓰렸다. 하지만 사교 활동을 시작하면서는 그녀의 다친 자존심이 어느 정도 치유되었다.

　　아델은 그저 넓은 감옥에 갇혀 살 뿐이라고 비웃었다. 그런데 혼자 고립된 처지가 아니었다. 캘빈뿐만이 아니라 더 많은 사람이 다녀가고 있을지도 모른다.

"필요한 것을 골라 가시라고 합니다. 언제 되돌려 주실지는 확실하게 말씀해 주셔야 하고요."

소녀가 스텔라에게 다가와서 말했다.

'코빼기도 비치지 않겠다? 그깟 목걸이 몇 개로 잘난 척은.'

아델의 드레스 룸에 들어가서는 더 약이 바짝바짝 올랐다. 스텔라는 어머니께 졸라서 겨우 한두 벌 사는 드레스를 아델은 수백 벌을 갖고 있었다. 작아서 입을 수 없는 것이 아까울 뿐이었다.

보석함 안에는 지난번에 왔을 때는 보지 못했던 큼지막한 보석이 달린 목걸이 세트가 있었다. 보석에 문외한인 눈으로 봐도 절대 가품 따위가 아니었다.

'어째서? 왜 이 계집애는 다 갖는 거지?'

이해할 수 없었다. 당연히 스텔라가 누려야 할 것들을 아델이 부당하게 차지하고 있었다.

*   *   *

술맛이 좋기로 입소문을 탄 낡은 주점 안은 저물녘이 되자 모여든 사람으로 시장통처럼 시끄러웠다.

대부분이 단골이지만, 가끔 뜨내기가 들렀다. 딱 봐도 외지인이 분명한 자들을 앉혀 두고 사내가 침이 튀도록 떠들었다. 합석한 사람들은 사내의 이야기에 푹 빠진 표정이었다.

다른 테이블에서 술을 마시던 자들은 잭의 일행을 흘끔거리며 웃었다.

"또 시작이군."

"하는 말의 반은 거짓말이잖아."

"근데 들을 때는 기가 막히게 재밌다니까."

잭은 소문에 능하고 타고난 말솜씨가 발군이었다. 재주를 이용해서 외지인들에게 이야기를 팔고 술을 얻어먹었다.

막 주점에 들어오던 남자가 잭을 발견하더니 다가가서 잭의 어깨를 툭툭 두드렸다. 그리고 테이블에 함께 있는 외지인들에게 히죽 웃으며 말했다.

"거 너무 믿지 마쇼. 허풍이 굉장하거든."

"뭐야. 거짓말?"

흥미진진하게 귀를 기울이던 남자가 실망을 드러냈다. 잭은 펄펄 뛰었다.

"허풍이라니! 난 평생 거짓말이라고는 해 본 적이 없는 사람이야!"

그러자 '드디어 거짓말을 했구먼.' 하고 옆 테이블에서 맞받아쳤다. 한바탕 웃음이 와르르 터져 나왔다.

말참견한 남자가 의자를 빼내서 앉았다.

"전에도 이상한 말을 했지. 땅을 갈지도 않고 비료를 뿌리지도 않는데 한 밭떼기에서 곡물이 몇 자루씩 나온다는 마을 말이야."

"그런 곳이 있다면 난 때려치우고 농사짓고 살겠네!"

싸움 구경을 하게 되려나 귀를 기울이고 있던 옆 테이블에서 소리쳤다.

"그건 진짜라고!"

잭이 씩씩대면서 주먹으로 제 가슴을 쾅쾅 내리쳤다.

"이상한 일이 한두 가지였는 줄 알아? 아, 그렇지. 이런 일도 있었어. 평소에 정신이 좀 나가 있는 여자가 있었거든. 젖먹이 딸이 눈앞에서 굶어 죽었다고 하더라고."

잭은 손가락으로 제 머리를 가리키며 뱅글뱅글 돌렸다.

"그런데 느닷없이 하루아침에 갓난쟁이를 데리고 나타난 거야. 다들 처음에는 어디서 고아가 된 애를 주워 왔나 했지."

잭은 잔뜩 표정을 굳히고 목소리를 낮추었다. 피식거리면서 잭의 이야기를 듣던 자들은 자기도 모르게 긴장했다.

"근데 며칠 후에 그 여자가 예닐곱 살 정도의 계집아이 손을 붙들고 나타났어. 하루아침에 그렇게 자란다니 말이 돼?"

이야기를 듣던 자들이 서로를 마주 보다가 말했다.

"다른 애를 데려온 거 아냐?"

"정신이 좀 나간 여자였다며."

"그렇지. 그럴 수도 있지. 하지만."

고개를 끄덕이던 잭이 다시 목소리를 깔았다.

"이상한 건 이제부터야. 아무리 시간이 지나도 그 계집아이는 자라지 않고 그대로더란 말이지."

잭은 낯선 방에서 눈을 떴다. 낡은 침대와 탁자 외에는 아무것도 없는 방이었다.

"뭐야. 여긴 어디지."

아무리 술에 취해도 집은 잘 찾아 들어갔다. 그런데 지난밤에는 많이 취하지도 않았다. 취하고 싶어도 돈이 없으니 얻어먹는 술로는 적당히 취기가 오르는 정도였다.

침대에서 뛰어내려서 문고리를 당겼으나 잠겨 있었다.

"누구 없소! 죄 없는 사람을 가두다니, 무슨 짓이야!"

주먹으로 문을 내리치고 소리를 지르자 한참 만에 문이 열렸다. 낯선 남자는 다짜고짜 잭의 발치에 주머니를 던졌다. 잔뜩 성나서 고함을 지르려던 잭의 눈이 휘둥그레졌다. 가죽 주머니 안에서 튀어나온 싯누런 것은 아무리 봐도 금화였다.

잭은 재빠르게 엎어져서 굴러간 금화를 주워 주머니에 담았다.

"기다려라."

잭은 주머니를 꼭 쥐고 고개를 끄덕였다. 남자가 나가고 문이 다시 잠겼다. 잭은 아무도 없는 방 안을 몇 번이고 두리번거렸다. 침대에 앉아서 주머니를 뒤집었다. 쏟아져 나오는 금화를 보는 표정이 넋이 나갔다.

잭은 주머니를 끌어안고 얌전히 기다렸다. 때가 되면 밥이 나오는 것으로 봐서 굶겨 죽이려는 것은 아니구나, 싶었다. 시간이 흐를수록 금화 주머니에 대한 집착이 커졌다. 나가게 되면 이 돈으로 무엇을 할지 머릿속에 잔뜩 계획이 잡혔다.

며칠이 지났는지도 모르겠다. 어김없이 꼬박 들어오는 밥을 먹고 잭은 침대 위에서 금화를 세었다.

문이 열리자 잭은 화들짝 놀라며 허겁지겁 금화를 주머니에 쑤셔 넣었다. 로브를 입은 두 사람이었다. 둘 다 까만 로브를 입었는데 한 사람은 후드까지 써서 얼굴을 볼 수 없고, 또 한 사람은 나이가 지긋한 남자였다.

두 사람은 탁자 앞에 앉았다. 말콤은 돈주머니를 꽉 쥐고 경계하는 잭을 향해 비릿하게 웃었다.

"그건 네 것이다. 이리 와 앉아라."

"저…… 정말입니까?"

되물으면서도 한결 불안이 가신 표정으로 잭은 주춤주춤 다가와 의자에 앉았다.

"듣고 싶은 정보가 있다. 네게 준 것은 이야기 값이다."

잭의 긴장이 좀 더 풀렸다. 대가로 받는 돈이라니 돈주머니의 소유권자로서 자신감이 생겼다. 얼굴에 화색이 돌면서 굽실거렸다.

"무엇을 듣고 싶으십니까? 뭐든 말씀만 하십쇼."

"흥미로운 이야기를 알더구나. 이상한 현상이 일어난다는 마을 말이다."

"아……."

"만약 그게 거짓말이었다면."

"절대 아닙니다. 모두 사실입니다요. 이놈의 목을 걸고 맹세합지요."

─자라지 않는다는 계집아이 이야기는?

음산하게 가라앉은 목소리가 메아리처럼 울렸다. 후드를 쓴 남자의 소름 돋는 기이한 음성에 잭은 흠칫 놀랐다. 후드의 안쪽으로 어둡게 그림자가 져서 아무것도 보이지 않았다. 저 안에 얼굴이 없을지도 모른다는 말도 안 되는 생각이 들었다. 그만큼 후드의 사내가 풍기는 기운이 기괴했다.

"그…… 그 이야기도 사실입니다."

후드의 안쪽에서 붉은빛이 보였다. 잭은 자신의 눈을 의심했다. 미심쩍은 눈으로 후드의 사내를 유심히 보았다.

느닷없이 항거할 수 없는 힘에 의해 잭의 몸이 위로 들렸다. 그리고 빨려 들어가듯 상체가 후드의 사내 쪽으로 이동했다. 잭이 정신을 차렸을 때는 검은 로브 사내의 손아귀에 멱살이 잡혀 있었다. 바로 가까이 후드 쓴 얼굴이 다가오는데 안쪽이 시커멓고 아무것도 보이지 않았다.

"으…… 어……."

—사실이 아니면 네 목을 걸어야 할 것이다.

"예⋯⋯ 예, 예. 뭐든⋯⋯ 뭐든 물어보십쇼. 뭐든 아는 대로⋯⋯."

—아니. 네 머릿속을 직접 뒤져 보도록 하지.

시커먼 후드 속에서 붉은 안광이 빛났다. 붉은빛이 바짝 다가오는 것을 보면서 잭은 눈을 부릅떴다.

*   *   *

잭의 고향은 가혹한 세금 징수원들을 피해 도망친 사람들이 인적이 닿지 않는 깊은 산중에 모여 만든 마을이었다.

살기는 팍팍했다. 부지런히 캐서 모은 약초를 며칠 걸어가야 하는 먼 장터까지 나가서 내다 팔았다. 그걸 식량으로 바꿔서 가져오면 그냥저냥 굶어 죽지는 않았다. 자식도 내다 팔아야 할 끔찍한 가난을 경험했던 사람들은 그 정도만으로도 만족했다.

마을 사람들은 외부 사람들을 두려워했다. 마을이 노출되어 터전을 빼앗길까 봐 꼭꼭 숨어 살았다.

언젠가부터 마을에 변화가 생겼다. 드문드문 채취되던 귀한 약초가 부쩍 늘어나고 나무에 가을마다 열매가 주렁주렁 매달렸다. 기껏 푸성귀나 키울 수 있었던 밭에 곡물이 자랐다. 제대로 된 거름을 준 적도 없는데 낱알은 굵고 풍성했다.

바깥으로 나가지 않아도 마을 사람들은 배부르게 먹을 수 있었다. 그러고도 오히려 식량이 남았다. 귀한 약초는 창고에 쌓여 갔다.

처음에는 조심스러웠다. 섣부르게 폐쇄적인 마을을 공개하려 하지 않았다. 하지만 사람들은 점점 욕심을 부리기 시작했다.

약초를 바깥에 팔러 나가는 사람의 외출이 한 달에 한 번이 아니라 보름에 한 번, 닷새에 한 번이 되었다. 그러다가 아예 고정적으로 약초를 공급받고 싶어 하는 상단과 계약을 맺어서 정기적으로 상단의 마차가 오게 되었다.

사내들이 우거진 수풀을 헤치며 투덜거렸다.

"이 길 맞아?"

"헤매는 거 아냐?"

잭은 아까부터 계속 투덜대는 사내들에게 퉁명스레 말했다.

"잠자코 오라고. 틀림없다니까."

"이거 돈 되는 일 맞지?"

"의심되면 돌아가든가. 그러려면 먹은 선금은 토해 놓고 가."

구시렁거리던 사내가 잭의 타박에 입을 다물었다.

"여기 어디쯤이었는데……."

태어나서 자란 곳이라 금방 찾을 수 있을 줄 알았다. 그러나 꼭꼭 숨은 마을을 너무 우습게 보았다.

'쳇. 다시는 돌아올 일이 없을 줄 알았더니.'

돈 앞에서 순박했던 마을 사람들은 변했다. 잭의 가족이라고는 홀아버지뿐이었는데 아버지가 죽고 나자 혼자가 된 잭에게 제대로 마을 수익을 분배해 주지 않았다. 잭은 분노와 실망을 품고 상단의 일행과 섞여 마을을 떠났다.

"오. 그렇지. 이 오솔길이 기억나."

옛 기억 속에서 일치하는 길을 찾아내고 잭은 발걸음을 빨리했다. 투덜대던 일행도 덩달아 발걸음을 재촉했다.

잭은 펼쳐질 마을의 모습을 눈에 그렸다. 아름드리나무를 지나고 바위를 넘으면 바로 마을이었다. 바위에 올라선 순간, 잭의 입술이 아래로 축 처졌다.

"……뭐야."

누군가의 중얼거림은 잭의 마음을 대변했다.

큰 마을이 되었을 줄 알았다. 최소한 잭이 떠날 당시만 해도 마을은 초반 처음 만들어졌을 때보다 훨씬 발전했다. 그런데 지금 눈앞에 펼쳐진 고향은 잭이 어릴 적보다 오히려 낙후했고 인적도 없었다.

"듣던 거와 다른데?"

"그러게. 사람이 살기는 하는 거야?"

잭과 사내들은 문이 열린 집 몇 채를 돌아보았다. 오래 방치된 모습이 버려진 지 꽤 된 것 같았다. 마을에서 가장 큰 밭은 한창 곡물이 익어 가야 할 지금 잡초만 무성했다.

"아무도 없소?"

잭은 있는 힘껏 소리쳤다. 그의 목소리가 메아리가 되어서 돌아왔다. 몇 번을 소리치고 돌아다니며 모든 집을 다 두드리고 들어가 봤으나 사람은 보이지 않았다.

"······전염병이라도 휩쓸고 간 거 아냐?"

누군가 말했다. 그러자 사내들의 안색이 창백해졌다.

"당장 떠나자고."

"이런 데서 개죽음하고 싶지 않아."

"뉘시오?"

마지막으로 두드린 집에서 노인이 고개를 내밀었다. 노인은 경계심과 두려움이 가득한 표정으로 사내들을 훑어보았다. 노인의 얼굴을 자세히 살피던 잭이 눈을 크게 떴다.

"제토 영감! 나요! 잭. 기억나시오?"

노인은 눈을 게슴츠레 뜨고 잭을 뚫어지게 바라보다가 고개를 끄덕였다.

"그래. 기억나는구먼. 잭."

*　　　*　　　*

잭은 함께 온 일행에게 마을을 더 살피게 하고 제토 영감에게 마을이 왜 이 지경이 되었냐고 물었다.

"다 떠났어. 다들 여기서 전처럼 근근이 먹고 사는 일을 견딜 수 없게 되었으니까."

"이 마을 자체가 노다지 아니었소?"

"그거야 옛말이고."

제토 영감은 어느 날부터 산이 전에 주던 풍족함을 거두어 가 버렸다고 말했다. 무성하게 자라던 귀한 약초가 더는 눈에 띄지 않았고, 텃밭에서는 곡물이 싹을 틔우지 않았다. 나무에 열리는 열매는 잔뜩 벌레가 먹어 먹을 만한 것이 거의 없었다.

"다들 저주가 내렸다고 했지만, 본디 처음 들어와 살았을 때는 그랬어. 언젠가부터 다들 그걸 잊어버린 모양이지만."

잭은 내심 코웃음 쳤다. 고향 마을 따위가 어찌 되든 알 바가 아니었다. 오히려 고소했다.

'내게 그런 짓을 했으니 벌을 받은 거지.'

그러나 이제 남아 있는 사람이 없다는 제토 영감의 말이 사실이라면 큰일이었다. 여기까지 와서 헛수고하고 돌아가게 생겼다. 헛수고일 뿐인가. 생돈을 날리고 거의 내 것이나 다름없었던 거금도 눈앞에서 날아가게 되었다.

"혹시 그 집의 사람들도 떠났소? 그 자라지 않는 요상한 계집아이네 말이오."

제토 영감이 눈을 부릅뜨더니 몸을 부르르 떨었다. 그리고 갑자기 입을 다물었다. 잭이 몇 번을 채근하니까 혼잣말처럼 중얼거렸다.

"난 아는구먼. 다 그 일 때문이었어. 그런 끔찍한 짓을 했으니 산이 노한 거지."

"영감. 남 속 터지는 꼴 보려고 이러시오? 대체 무슨 소리인지 이야기 좀 해 보시오."

*   *   *

머리가 깨질 듯이 아팠다. 숙취인가. 잭은 정신이 돌아오자마자 코밑에 훅 풍기는 피비린내에 움찔했다.

"뭐…… 뭐야."

두 손이 찐득거렸다. 어둠 속에서 잘 보이지 않으나 손에 잔뜩 묻은 것은 피가 틀림없었다. 잭은 주변을 둘러보았다. 어두워서 아무것도 보이지 않았다. 그 순간 구름에 가려진 달이 모습을 드러내면서 깨진 창을 통해 안쪽을 비추었다.

"으아아악!"

잭은 비명을 지르며 주저앉았다. 후들거리는 두 다리를 마구 허우적거리면서 뒤로 물러났다가 곧 벽에 부딪혔다.

달빛은 아주 또렷하게 내부의 광경을 보여 주었다. 모두 다 죽었다는 것은 확인하지 않아도 알 수 있었다. 눈을 까뒤집은 채 목에서 시뻘건 피를 흘리는 자들은 모두 낯이 익었다. 고향으로 오는 여정을 함께한 일행들이었다.

"누…… 누가 이런……."

그때 잭의 머릿속에서 소리가 울렸다.

—네 짓이다.

"내…… 내가?"

잭의 머릿속에 죽은 자들과 진탕 술을 마셨던 기억이 떠올랐다. 버려진 마을에는 누군가 버리고 간 술 단지가 있었다. 시간이 오래되어 아주 기가 막히게 익었다. 그 술 단지에 약을 탔다. 그냥 잠만 재울 작정이었다.

"그럴 리 없어!"

잭은 몸을 웅크린 채 비명을 질렀다. 미친 듯이 비명을 지르던 잭은 조용해졌다. 잠시 후에 고개를 드는 잭의 두 눈에 붉은 빛이 번뜩이다가 사라졌다.

"……어쩔 수 없었어. 생돈을 날릴 수는 없잖아. 다 내 돈이라고."

잭은 멍하게 중얼거리며 일어났다.

"돈……. 내 돈……."

잭은 광기 가득한 눈으로 시체들을 오가며 주머니를 뒤졌다. 그가 일행을 여기까지 데려오기 위해 줘야 했던 선금이 죽은 자들의 주머니에 있었다. 일이 잘되면 웃돈을 더 주기로 했다.

아무것도 하지도 않은 놈들에게 거금은 당치도 않았다.

"이 녀석은 돈이 좀 있군. 뭐야, 이놈은 개털이잖아."

잭은 죽은 자들이 원래 가지고 있었던 돈까지 부수입으로 챙기며 킬킬대고 없는 자는 발로 차며 씩씩거렸다.

"그 계집아이만 데려가면 되는 간단한 일이었는데."

평생 구경도 못 할 거금을 손에 쥘 기회였다.

「네가 말한 아이를 내게 데려오면 네게 준 돈의 열 배를 더 주겠다.」

"으윽!"

잭은 쑤시는 머리를 잡았다.

'누구였지.'

누군가 분명히 잭에게 거금을 주겠다며 제안했다. 그런데 누군지 떠올리려고 하면 머리가 미친 듯이 아팠다.

'아무려면 어때.'

누가 의뢰했든 돈만 받으면 그만이다. 생각하기를 멈추자 두통이 싹 사라졌다.

죽을 때까지 구경도 못 할 거금을 가질 기회였다.

그 아이를 납치하려고 돈 되는 일이면 양심이고 뭐고 달려드는 놈들을 데리고 고향으로 왔다. 그런데 아이는 없고 유일하게 고향에 남아 있던 이웃집 노인을 만났다. 이미 오래전에 마을에 찾아든 마법사들이 아이를 데려갔다고 했다.

"빌어먹을 마법사 놈들!"

대륙인들에게 하란의 마법사들은 경외의 대상이었다. 멀찍이서 보는 것만으로 사흘 밤낮을 이야깃거리로 삼았고 지나가면 감히 고개도 들지 못했다. 그런데 잭은 거리낌 없이 욕설을 내뱉었다.

—사사건건 방해하는군.

잭은 아드득 이를 갈았다. 흘러나온 목소리가 사람의 것이라고 하기에는 기이하게 음산했다.

잠시 잭의 표정이 멍해졌다. 그리고 다시 눈에 빛이 돌아오자 주변을 보며 비명을 질렀다.

잭은 마치 한 사람의 몸에 여러 개의 인격이 들어 있는 것처럼 행동했다. 분노해서 펄펄 뛰었다가 시체를 보고 비명을 질렀다가 미친놈처럼 히죽거리며 웃는 행동을 번갈아 반복했다. 잭의 얼굴은 점점 말라서 광대가 두드러졌다.

"여길 뜨자. 어차피 내가 여기 온 건 누구도 몰라."

창백해진 얼굴로 잭은 겨우 상황을 판단하고 결론을 내렸다. 짐을 챙겨서 집을 나왔다. 마을을 막 벗어나려다가 잭은 눈을 번뜩이며 뒤를 돌았다.

"……증인이 있으면 안 되지."

잭은 허리춤에서 칼을 빼 들었다. 그가 향하는 방향에는 제토 영감의 집이 있었다.

다음 날 아침, 마을에서 얼마 떨어지지 않은 곳에서 힘겹게 산을 타는 남자는 잭이었다. 그의 온몸은 한 달은 굶은 것처럼 바싹 말라 거의 뼈만 남아 있었다. 얼굴과 손은 말라붙은 핏자국으로 얼룩졌다.

헉헉대며 걷던 잭이 쓰러졌다. 잭의 눈동자에 붉은빛이 감돌다가 사라졌다. 잭의 몸에서 보랏빛 안개가 스스르 빠져나왔다. 그의 몸 주변을 맴돌다가 공기 중에 흩어졌다.

잭은 더는 숨을 쉬지 않았다.

*　　*　　*

가운데에 탁자만 하나 놓여 있을 뿐 아무것도 없는 방이었다. 어둠에 스며들 것 같은 새카만 로브를 입고 후드를 뒤집어쓴 자가 탁자 앞에 앉아 있었다. 숙였던 고개를 천천히 들자 후드 안에서 붉은 두 개의 빛이 번뜩였다.

—하란.

음산하게 되뇌는 음성에 분노가 담겼다. 꽉 쥐는 주먹의 주변으로 새카만 기운이 넘실거렸다. 공기의 움직임인데 끈적임이 느껴졌다.

카발은 겨우 찾은 단서의 끝이 하란을 향한다는 사실에 분노했다. 당장 단서를 따라갈 수 없는 현실에 대한 분노다.

하란의 국경은 거대한 마법진의 결계에 둘러싸여 있다. 특수한 마법진은 카발과 상극이었다. 억지로 뚫고 들어갈 수는 있지만 그 과정에 많은 힘을 소진하게 될 것이고 하란의 마법사들은 바로 그를 추적할 것이다. 그들이 달려들면 당해 낼 힘이 아직 그에게는 없었다.

하지만 방법이 없지는 않았다. 직접 가지 못하면 수족을 들여보내면 된다. 적지 않은 세월 동안 꾸준히 준비했다.

후드 속에서 다시 붉은빛이 번쩍였다. 잠시 후 문이 열리고 어둑한 방 안으로 누군가 들어왔다.

"부르셨습니까. 마스터."

─찾아라. 자라지 않는 계집아이를. 하란에 있다.

말콤은 움찔했다. 마른 입술을 축이며 입을 열었다.

"아직…… 충분한 인원을 들여보내지 못했습니다. 말씀드렸지만, 하란은 입국 절차가 까다로워서 시간이 더……."

─당장! 모든 역량을 계집아이를 찾는 일에 집중해!

사나운 목소리가 방 안의 공기를 뒤흔들었다. 중년 남자의 눈에 공포가 감돌았다. 꿀꺽, 마른침을 삼켰다.

"⋯⋯예. 마스터."

*　　*　　*

『⋯⋯찾고 있어. 조심해!』

아델은 눈을 떴다. 부드러운 바람이 그녀의 얼굴을 스쳤다. 나무에 기대어 책을 읽다가 바람이 좋아서 그늘에 잠시 누워 있는다는 것이 낮잠이 든 모양이었다.

또 같은 꿈을 꾸었다. 그런데 작지만 변화가 있었다. 하나의 문장이 확실하게 기억에 남았다.

"찾는다고? 뭘⋯⋯?"

여전히 의미는 알 수 없었다. 아델은 일어나면서 몸에 붙은 이파리와 꽃잎을 털어 냈다.

"할머니를 뵈러 가 볼까⋯⋯."

시마는 하루에 한 번은 꼭 아델과 식사를 함께했고, 그조차 못 하면 차를 마시는 시간이라도 냈다.

그런데 요 며칠 할머니를 뵙지 못했다. 식사를 함께하자며 사람을 보내지도 않았고 소냐를 보내서 뵙고 싶다고 했더니 중요한 일이 아니면 나중으로 미루자는 대답이 돌아왔다. 할머니를 방해하고 싶지 않아서 아델은 기다렸다.

할머니를 뵙지 못한 지 벌써 닷새째였다. 다시 소녀를 보내 봐야겠다. 아델은 탑으로 들어갔다. 마침 소녀가 다가왔다.

"아가씨."

"지금 할머니께 가서…… 무슨 일이야?"

바로 앞까지 다가와서야 소녀의 얼굴이 하얗게 질려 있음을 알았다. 표정 변화가 많지 않은 평소답지 않았다.

"큰일 났어요. 아가씨."

불안한 예감이 들었다. 아델은 쿵쿵 뛰는 자신의 심장 소리가 귀에 들리는 것 같았다.

"조금 전에 대륙에서 소식이 왔는데…… 작은 주인님께서 타신 마차가 산사태에 휘말려 돌아가셨다고……."

눈앞이 빙 돌았다. 아델은 자신의 몸이 깊은 아래로 푹 빠지는 아득함을 느꼈다.

"성주님께서 소식을 들으시고 충격으로 쓰러지셨다고 해요."

아델은 두 손으로 치맛자락을 꽉 쥐었다. 따뜻한 날씨인데도 몸에 한기가 들어서 덜덜 떨렸다. 그녀는 꼭 감았던 눈을 천천히 떴다.

'당장 할머니를 뵈어야 해.'

발이 바닥에 붙은 것처럼 움직여지지 않았다. 몇 걸음을 걷다가 주저앉고 말았다.

"아가씨!"

부축하는 소녀의 목소리에 울음이 섞였다.

"나 좀…… 나 좀 도와줘. 할머니께 가야 해."

"예. 아가씨."

소녀의 손을 꼭 잡고 아델은 중앙탑으로 향했다. 마음으로는 당장 달음박질쳐 달려가고 싶은데 다리가 마음대로 움직여 주지 않았다. 중앙탑으로 가는 길이 아득하게 멀었다. 곁에서 도와주는 소녀의 훌쩍이는 소리가 멍하게 울렸다.

'아아……. 파울 아저씨.'

시마의 유일한 아들, 레바스 가문의 후계자.

파울 레바스는 시마의 뒤를 이어 장차 동부를 이끌 사람이었다. 확고한 차기 권력자로서 최근 몇 년 동안 모친의 일을 하나씩 이어받고 있었다. 파울이 대륙으로 나가는 일이 잦아진 것도 그래서였다.

그가 얼마나 대단한 사람이건 아델에게는 좋은 아저씨일 뿐이었다. 성에 있는 날보다 없는 날이 더 많았지만, 가끔 만나면 아델을 딸처럼, 때로는 누이동생처럼 귀여워했다.

'파울 아저씨를 다시 볼 수 없다고……?'

도무지 믿을 수가 없었다.

*　　　*　　　*

성주의 방 앞 복도에는 사람들이 모여 있었다. 그리고 다소 소란스러웠다.

"형수님. 이게 무슨 날벼락입니까?"

멀론은 달려오자마자 들어가려 했으나 지키고 있는 기사들이 막아서자 바닥에 엎어져 꺼이꺼이 울기 시작했다. 나탈리는 손수건으로 눈가를 누르면서 남편을 위로했다.

"고정하셔요. 이럴 때일수록 당신이 중심을 잡으셔야지요."

"내가 고정하게 되었소, 부인. 형수님께서는 내게 어머나 다름없는 분이란 말이오. 거기다 내 조카님이……. 이런 참혹한 일을 또 보게 되다니!"

모여든 가신들은 떨떠름한 표정으로 멀론 부부가 연출하는 비극을 지켜보았다.

"호들갑스럽군요."

중년의 남자가 눈살을 찌푸렸다.

풍채가 좋은 장년의 여인, 몬트 수장이 아들의 말에 답했다.

"친지의 일에 슬퍼하는 것을 뭐라 할 수는 없지 않니."

"글쎄요. 전혀 슬퍼 보이지 않는 것이 문제겠지요."

멀론 부부를 호의적으로 보는 시선은 없었다. 성주에게 빌붙어 사는 한심한 시동생이었다. 멀론 부부가 써 대는 돈의 규모는 적지 않았다. 그게 다 성주의 사재에서 나온 것이었다.

공공 예산이 아닌 성주의 사재이니 문제 삼는 자들은 없지만, 뒤로는 수군대며 손가락질했다.

'성주님의 유일한 친지가 저런 자들이라니.'

몬트 수장은 한숨을 내쉬었다.

몬트 수장은 여자로서 일가의 주인이 되어 많은 부담을 안고 살았다. 그래서 성주는 몬트 수장에게 동질감을 느꼈는지 종종 몬트 수장을 불러 소소한 대화를 나누기를 좋아했다.

「그대와 난 참 닮은 곳이 많아.」
「저를 어찌 성주님과 비교할 수 있겠습니까.」

몬트 수장은 겸양으로 한 대답이 아니었다. 진심으로 성주님을 대단하다고 생각했다. 그래도 자신은 혼자가 아니었다. 남편이 있고, 자매도 있었다. 자식도 다복하게 두었다. 하지만 성주님은 항상 모든 일을 홀로 감당해야 했다.

'정말 성주님의 말씀대로 레바스 가문의 사람들은 고독한 운명을 타고난 것일까.'

언젠가 성주 시마는 말했다.

「레바스 가문의 시조께서 후손들에게 남기신 말이 있다네. 당신의 후손들이 대대로 고독한 운명을 타고난다고 하셨지. 그건 저주였을까, 예언이었을까. 가끔은 그분이 원망스러워.」

이제 노년의 평온함을 얻었는가 했더니 이런 비극이라니. 몬트 수장은 성주에게 깊은 연민을 느꼈다.

삼삼오오 모인 사람들끼리 두런거리는 말소리가 조금씩 줄었다. 어느새 조용해지고 사람들의 시선이 같은 곳으로 향했다.

다가오는 소녀를 보며 일부는 놀라움을, 일부는 당혹스러움을 드러냈다.

"누구지?"

"혹시 성주님께서 보살핀다는……."

"아……."

성주의 가신 대부분은 아델을 본 적이 없었다. 아델이 레바스 성에서 머문 지 오래되었으나 거의 남쪽 탑에서만 지내고 사교 활동을 하지 않았다. 낯을 가리는 아델을 배려해서 시마는 사람들에게 아델을 보이는 자리를 가급적 피했다.

소녀의 외모는 눈을 뗄 수 없게 만드는 마력을 지녔다. 단순히 예쁘다는 말로는 표현이 부족했다. 남의 얼굴을 뚫어지게 봐서는 안 된다는 교육 정도는 받은 사람들이었으나 모두 흘끔거리는 시선을 돌리지 못했다.

아델은 평소에 낯선 사람들을 기피했다. 하지만 지금은 그런 문제를 생각할 겨를이 없었다. 그녀는 멍하게 넋이 나갔다.

"아가씨."

아델은 고개를 들었다.

"몬트 수장……."

아델은 할머니와 함께 몬트 수장을 몇 번 만났다. 할머니는 유쾌한 성품의 몬트 수장을 좋아했다. 사적인 일로 종종 만나서 차를 마시며 세상 돌아가는 이야기를 나누곤 했다. 아델은 두 분이 나누는 대화를 들으며 곁에 앉아 있었다.

말투와 표정과 눈빛은 사람의 인품을 드러낸다. 몬트 수장은 예의를 알고 상대를 존중하는 사람이었다. 자라지 않는 아델을 호기심 어린 시선으로 살핀 적이 없었다.

그나마 의지가 되는 사람을 봤더니 눈물이 나왔다.

몬트 수장은 말없이 그저 아델을 안아 주었다. 푸근한 품에 기댄 아델은 소리 없이 울었다.

따뜻한 위로를 지켜보는 스텔라의 눈꼬리가 올라갔다.

'몬트 수장과 아는 사이였어?'

레바스 대가문에 종속된 수많은 가신 중에서 가장 세력이 크고 중대한 일을 결정할 수 있는 의결권을 갖는 일곱 가문이 있었다. 그들이 동부 최고의 명문가라는 사실은 두말할 여지가 없다. 몬트 가문은 일곱 가문 중 하나였다.

얼마 전에 남쪽 탑에서 캘빈을 봤던 일이 떠올랐다. 캘빈의 가문인 코우 가문 역시 일곱 가문 중 하나였다.

아델에게 생각보다 영향력을 지닌 많은 인맥이 있을지도 모른다. 속이 부글부글 끓었다. 스텔라는 계속 두 사람을 곁눈질하면서 입술을 깨물었다.

*   *   *

침실 문이 열리자 모두 입을 다물었다. 안에서 나오는 두 사람을 주목했다.

외눈 안경을 걸친 반백발의 노인이 긴 수염을 늘어뜨린 모습은 속세에 초연한 학자 같았다. 루터 바실은 바실 가문의 가주이며 성주의 고문관이었다. 그는 오랫동안 성주를 보좌했고 그를 향한 성주의 신임이 매우 두터웠다.

곁에 있는 흑발의 장년인은 겉모습부터가 루터와 대조적이었다. 키는 훌쩍 크고 체격이 거의 루터의 반 배는 컸다. 마커스 코우는 하란에서 가장 유명한 기사이자 레바스 가문이 소유한 흑기사단의 기사단장이었다.

"바실 수장. 형수님께서는 어떠십니까?"

루터는 멀론을 잠시 보다가 모여 있는 자들을 전체적으로 둘러보았다.

"성주님께서는 안정이 필요합니다. 소란을 피워서는 곤란하지요."

멀론의 귀가 붉게 물들었다. 에둘러서 자신을 비난하는 말로 들렸다. 잠시 드러난 불쾌한 기색을 얼른 감추었다. 겉으로 웃는 척은 이미 수십 년을 해 온 짓이었다.

"자리를 옮겨서 여러분이 알아야 하는 정황을 알려 드리겠습니다."

루터를 선두로 사람들이 따랐다. 아델은 가장 뒤에서 그들을 따라갔다. 스텔라는 가는 내내 아델을 흘끔거리며 못마땅하게 입술을 삐죽였다.

'제까짓 게 뭔데 따라와? 자격이 없는 거 아니야? 백모님의 가신도 아니고 가족도 아니잖아.'

도착한 곳은 많은 사람이 들어갈 수 있는 회의실이었다. 사람들이 적당히 자리를 잡아 착석하는 와중에 스텔라는 루터에게 다가갔다.

"바실 수장께 꼭 여쭙고 싶은 것이 있습니다."

루터는 스텔라를 응시했다.

"예. 무엇입니까?"

"곧 하실 말씀은 아무나 들어서는 안 될 중요한 일이겠지요?"

"그렇습니다."

"그러면 관계없는 잡인이 끼어서는 안 된다고 생각합니다. 저 애는."

스텔라는 손끝으로 아델을 가리켰다. 갑자기 모두의 시선을 받은 아델의 입술이 파르르 떨렸다.

"백모님께서 거둬 키운 고아에 불과합니다. 레바스 가문의 어떤 일에도 참여할 자격이 없어요."

아델은 시선을 떨어뜨렸다. 스텔라의 말대로 자신은 그저 레바스 성주의 후견을 받는 고아에 불과했다. 아델이 누리는 모든 것들은 오직 성주의 호의에 기댄 것이었다.

어릴 때는 몰랐다. 아델은 자신이 할머니의 손녀인 줄 알았다. 아델에게 진실을 알려 준 사람이 스텔라였다.

「넌 고아야. 백모님의 손녀가 아니라고. 넌 아무것도 아
니란 말이야. 넌 부모도 버린 애야.」

아델은 충격으로 앓아누웠다. 그리고 잊었던 기억을 꿈에서
보았다. 할머니를 처음 만난 날의 기억이었다.

「세상에. 어쩌면 이렇게 예쁠까.」
시마는 아델을 보며 탄성을 질렀다.
아델은 자신을 바라보는 시마의 보라색 눈동자가 무서
웠다.
「무서운 사람 아니란다. 괜찮아.」
아델은 혼란스러웠다. 보라색 눈동자에서 느껴지는 거
부감 이상으로 노부인에게서는 향기가 났다. 그리워서 도
무지 거부할 수 없는 향이었다. 자신에게 손을 내밀고 기
다리는 노부인을 바라보다가 한 걸음씩 다가갔다.
「옳지. 착하구나. 이름이 뭐니?」
「아델 스톤.」
「이름도 예쁘구나.」
시마는 아델을 덥석 품 안에 안아 들었다. 갑자기 공중
에 붕 떠오르는 느낌이 이상해서 아델이 눈을 동그랗게 떴
다. 시마는 웃음을 터뜨리며 아델의 볼에 자신의 얼굴을

대고 마구 비볐다.

「아델. 이 할머니와 함께 살지 않으련?」

꿈에서 깨고 아델은 엉엉 울었다. 찾은 기억이 전혀 기쁘지 않았다. 스텔라의 말이 사실이라는 증거였으니까. 며칠 호되게 앓고 난 아델은 한동안 실어증으로 말을 하지 못했다.

스텔라 역시 대가를 치러야 했다. 아델이 갑자기 탈이 나자 이상하게 생각한 시마는 남매가 그동안 아델을 괴롭혔다는 정황을 파악하게 되었다.

한때 아델은 스텔라가 대체 왜 자신에게 못되게 구는지 이유를 찾으려 했다. 하지만 시간이 지나면서 알았다. 스텔라에게 이유 따위는 없었다.

아델은 울지 않으려고 입술을 꼭 물었다. 스텔라가 바라는 것이 그것일 테니까.

몬트 수장은 의기양양한 스텔라를 보며 혀를 찼다.

'나이 어린 아가씨의 성품이 어찌 저러한가.'

루터는 스텔라와 아델을 번갈아 보다가 작은 한숨을 내쉬었다.

"레바스 가문의 일이지만 성주님의 일이기도 하지요. 성주님께서는 아델 아가씨도 함께 듣기를 바라실 겁니다."

스텔라의 표정이 참혹하게 일그러졌다. 딸이 면박을 당한 꼴이 되자 멀론 부부의 표정도 굳어졌다.

'하여간, 나대다가 망신당할 줄 알았지.'

체이스가 속으로 피식거렸다. 하지만 흘끔 아델을 보는 그의 시선도 곱지 못했다. 얼마 전에 겪었던 망신 때문이다.

'백모님이 안 계시면 넌 아무것도 아니라고.'

새하얗게 질려 있는 아델의 표정을 보니 속이 시원했다.

스텔라의 얼굴이 시뻘겋게 물들었다. 그저 작은 해프닝에 불과한 이 일에 관심 두는 사람은 없었지만, 스텔라는 세상의 중심이 자신이라는 착각에 빠진 철없는 어린 아가씨였다. 루터에 대한 원망이 모조리 아델에게 향했다. 스텔라는 아델을 무시무시한 눈으로 노려보았다.

아델은 스텔라의 시선 따위는 신경 쓰지 않았다. 그보다 훨씬 중요한 일이 루터의 입에서 나오고 있었다.

"모두 들었겠지만, 참담한 일이 일어났습니다. 대륙에서 파울 도련님께서 타신 마차가 산사태에 휘말렸습니다."

여기저기서 침음성이 흘러나왔다.

"정말…… 잘못되신 겁니까?"

"확인이 끝났습니다. 파울 도련님과 휘하에 모시던 고용인, 관리, 기사까지 총 스물두 명이 사망했습니다."

덤덤히 말하려고 하는 루터의 목소리 끝이 가늘게 떨렸다.

"소식을 들으신 성주님께서는 크게 충격을 받으셨고…… 현재 의식이 없으십니다."

숨죽여 듣던 자들이 웅성거렸다.

"의식이 없으시다니!"

"그게 대체 무슨 뜻입니까?"

"성주님께서 잠시 의식이 돌아오셨을 때 내게 모든 것을 위임하셨습니다. 이후 나는 성주 대행으로 당분간 모든 일을 처리합니다."

"무슨 소리요!"

요란하게 테이블을 두드리며 케일리 수장이 벌떡 일어났다.

"지금 그런 중대한 사안을 통보만 하는 것이오? 우리는 성주님을 뵙지도 못했소. 성주님의 진정한 뜻이 맞기는 한지 알 수 없단 말이오! 성주님을 뵌 사람은 바실 수장과 코우 수장 둘뿐인데 무슨 수작이 있는지 어찌 안단 말이오!"

"수작이라니. 표현이 과하시오."

마커스 코우가 눈을 번뜩였다. 나이가 들어서도 기사로서의 명성은 바래지 않았다. 그는 여전히 젊은 기사들과 힘겨루기에서 밀리지 않는 최고의 기사였다.

기세에 잠시 밀린 케일리 수장이 미간을 잔뜩 좁혔다.

"과하다 하였소? 그대들 둘이 작당해서 성주님의 뜻을 왜곡하지 않는다고 어찌 장담하오? 안에서는 바실 수장이, 밖으로는 코우 수장이. 완벽하겠군! 레바스 가문이 그대들의 수중에 떨어지는 결과가 아니오!"

"말이면 다인 줄 아시오?"

벌떡 일어나려는 마커스를 루터가 제지했다. 루터는 외눈 안

경을 위로 올리며 케일리 수장을 바라보았다. 차분하게 가라앉는 눈동자는 흔들림이 없었다. 루터는 언제 어느 상황에서도 감정을 드러내지 않았다. 많은 사람이 그를 신뢰하는 이유 중 하나였다.

"케일리 수장의 염려는 충분히 이해하오. 이야기를 끝까지 들어 주었으면 좋았을 텐데 말이오. 설마 이런 중요한 일을 증인도 없이 말하겠소."

"증인……?"

"지금 성주님의 침실에 성주님을 지키고 있는 세 분이 있소. 곧 이리로 모셔 올 것이오."

케일리 수장의 표정이 굳었다.

"세 분이라는 말에서 짐작했겠지만, 세 마탑에서 나오신 세 분의 현자께서 증인이시오."

여기저기서 고개를 끄덕였다. 약간의 의혹을 가졌던 자들조차 바로 수긍했다. 케일리 수장도 헛기침하며 자리에 앉았다.

하란에서 중요한 일의 증인은 반드시 마법사가 담당했다. 마법사는 자신의 마력을 걸고 진실을 맹세하므로 거짓을 말할 수가 없었다.

"레바스 가문의 위기입니다. 이것은 동부의 위기이기도 합니다. 모두 동요하지 말고 차분히 제자리를 지켜 주세요. 모든 일은 성주님께서 깨어나시면 바로 돌아갈 겁니다."

루터는 사람들을 둘러보며 강하게 강조했다. 확고한 루터의 어조는 사람들의 불안함을 가라앉혔다. 대충 상황이 정리되는 분위기였다.

"궁금한 것이 있습니다만."

멀론이었다.

"말씀하신 당분간이란 언제까지를 말합니까?"

"성주님께서 깨어나실 때까지입니다."

"아……. 그렇군요."

멀론이 진지하게 고개를 끄덕였다.

"그럼 계속 형수님께서 깨어나지 않으시면 어떻게 됩니까?"

"아직 논하기에는 이릅니다."

루터는 단호하게 말했으나 멀론은 물러서지 않았다.

"아, 물론 당장 일어난 비극 앞에서 벌써 앞날을 논하기는 잔인한 일이지요. 하지만 대가문 후계자의 자리는 한시도 비어서는 안 되는 것 아닙니까? 어서 후계자를 세워야지요."

루터는 지그시 멀론을 바라보았다. 마커스의 눈썹도 꿈틀했다.

죽은 파울이 시마의 유일한 아들이고 레바스 가문의 혈족이 더는 없다는 사실을 모르는 자가 없었다. 굳이 대부분의 가신이 모인 이 자리에서 확인하려고 하는 멀론의 속내는 노골적이었다.

"제가 가문법을 좀 봤습니다만……."

멀론은 거드름을 피웠다.

"알다시피 가문의 혈족만이 가문의 이름을 이을 수 있지요. 문제는 혈족이 대가 끊겼을 때입니다."

어느새 주변이 조용해졌다. 손이 귀한 레바스 가문은 방계가 없었다. 파울이 죽은 지금 레바스 가문의 유일한 혈족은 의식이 없는 성주뿐이었다.

"후계가 없는 가문은 문을 닫아야 합니다. 물론 당장은 아닙니다. 가문법에서는 약간의 유예기간을 주었지요. 후계를 찾을 때까지 말이지요. 혹시 압니까. 조카님의 숨겨진 자식이라도 있을지."

마커스가 참지 못하고 나섰다.

"브로디 공. 너무 앞서가시는군요. 그렇게 가볍게 논할 일이 아닙니다."

정중한 말투와 다르게 음성은 거칠게 갈라졌다. 멀론의 귀에는 닥치라는 협박처럼 들렸다. 나란히 서면 머리 하나만큼 키가 큰 마커스 앞에서 멀론은 제대로 어깨를 편 적이 없었다. 하지만 지금만큼은 겁먹은 짐승처럼 꼬리를 내릴 생각이 전혀 없었다.

멀론은 눈을 부릅뜨고 입술을 씰룩였다.

"가볍게 논하다니요. 이건 중요한 일입니다. 사람은 언제나 만약을 생각해야지요. 형수님께서 일 년이 지나도 깨어나지 않거나 망극한 일이지만 이대로 잘못되신다면."

"지금 그게!"

마커스가 테이블을 내리치자 멀론이 소리쳤다.

"내 말을 막지 마시오!"

다른 사람도 아닌, 성격이 불같기로 유명한 마커스에게 반발하는 멀론의 모습은 항상 주변의 눈치를 보기만 급급하던 평소와 달랐다. 지켜보던 사람들이 상황에 더 집중하기 시작했다.

루터가 마커스를 보며 고개를 내저었다. 마커스는 매섭게 멀론을 쏘아본 후 나서지 않겠다는 뜻으로 의자에 기댔다.

"그저 나는 궁금할 뿐입니다. 만약 그런 일이 일어나면, 바실 수장께서 계속 성주 대행을 맡을 수는 없을 테고 그 일은 누가 합니까?"

"……."

"바실 수장께서 법을 모르실 리는 없고. 가주가 후계를 결정하지 못한 불가피한 사정이 있을 때 가문의 원로회에서 대신하지요. 맞습니까?"

"……맞습니다."

"원로회는 가문의 족보에 오른 자로 구성한다는데……. 허허, 이거 참. 레바스 가문의 족보에 오른 사람은 내가 유일하지요. 알고 계십니까?"

"알고 있습니다."

"아, 혹시 모르셨을까 봐 확인했습니다."

멀론은 히죽 웃었다. 숨죽여 대화를 듣던 사람들이 술렁거렸다. 몇몇은 서로 시선을 교환하기도 했다.

멀론은 이제 형수에게 빌붙어 사는 한심한 시동생이 아니었다. 레바스 가문의 후계를 결정할 수 있는 중요한 역할을 담당하게 되었다.

2장
성주의 후계자

환자에게 절대 안정이 필요하다는 이유로 아델은 시마의 얼굴조차 보지 못했다. 힘없이 남쪽 탑으로 돌아온 아델은 저녁 식사도 마다하고 뜬눈으로 밤을 지새웠다.

새벽에 겨우 잠깐 눈을 붙였다가 일어나자마자 묵직한 절망감이 그녀를 짓눌렀다. 가슴 위에 커다란 돌덩이가 올려진 것 같았다. 어제의 일은 꿈이 아니었다.

침대에 누워서 창밖을 바라보던 아델은 부스스 일어났다. 문을 열고 복도를 내다보니 아무도 없었다.

원래 남쪽 탑에는 오가는 사람이 없는 편이었다. 아델의 침실을 제외하면 다 빈방이라서 정기적인 청소를 위해서만 고용인들이 드나들었다.

정원으로 나온 아델은 우거진 숲과 다름없는 안쪽으로 깊이 들어갔다. 탁 트인 공간이 나왔다. 우뚝 솟은 아름드리나무의 높은 가지에 매달린 그네를 보자마자 아델의 눈에 눈물이 차올랐다. 정원에서 놀기를 좋아하는 아델을 위해서 시마가 만들어 준 그네였다.

아델은 오랜만에 그네에 앉았다. 몇 년 전부터 아델은 그네타기 같은 활동적인 놀이 대신에 책을 읽거나 차를 마시며 시간을 보냈다. 키가 자라지 않아도 나이는 먹는다. 그 사실을 주변에 알리고 싶었다. 변하지 않는 겉모습으로는 보여 줄 수 없으니 하는 행동이라도 의젓해지려고 했다.

아델은 그넷줄에 머리를 기대고 소리 없이 흐느꼈다. 바람이 불었다. 숲 전체가 조용히 흔들렸다.

그넷줄을 타고 올라간 덩굴에서 둥글고 작은 구슬이 튀어나왔다. 빛으로 만들어진 구슬은 공기 중에 떠오르다가 둘로 나뉘었다. 둘은 넷이 되었다. 빠르게 분열을 시작했다.

발밑의 잡초에서도, 작은 들꽃에서도, 나무의 이파리에서도 경쟁처럼 빛의 구슬을 내뿜었다. 둘, 넷, 여덟……. 순식간에 노란 구슬 같은 작은 빛이 아델을 에워싸고 주변을 가득 채웠다.

아델은 노랫소리를 들으면서 눈을 떴다. 소리가 아닌 감각으로 느껴지는 노래였다.

"이게…… 뭐지?"

아델은 눈앞에 둥실둥실 떠다니는 빛을 손끝으로 건드렸다.

손끝에 닿은 빛 하나가 요란하게 빙글빙글 돌면서 튕겨 나갔다. 그 꼴이 왠지 우스꽝스러웠다. 그녀는 눈물을 닦으며 작게 웃었다.

"위로해 주는 거니?"

대답처럼 바람이 불었다. 숲이 그녀를 위로하고 있었다.

아델은 그네에서 내려와 나무에 기대앉았다. 사방을 에워싸며 가득한 빛무리를 바라보고 있으니 기분이 조금 나아졌다.

주변을 가득 채운 빛이 갑자기 순식간에 사라졌다.

'누가 오고 있어.'

강렬한 느낌으로 알았다. 설명할 수 없는 감각이었다. 아델의 표정이 굳었다.

'누구지?'

정원에 들어올 사람은 할머니뿐이었다. 하지만 할머니일 리가 없었다.

덜컥 겁이 났다. 이제는 그녀를 지켜 줄 사람이 없었다. 항상 안락한 평온을 즐겼던 정원에서 그녀는 처음으로 두려움을 느꼈다.

사방을 둘러보았다. 탑으로 도망가기에는 너무 멀리 나왔다. 어쩔 줄 모르고 갈팡질팡하는 사이에 그녀의 발밑에서 길게 덩굴이 자라기 시작했다.

덩굴은 빠르게 아델의 몸을 휘감고 올라갔다. 아델은 당황했지만, 숲이 자신을 해치지 않을 거라고 믿었다. 그녀는 벗어나려고 애쓰는 대신에 몸을 웅크리고 앉았다.

아주 잠깐 사이에 덩굴은 아델의 몸 전체를 감싸 안으며 무성하게 이파리를 펼쳤다. 멀찍이 사람이 나타났다. 키가 큰 남자였다. 더 가까이 다가온 흑발의 남자는 아는 사람이었다.

'앨런 코우⋯⋯.'

그녀의 친구인 캘빈의 형님이었다. 부친의 명성에 눌리지 않는, 뛰어난 기사였다. 개인적인 친분은 없었다. 할머니를 뵈러 갔다가 몇 번 그와 우연히 마주쳐서 인사를 나눈 것이 전부였다.

그는 캘빈과 다르게 표정이나 말투 모든 것에 빈틈이 없었고 아델을 대할 때는 주군의 가족을 대하듯 나무랄 데 없이 정중했다.

그가 아델이 있는 곳으로 고개를 돌릴 때 그녀는 가슴이 덜컹했다. 하지만 아델의 존재를 알아차리지 못했는지 무심한 표정으로 시선이 지나쳤다.

아델은 자신의 모습을 볼 수 없어서 모르지만, 누가 봐도 그녀는 큰 나무 아래에 우거진 수풀로 보였다.

"오. 이런 곳이 다 있었네."

뒤늦게 남자 한 명이 더 나타났다. 붉은 갈색 머리의 남자는 주변을 둘러보며 가볍게 휘파람을 불었다. 아델은 처음 보는 사람이었다.

"주변이 트여서 누가 엿듣지도 못하겠고. 아주 좋네. 여긴 어디야?"

"정원이야."

"정원? 무슨 정원이 이래."

"조경사가 관리하지 않는다고 하더군."

"아무리 관리하지 않아도 그렇지. 한 백 년은 내버려 둔 건가? 완전히 숲이잖아."

앨런은 에릭의 말을 듣고서 새로운 시선으로 정원의 모습을 살폈다.

'확실히 예전에는 이 정도가 아니었지.'

조경사가 말끔하게 정리하지는 않았어도 한눈에 정원으로 보였다.

그런데 언제부턴가 나무와 풀이 무성하게 자라나서 이제는 손댈 엄두도 내지 못할 지경에 이르렀다.

"정원 이야기 하자고 보자 한 거 아니다. 성에서 사람 눈 피해 말할 곳이 마땅치 않아서 여기가 떠올랐지만, 주인은 따로 있어. 허락 없이 들어온 것이고 나도 오래 자리를 비울 수 없으니 본론만 하자."

"주인? 아……. 성주님께서 남쪽 탑을 통째로 줬다는 아가씨 말이로군."

아델은 입술을 삐죽였다.

'남쪽 탑을 내게 주신 건 아닌데.'

남쪽 탑은 원래 손님이 머무는 곳이었다. 성주를 찾아온 손님이 남쪽 탑에서 며칠 묵을 때도 가끔은 있었다. 하지만 거의 비어 있기에 남쪽 탑 전부를 아델이 혼자 쓰는 것처럼 보일 뿐이었다.

"에릭. 오늘 저녁에 학원으로 돌아간다고 들었다."

"가야지. 수업이 밀렸어. 학기 중인데 닷새나 빼고 온 거란 말이다."

"정말 넌 교수로서 평생을 보낼 셈이야?"

에릭이 피식 웃었다.

"넌 볼 때마다 같은 말이냐. 포기할 때도 되지 않았어?"

"잠시 머리를 식히는 건 좋아. 하지만 그건 네 길이 아니야. 네 아버지께는 네가 필요하고, 레바스에도 네가 필요해."

두 사람의 이야기를 듣다가 아델은 갈색 머리의 남자가 누구인지 알아차렸다.

루터 바실 수장에게 아들이 있다는 말을 하녀에게 들었다. 부자의 사이가 극히 나빠서 바실 수장의 아들이 후계 자리를 걷어차고 학원의 교수가 되었다고 했다.

바실 가문은 대대로 레바스 가문을 보좌한 동부의 명문가였다. 부유한 명문가의 후계 자리를 박차고 고작 교수를 하겠다는 선택이 사람들 사이에서는 꽤 이야깃거리였다.

"나도 모르는 내 길을 왜 네가 확신하냐? 지금이야말로 내가 선택을 잘했다고 생각하는걸."

에릭은 어깨를 으쓱하며 말했다.

"레바스는 끝났어. 알잖아, 너도."

에릭은 친구의 단단히 굳은 표정을 보며 어쩌면 주먹이 날아 올지도 모른다고 생각했다. 하지만 앨런은 주먹 대신에 차분하게 말했다.

"무슨 일인지 들어야겠다."

"뭘?"

"네가 온 이유. 왜 왔어?"

"야, 반갑다고 한 게 며칠 전이다? 너무 말이 빨리 바뀌잖아."

"너 교수 된다고 동부를 떠나고 처음 온 거야."

"그야 아버지가 부르시니까……."

"학기 중에 휴가까지 내면서? 작년 겨울에 내가 찾아갔을 때 만 해도 절대 돌아올 생각이 없다고 했지. 언제부터 수장 어르신 의 말을 그렇게 잘 들었다고. 말해. 뭔지."

에릭은 쩝, 입맛을 다셨다. 고지식하기로 둘째가라면 서러울 친구 녀석은 묘한 곳에서 눈치가 귀신이었다.

"어차피 너도 조만간 알 일이긴 하지."

에릭은 포기하고 선선히 털어놓았다.

"아버지가 은밀하게 사람을 찾아 달라고 하시더라. 난 외부인 이라서 눈에 띄지 않게 움직이기 편할 테니까. 하여간 그 노인네 는 속에 구렁이가 들어앉았어. 어쩐지 내가 집 나간다고 할 때 두말없이 그러라고 하더니, 다 이럴 때 써먹으려 그런 거였어."

"누구를 찾는 건데?"

에릭은 주변에 사람이 없다는 걸 알면서도 한 번 돌아본 후에 목소리를 낮추었다.

"성주님의 후계자."

잠시 침묵이었다. 본의 아니게 중요한 일을 엿듣게 된 아델도 숨을 죽였다.

"돌아가신 도련님께 혈육이 있다더라."

"파울 도련님께?"

파울에게는 자식이 없었다. 결혼 후 십여 년 만에 겨우 아내가 임신했으나 임신 중독으로 결국 아이를 사산하고 죽었다. 아내의 죽음에 크게 상심한 파울은 이후 재혼하지 않고 계속 혼자였다.

"아니. 에단 도련님."

앨런은 그가 누군지 잠시 기억을 더듬어야 했다.

성주에게는 아들이 둘이 있었다. 이번에 죽은 파울은 차남이고, 오래전에 장남이었던 에단은 낙마 사고로 죽었다.

무려 이십 년 전. 까마득한 옛일이다. 에단이 죽었을 때의 나이는 고작 이십 대 초반이었다.

"확실한 거야?"

"확실하지 않으니까 아버지도 공론화하지 못하는 거겠지. 성주님께서도 아버지께 조용히 찾으라고 하신 거겠고. 대륙에서 태어나 자란 것으로 추측하기 때문에 찾을 길이 막막해."

앨런은 생각에 잠겼다. 에릭이 느닷없이 나타난 때가 나흘 전이었다. 그때는 파울이 죽었다는 소식이 알려져 성주가 쓰러지기 전이었다. 드디어 돌아오는 거냐고 물으니 에릭은 묘하게 웃으면서 대답을 피했다.

"너, 며칠 전부터 알고 있었구나."

"말 못 한 건 미안하다."

"그럼 성주님께서는……."

주변의 눈을 속이고 계시는구나. 앨런의 눈에 담긴 물음을 대충 눈치챈 에릭이 고개를 끄덕였다.

"여장부시잖아. 아들이 죽었다는 소식만으로 그냥 맥없이 쓰러질 분은 아니지."

에릭은 시마를 주인으로 모실 생각은 없었지만, 그것과 별개로 대단한 분이라는 사실은 인정했다.

에릭이 집을 나간 이유는 알려진 사실과 다르게 교수가 된다는 꿈을 이루고 싶어서가 아니었다. 시마의 밑에서는 자신이 꿈꾸는 동부를 만들 수 없다고 생각했기 때문이었다.

시마의 정책은 동부의 안정을 최우선으로 삼았다. 다른 대가문들이 대륙에 진출하는 수십 년 동안 오직 동부만이 틀어박혀서 움직이지 않았다.

물론 그건 안전했다. 레바스 가문은 부유했고 동부는 안정적이었다. 하지만 에릭은 정체된 동부가 지루했다. 그는 모험을 원했다. 다른 대가문처럼 대륙에 나가고 싶었다.

그나마 최근에는 파울이 대륙에 관심을 보인다고 해서 조만간 파울을 만나려고 했다. 죽었다는 소식을 듣고 얼마나 허탈하던지.

"하지만 찾는다고 해도. 글쎄……. 레바스 가문의 영광이 이제 끝날 때가 된 거겠지."

"함부로 말하지 마."

"운이 좋아서 찾았다고 치자. 어떤 인물인지 어떻게 알아? 제대로 교육을 받기는 했을까? 극악무도한 인물이라거나 구제불능 쓰레기면 어쩔 건데?"

에릭은 험상궂게 굳어지는 친구의 표정을 보면서도 말을 이었다.

"넌 그래도 괜찮냐? 어떤 사람이건 주인으로 모실 거야?"

"그래. 주인의 부족함을 채우라고 신하가 곁에 있는 거다."

에릭은 고개를 내저었다.

"요즘은 대륙의 기사도 너같이 꽉 막힌 소리는 안 해."

"그들이 잘못된 거겠지."

"그래, 그래. 너는 네 길을 가세요. 난 내 길을 갈 테니까."

"그분은 어떻게 찾을 생각이야?"

"생각해 둔 게 있어. 그쪽 방면으로 유능한 자들을 알거든."

"나도 돕겠어."

에릭은 피식 웃었다. 저 말이 나올 줄 알았다.

"당연히 도와야지. 하지만 지금은 안 돼. 네가 갑자기 사라지면 이상하게 볼 사람이 많아."

"그러면?"

"파울 도련님이 대륙에 벌인 사업을 정리하러 사람을 보내야 할 거야. 그때 널 내보낼 방법이 있지."

"자세한 이야기는 나중에 하자. 난 지금 가 봐야 해."

동부는 지금 비상이 선포된 사태였다. 성 주변의 경비는 최고 단계로 격상되었고 동부 전체의 치안도 강화했다. 총책임자는 코우 수장이며 앨런은 부책임자 정도 되었다. 원래 현장에서 이리 뛰고 저리 뛰며 가장 바쁜 사람은 부책임자다.

"시간 나면 학원으로 와. 여기보다는 내 교수실이 남의 눈을 피하기에는 더 좋을 테니까."

"한두 달 내에는 힘들어."

"어차피 성주님의 후계자 찾기는 한두 달 내에 못 해."

두 사람이 점점 멀어졌다. 그들의 모습이 보이지 않고 더 시간이 지나자 아델의 몸을 감쌌던 덩굴이 스르르 움직여 흩어졌다.

생각에 잠긴 사이에 아델의 몸은 이미 자유로워져 있었다.

"고마워."

아델은 주변을 돌아보며 미소 지었다. 대답하듯 살랑살랑 부드러운 바람이 그녀의 볼을 어루만지고 지나갔다. 이해할 수 없는 일이 일어났지만, 무섭다거나 겁이 나지 않았다.

"미안해. 그동안 듣지 못해서."

그동안 나무와 풀은 계속 그녀에게 말을 걸고 있었다. 이제야 겨우 소리를 들은 것이다. 자연스러운 깨달음에 그녀는 어떤 위화감도 느끼지 못했다.

아델은 일어나서 탑으로 걸었다. 두 사람의 대화를 듣고 났더니 답답한 가슴이 조금 나아졌다.

'내가 모르는 일이 벌어지고 있구나.'

할머니는 무력하게 의식을 잃고 누워 계신 것이 아니었다.

'에단……'

아델은 본 적도 없는 사람이었다. 하지만 할머께 죽은 아들이 있다는 사실은 알고 있었다.

'내가 그분의 딸인 줄 알았던 시절이 있었지.'

아델은 쓸쓸하게 웃었다.

손녀인지 손자인지는 모르겠지만, 이 세상에 진짜가 살고 있다. 자신처럼 가짜가 아니라.

'다행이야.'

아델은 마냥 기뻐하지 못했다. 설명할 수 없는 상실감으로 그녀는 우울했다.

＊　　＊　　＊

거친 호흡을 삼키며 눈을 떴다. 허공을 바라보는 보라색 눈동자가 격렬하게 흔들렸다. 잠시 후 안정을 찾은 눈빛이 가라앉았다.

"하아……"

그는 긴 한숨을 내쉬며 식은땀으로 젖은 머리를 쓸어 올렸다.

땀에 젖은 푸른색 머리카락이 후드득 어깨 위로 떨어졌다. 손바닥으로 눈두덩이를 꾹 누르며 속으로 욕설을 중얼거렸다.

새카만 괴물에게 쫓기다가 잡힌다. 괴물은 그를 입에 물고 와그작와그작 씹어 삼켰다. 그는 처절한 비명을 지르는 것밖에 할 수 없었다. 고통도 고통이지만 무력감이 더 끔찍했다.

빈번하게 그를 찾아오는 악몽이었다. 이 악몽을 평생 떨쳐 낼 수 없을 것이다. 지긋지긋한 불치병이었다.

악몽은 그가 용병이 된 이유의 반 정도를 차지했다. 현실에서 생사를 넘나들면 꿈 따위는 무시할 수 있을 줄 알았으니까. 헛된 기대였다. 깨어 있을 때나 잠을 잘 때나 편할 날이 없었다. 몸은 몸대로 고생이고 정신은 너덜너덜했다.

그래도 약간의 도움은 되었다. 몸과 마음이 단련되었는지 목이 터져라 비명을 지르며 깨어나는 일은 없어졌다. 전에는 자다가 비명을 질러 다른 사람을 다 깨우는 통에 여관에서 쫓겨난 적도 있었다.

그는 상체를 일으키며 신음을 흘렸다. 머리가 깨질 것 같았다.

'뭐지? 이건 악몽의 후유증이 아닌데.'

숨을 쉴 때마다 올라오는 냄새가 역하다. 숙취의 증상이었다. 가물가물한 기억의 마지막이 목으로 넘어가는 텁텁한 탁주의 맛이었다. 그는 미간을 구겼다.

'망할.'

그 후의 기억이 없다. 기억이 끊겼다. 기분이 더러웠다.

침대에 앉아 울렁이는 속을 가라앉히며 숨을 푹푹 내쉬다가 맞은편 침대를 보았다. 죽은 듯이 엎드려 누워 있는 등판의 주인을 노려보았다. 저놈이 원흉이었다.

「마시고 죽자!」

지난밤 몇 번이나 들은 녀석의 외침이었다. 여기저기서 권하는 술을 거절할 수 없는 분위기로 몰아간 것도 녀석이었다.

그는 술을 즐기지 않았다. 인사불성으로 취해서 흐느적거리는 일을 아주 질색했다. 시간이 나면 검술 연습을 하거나 혼자 조용히 쉬었다. 그런 그를 혼자 고고하게 논다고 눈꼴시게 보는 인간들이 있었다.

상대하기 싫은 놈들이 비아냥거리거나 말거나 그는 신경 쓰지 않았다. 하지만 두루두루 사람들과 어울리기 좋아하는 그의 형제는 기회만 되면 그를 늘 사람들 사이로 끌어들이려고 했다. 기어코 어제는 그를 붙잡아 사정없이 술을 퍼먹였다.

그는 비틀거리며 방을 나왔다. 침대 두 개로 꽉 차는 비좁은 방을 나오면 낡은 소파와 테이블로 대충 구색을 갖춘 응접실이었다. 이래 봬도 이 낡은 숙박업소의 특실이었다.

그는 다른 건 다 참아도 남과 뒤섞여 자는 일만큼은 도저히 익숙해질 수 없었다. 돈이 생기면 잠자리부터 제대로 마련했다.

뜰로 나가 세수하려다가 그는 출입문 근처에 놓인 대야를 발견했다. 맑은 물이 가득 차 있고 옆에는 수건도 있었다.

그는 세숫대야를 내려다보다가 녀석이 자고 있는 침실 문을 바라보았다. 이게 누구를 위해 준비된 것인지 알 것 같았다.

"고맙게 잘 쓰마. 레온."

론은 씨익 웃으면서 맑은 물에 손을 담갔다. 두 손 가득 물을 담아 떠올리다가 다시 털어 내고 입고 있던 셔츠를 벗었다.

실전으로 다져진 탄탄한 근육의 상체에는 여기저기 크고 작은 흉터가 도드라졌다. 그의 삶이 그다지 평탄하지 못했다는 증거였다. 그래도 용병치고 이 정도 상처가 없는 사람은 없었다.

하지만 그의 등을 본 사람은 열이면 열 당혹스러운 표정으로 말을 하지 못했다.

그의 등에는 오른쪽 어깨에서 왼쪽 허리 부근을 사선으로 가로지르는 큼직한 흉터가 있었다. 단순히 베인 것이 아니라 거대한 네 개의 발톱이 살을 후벼 파며 긁어내린 흔적이었다. 죽지 않은 것이 천운이라고, 누군가는 말했다.

그에게 등의 흉터는 단순한 상처의 흔적이 아니었다. 과거의 그가 죽고 새로 태어났다는 증거였다.

그래서 흉터가 남의 시선을 끄는 것이 싫었다. 론은 가급적이면 남이 볼 수 있는 곳에서는 상반신을 드러내지 않았다.

그는 다 쓴 세숫물을 들고 방을 나왔다. 서둘러 뜰에 버리고 대야를 제자리에 가져다 두려고 했다. 하지만 뜰에서 마주치지 않았으면 하는 사람과 딱 마주치고 말았다.

여관 주인의 딸, 사라가 론의 얼굴을 멍하게 보다가 들고 있는 대야로 시선을 내렸다. 론은 어색한 인사를 건넸다.

"……좋은 아침."

사라는 발갛게 물든 얼굴로 고개를 끄덕였다.

"네가 갖다 둔 거지?"

뜨내기들이 드나드는 저렴한 여관에 손님의 방 안까지 세숫물을 가져다주는 서비스 따위는 없었다. 사라는 레온을 좋아했다. 분명 레온을 위해서 세숫물을 들여놓았을 것이다.

"……응."

"미안. 내가 썼어. 다시 떠다가 방에 가져다 둘게."

쓰고 모른 척하려고 했는데 들키고 말았다. 아직 세상모르게 자는 고주망태 녀석에게 세숫물을 떠다 바치려니 속이 쓰리지만 어쩔 수 없었다.

"아…… 아니야. 괜찮아."

사라는 얼른 론에게서 대야를 빼앗았다.

"이거……."

사라가 주머니에서 뭔가를 꺼내 내밀었다. 얼결에 받은 론은 물건을 확인하고 눈이 커졌다.

"주웠어. 레온이 목에 걸고 다닌 걸 본 적이 있는 거 같아서……."

"고마워. 정말 고마워."

론은 긴 가죽끈에 매달린 반지를 주머니에 넣으며 속으로는 녀석에게 욕을 퍼부었다. 어머니의 유품이었다. 귀한 물건을 이렇게 흘리고 다니다니.

론이 진심으로 고마워하자 사라는 발그레한 얼굴로 웃었다.

그를 본 첫날부터 사라의 가슴앓이는 시작되었다. 그처럼 잘생긴 남자는 처음 보았다. 길어서 날카로워 보이는 눈매도, 신비로운 보라색 눈동자도 좋았다. 가끔 땀에 젖은 셔츠에 비치는 근육을 보면 가슴이 설렜다. 그를 훔쳐볼수록 더 좋아졌다.

그는 치근덕거리는 다른 용병과 달랐다. 추접스러운 농담을 던지는 일도 없고 실수인 척 추행하지도 않았다.

왈가닥인 사라가 얌전한 아가씨처럼 굴기 시작했다. 본성을 드러내지 않으려니 말수가 적은 그에게 말을 붙일 기회가 없었다. 차라리 그가 다른 남자처럼 수작을 부렸으면 좋았겠다고 생각했다.

그녀는 기회가 생긴 김에 용기를 냈다.

"저기, 론. 혹시 오늘……."

사라가 잠시 머뭇거리는 사이에 한마디 말이 끼어들었다.

"여어. 아침부터 후끈후끈하네."

흑갈색 머리카락의 사내가 언제 왔는지 나무 사이로 고개를 비죽 내밀면서 웃었다.

사라는 사내를 매섭게 노려보았다. 방해꾼이 왜 이렇게 많은지! 론에게 전해 달라고 레온에게 건네준 과일을 레온이 먹어 치우는 것을 봤을 때만큼이나 약이 올랐다. 그녀는 휙 몸을 돌려서 여관 안으로 사라졌다.

사내는 론을 보며 이죽거렸다.

"재주도 좋아. 가는 곳마다 여자는 다 홀리고 다녀."

"아침부터 헛소리."

론은 심드렁하게 대꾸하고 몸을 돌렸다. 줄리오는 2층의 방으로 가는 론의 뒤를 따라붙었다.

"누구야?"

"사라. 여관집 딸."

"오오. 괜찮은데. 둘이 잘되면 정착해도 되겠네. 여관 물려받는 건가?"

론은 성가신 파리를 대하듯 대꾸하지 않았다. 그러나 줄리오는 개의치 않고 론을 따라서 방 안까지 들어갔다. 그리고 테이블 위에 놓인 물병에서 물을 따라 마시고는 눈이 휘둥그레졌다.

"으아! 이게 뭐야! 달잖아! 꿀을 탔어, 꿀을!"

한 잔 더 따라 마시려는 줄리오의 손에서 론은 물병을 빼앗았다.

"본인 것이 아니면 손대지 말지?"

"치사하다. 네 것에 손대지 말라 이거냐? 누구는 아침부터 꿀물을 대령 받고 누구는 물 한 잔도 못 언어먹고!"

론은 억지를 부리는 줄리오를 한심하게 쳐다보았다.

"내 것도 아니야. 레온 몫이니까 그냥 둬."

"레온?"

줄리오는 고개를 갸웃했다.

"이걸 누가 갖다 놓은 건데?"

"아마도 사라? 아까까지는 없었는데 좀 전에 갖다 났나 봐."

"근데 왜 레온 건데?"

론은 답답하다는 듯 줄리오를 보았다. 평소에는 눈치 빠른 사람이 이상하게 둔하다고 생각하면서.

"사라가 레온을 좋아하니까."

"레온을?"

줄리오는 눈을 크게 떴다가 곧 푸하하 웃음을 터뜨렸다. 조금 전에 론의 앞에서 몸을 배배 꼬며 얼굴을 붉히고 있던 여관집 딸이 가여워졌다. 줄리오는 킥킥대면서 론의 어깨를 탁탁 내리쳤다.

"난 네가 좋다. 론."

반쯤 정신 나간 놈으로 보는 론의 시선이 노골적이었지만, 줄리오는 히죽거렸다.

'이런 데에만 둔하다니까.'

절대 어리숙한 녀석은 아니었다. 남보다 두세 수는 앞서 볼 줄 알았다. 감정 조절에 능숙해서 표정에 드러내는 일이 없었다. 판단은 신중하고 날카로웠다. 무기를 들고 움직일 때는 과감하고 날랬다. 적으로 만나고 싶지 않다는 생각을 들게 한 사람이, 줄리오는 론이 처음이었다.

'둔한 게 아니라 차가운 거려나.'

오랜 시간을 두고 지켜봐서 그런지 론이 자신의 테두리 바깥의 사람에게는 철저하게 무관심하다는 사실을 알게 되었다. 아예 관심이 없으니 남이 자신을 어떤 눈으로 보는지 모르는 거다.

말끔하게 잘 빠진 론의 면상을 뜯어보며 줄리오는 아쉬운 한숨을 흘렸다.

'써먹지도 못하는 저런 녀석 말고 나나 주지.'

어려서는 계집애처럼 예쁘장한 얼굴을 가진 녀석이었다. 체격도 작았다. 다들 론이 나이가 들면 비리비리해서 힘도 못 쓸 거라고 생각했다.

모두의 예상을 뒤엎고 열여섯 살을 기점으로 론은 무섭게 크기 시작했다. 이제 키는 용병단에서 세 손가락으로 꼽을 만큼 장신이고 큰 체격만큼 힘도 좋아서 누구에게도 밀리지 않았다.

얼굴도 변했다. 미형의 얼굴이 선이 굵어지니까 사내 냄새가 났다. 언제부턴가 가는 곳마다 여자들이 추파를 던졌다.

방에서 수나 놓으라고 론을 놀려 대던 동료들은 이젠 부러움으로 눈이 이글거렸다. 그리고 모두 작당해서 론에게 기웃거리는 여자들을 가리켜 '레온에게 관심 있어서 너에게 접근하는 것'이라고 입을 모았다.

'진실을 알아도 이 녀석은 신경도 쓰지 않을걸.'

"레온은 아직 자?"

"완전히 뻗었어."

"녀석이 간밤에 과음을 하긴 했지. 넌 평소 술도 안 하는 녀석이 주량이 뭐가 그렇게 세냐?"

"말하지 마. 속이 뒤집혀 죽겠는 거 간신히 참고 있으니까."

술 얘기가 나오니까 다시 속이 울렁거려서 론은 인상을 썼다.

"어제 네가 테이블에 엎어질 때 다들 환호성 지른 거 알고 있냐?"

줄리오가 큭큭 웃었다.

"하여간, 할 일 없는 놈들. 아침 먹자고 온 건 아닐 테고. 무슨 일이야?"

"의뢰가 하나 들어왔는데 이게 좀 쎄."

줄리오가 손가락으로 동그란 모양을 만들었다.

"무슨 소리야? 이미 착수금 받은 일이 있잖아."

대장이 얼마 전에 큰 일거리를 하나 물어 왔다. 수십 명이 넘는 용병대 모두를 고용하는 데다가 보수도 높았다.

이웃 나라, 사울 왕국의 백작령으로 가야 한다. 거리가 있다 보니까 날짜에 맞추려면 며칠 내에는 떠나야 했다.

"그 일을 하는 데 방해되는 건 아니야. 많은 인원은 필요 없고 한두 명이면 되는 일이래."

"뭔데?"

"의뢰주를 만나 봐야 확실하게 알아. 아무래도 레온은 힘들 거 같고 너와 나 둘이서 다녀와야겠다."

"내가 의뢰주를 왜 만나?"

"의뢰주가 용병 같지 않은 사람을 고용하고 싶다고 하거든."

론이 미간을 팍 일그러뜨렸다.

"얼굴 팔라고?"

"야, 뭘 그렇게까지…….."

"내가 이런 일 또 받으면 가만 안 있겠다고 했지."

론이 사납게 으르렁대자 줄리오는 슬그머니 시선을 피했다.

"말했지만 의뢰비가 쎄서…….."

"안 해."

"뭔지 들어 보지도 않고. 이미 착수금 받았대."

"누구 마음대로!"

닫혀 있던 침실 문이 열리고 안에서 갈색 더벅머리의 청년이 비틀거리며 나왔다. 대치하고 있던 두 사람의 시선이 돌아갔다.

"으……. 죽겠다."

청년은 초점이 흐린 보라색 눈동자로 두 사람을 보면서 흐느적대며 손을 흔들고 소파로 걸어가서 풀썩 쓰러졌다.

"로~온. 물 좀 주라."

론은 혀를 차고 꿀물이 담긴 물병을 가져가서 내밀었다. 물병을 입에 가져가서 벌컥거리며 다 마시고 레온은 다시 소파에 널브러졌다. 론은 엎드린 녀석의 등판을 사정없이 후려쳤다. 퍽, 소리가 나자 줄리오는 움찔했다. 저건 꽤 아프겠다.

레온은 요란한 비명을 지르며 고개를 번쩍 들었다.

"왜 그래! 골 울리게!"

눈앞으로 뭔가가 툭 던져졌다. 씩씩거리던 레온은 그것을 집어 들었다. 눈앞에서 까만 반지가 긴 가죽 줄에 매달려 대롱대롱 흔들렸다.

"어. 이게 왜."

제 목을 더듬었다. 항상 목에 걸고 다녔던 목걸이가 없었다.

"네가 흘린 것을 사라가 챙겼더라."

"이야. 이게 내 것인 줄 어떻게 알았을까? 눈썰미도 좋아."

"어머니 유품을 술 처먹다가 흘리고 다녀?"

"어, 너 형님한테 말이 짧다."

"아직 덜 깼냐?"

둘이 티격태격하는 모습이 새끼 강아지가 뒤엉켜 노는 것 같다고 줄리오는 생각했다.

소년이었던 둘이 자라서 청년이 될 때까지 지켜봤지만, 둘이 심각하게 싸우는 모습을 한 번도 못 봤다. 정말 의좋은 형제였다.

눈동자 색 외에는 전혀 닮지 않은 두 형제는 서로를 아주 끔찍이 생각했다. 저 둘이 서로를 위해서 자신의 목숨을 주저 없이 버릴 수 있을 거라는 사실을, 줄리오는 의심해 본 적이 없었다.

등을 완전히 맡길 수 있고 대신 죽어도 괜찮은 사람이 곁에 있는 건 어떤 느낌일까. 고아인 줄리오는 가끔 그들이 부러웠다.

"여어. 레온. 정신이 드냐? 나랑 일하러 가자."

줄리오는 레온을 흘끔 보고 론에게 말했다.

"의뢰주가 필요한 건 너희 둘 중 하나야. 네가 안 하면 레온이 하면 돼. 레온은 한다고 할걸."

레온이 소파에 누워 꼼짝하지 않은 채 입만 벌렸다.

"얼마짜리 일?"

"일의 난이도는 하급, 보수는 특급."

"우와! 나 해. 무조건 해."

저거 보라지, 하는 표정으로 줄리오는 론을 보며 어깨를 으쓱했다. 하지만 론의 표정은 더 사나워졌다.

"난이도 하급인데 보수는 특급? 사기 쳐, 지금?"

세상에 공짜는 없다. 돈을 많이 주는 일은 그만큼 위험부담이 있기 때문이다.

"진짜야. 근데 레온이 하면 난이도 상급으로 뛰겠다. 론, 네가 하면 난이도 하급이 될 수도 있고."

더 인상을 쓰는 론을 보며 줄리오는 얼른 일어났다.

'하여간, 고분고분하게 넘어가는 적이 없는 놈이라니까.'

두 형제는 닮지 않은 외모만큼이나 성격도 완전히 달랐다. 레온은 그냥 딱 철없는 막내 동생 같은 놈이었다. 론은 어려웠다. 어릴 때부터도 빈틈이 없었다.

"일단 가면서 이야기하자. 약속 시간 다 됐어. 의뢰주가 귀족 아가씨야. 귀족님을 기다리게 하면 안 되는 거 알지?"

론은 어쩔 수 없이 일어났다. 줄리오의 말대로 이번 일을 하건 하지 않건 의뢰주와의 약속 시간에 늦어서는 안 된다. 특히 높은 신분이라면 용병과의 만남 따위에 시간을 낭비하는 일을 아주 끔찍하게 생각할 테니까. 기분이 상했다는 이유만으로도 터무니없는 짓을 아무렇지 않게 하는 자들이 그들이고 용병이 귀족의 변덕에 대항할 수단 같은 건 없었다.

"론!"

문고리를 잡다가 고개를 돌린 론은 자신에게 날아온 것을 잡아챘다. 조금 전에 던져 준 반지였다.

"뭐야, 레온."

레온은 히죽 웃었다.

"그거 이제 네가 갖고 있어. 아무래도 난 덜렁대다 잃어버리겠다."

"그래서. 내가 챙기라고?"

"어차피 내 어머니가 네 어머니지. 내가 갖고 있다가 잃어버린 후에 후회해 봤자 소용없잖아?"

론은 혀를 차며 반지를 주머니에 넣었다. 저놈은 잃어버리고도 남을 녀석이었다.

"의뢰 꼭 받아 와. 네가 안 하면 내가 할 거야."

문을 닫는 등 뒤에서 레온이 소리쳤다.

*　　*　　*

의뢰주와 만나기로 약속한 장소로 가는 동안 줄리오는 살살

론을 달랬다.

"이상한 일은 아니야. 얼핏 듣기로 귀족 아가씨가 호위가 필요하대. 그런데 기사인 척해야 하나 봐."

"기사를 사칭하라고? 죽을 자리를 가져왔군."

기사 사칭이 죽을죄는 아니지만, 감옥 안에서 십중팔구는 죽어 나올 것이다. 용병 따위가 감히 사칭한 행위를 기사들이 가만두지 않을 테니까.

"고용주가 귀족인데 무슨 상관이야. 널 기사라고 소개하면 누가 따지겠냐고."

"줄리오."

"가서 일단 들어 봐. 넌 말투나 행동이나 흉내 내면 아주 감쪽같잖아. 귀족의 예절도 잘 알고."

론이 귀족을 상대할 줄 안다는 것을 안 뒤로 대장은 귀족과 만나야 하는 자리에는 꼭 론을 대동했다. 그러더니 어느 날은 이상한 일을 맡겼다. 귀부인의 파트너로 파티에 참석하는 일이었다.

퇴폐적이고 향락적인 비공개 파티였고 론은 거기서 험한 일을 겪을 뻔하다가 빠져나왔다. 그 길로 달려가서 대장 얼굴에 주먹질했다. 내용을 들은 줄리오는 죽어라 웃어 댔고.

"……이상한 일이면 절대 안 해."

"알았어, 알았어."

약속 장소는 귀족이나 거부들이 많이 드나드는 고급 주점이었다. 폐쇄된 방에서 잠시 기다렸다. 얼마 후 문이 열리고 들어오는 사람들을 보면서 줄리오와 론이 서로를 마주 보았다.

줄리오의 표정에 당황한 기색이 드러났다. 들었던 것과 달랐다. 론은 줄리오의 표정을 보고 줄리오 역시 속았다는 것을 알아차렸다.

둘은 동시에 이를 갈았다. 대장 이 자식을!

들어온 사람은 귀족 아가씨가 아니었다. 독특한 광택이 나는 흰색 로브를 입은 두 사람이었다.

하란의 마법사다. 론과 줄리오는 긴장했다.

본래 대륙에서 마법사는 잡기나 부리는 자들이었다. 그런데 언제부턴가 하란의 마법사들이 대륙 곳곳을 오가면서 마법사의 위상이 달라졌다. 그들의 신비로운 힘을 목격한 자들이 퍼트린 소문이 더욱 부풀어서 그런 것도 있지만, 현실적인 이유가 더 컸다.

하란은 대륙의 대부분 국가와 계약해서 마법사에게 외교관에 준하는 지위를 부여했다. 통행이 자유롭고 치외법권에 있었다. 귀족들이 마법사에게 함부로 하지 못하니 평민이 보기에 하란의 마법사는 귀족이나 마찬가지였다.

"우선 사과부터 해야겠군."

흰색 로브의 나이가 지긋한 여마법사가 말했다.

"비밀을 요하는 일이라서 의뢰 내용을 속였네. 자네들에게 의뢰한 귀족에게 내가 부탁한 일이지."

"일의 내용을 안 뒤에 할 수 없는 일이면 거절할 수 있습니까?"

론은 자신들에게 선택권이 있는지를 확인했다. 어린 청년이 먼저 말을 시작하자 마법사들은 의외라는 표정을 했다.

"자네에게 결정권이 있나?"

론은 줄리오를 바라보았다. 줄리오가 고개를 끄덕였다.

"그렇습니다."

"물론 거절해도 괜찮네. 어디까지나 의뢰를 하는 것뿐이니까. 하지만 꼭 도와주었으면 좋겠군."

"착수금을 받았다고 들었습니다."

"그건 상관없네. 일의 내용도 모르고 받은 돈이니 그걸 빌미로 삼을 수는 없지."

듣던 대로 하란의 마법사는 합리적이었다. 권위적인 귀족과 가장 다른 점이었다. 론은 귀족 아가씨의 의뢰보다 차라리 낫다는 생각이 들었다.

"듣고 결정하겠습니다."

데보라는 고개를 끄덕이며 두 청년을 살폈다. 지금껏 접했던 대륙의 용병들과 어딘가 달랐다. 거친 일을 업으로 삼는 자들은 거친 느낌을 풍기기 마련이었다. 그런데 두 청년은 우선 인상 자체가 사납지 않고 표정에 비굴함이나 허세가 없었다.

"자네가 마법사로군."

데보라는 줄리오를 바라보며 말했다.

마법사는 대륙에서 거의 멸종되었다. 간신히 명맥만 유지하던 대륙의 마법사들은 하란의 마법사들이 등장한 이후에 대부분 하란으로 망명했다. 그래서 대륙에서 마법사는 거의 찾아볼 수 없게 되었다.

하란의 마탑은 재능 있는 마법사라면 언제나 환영했다. 어차피 제대로 대우를 받지 못할 바에는 하란으로 가는 편이 훨씬 나았다. 대륙에서는 체계적으로 마법을 배울 수 있는 곳도 없을 테니까. 대륙에 남은 마법사는 그저 잔재주만 익힌 자들이었다.

그래서 용병으로 일하는 마법사가, 제법 실력이 있다더라는 말을 듣고 호기심을 느꼈다.

"무례가 아니라면 자네의 마법을 볼 수 있을까?"

"예."

줄리오는 눈앞의 노부인이 대단한 마법사라는 사실을 온몸으로 느꼈다. 누군가 마법을 보여 달라고 하면 꺼지라고 욕설을 하던 그가 순순히 대답했다.

줄리오는 오른손을 들었다.

"간단하게 보여 드릴 수 있는 것으로 하겠습니다."

줄리오가 집중하기 시작하고 잠시 후에 그의 오른손에서 빛이 생겨나더니 점점 커졌다. 흰색의 빛은 점점 푸른색으로 빛나면서 작은 알갱이들이 엉겨 붙어 뭉쳤다. 오른손 안에서 둥둥 떠서 출렁거리는 것은 물의 덩어리였다.

물의 덩어리는 처음에는 작았다가 주먹의 크기로 커지다가 금세 사람의 머리 크기가 되었다.

곁에서 지켜보는 론의 눈이 놀라움으로 커졌다. 줄리오가 마법사인지는 알았지만, 이 정도로 본격적인 마법 능력을 드러내는 것은 처음 보았다. 항상 실없는 말만 하는 줄리오가 다르게 보였다.

"되었네."

데보라는 흐뭇하게 웃었다. 흰색 로브의 남자 마법사는 놀란 표정을 감추지 못했다.

줄리오는 펴고 있던 오른손을 꽉 쥐었다. 그것과 동시에 커다란 물의 덩어리가 사방으로 퍼지면서 사라졌다.

"누구에게 배웠나?"

"혼자 터득했습니다."

"천재로군."

데보라는 어려서부터 천재라는 말을 듣고 자랐다. 하지만 눈앞의 청년이야말로 진짜 천재였다.

"자네는 왜 하란으로 오지 않았지? 지금이라도 올 생각이 없나? 내가 추천장을 써 주겠네."

줄리오는 멋쩍게 웃기만 했다.

"제대로 배우기만 하면 자네는 대단한 마법사가 될 수 있어."

"흠, 흠."

로브의 남자가 헛기침을 했다.

"아, 이런. 이야기가 딴 곳으로 샜군. 하지만 중요한 일은 나중으로 미루는 게 아니지. 자네, 필기구를 가지고 있지?"

데보라가 로브의 남자에게 물었다. 남자는 품속의 주머니에서 돌돌 말린 양피지와 깃펜을 꺼냈다. 마법사들의 필기구는 일반 사람들의 것과 달랐다. 마력으로 인증할 수 있도록 특수 제작된 것이었다.

데보라는 깃펜을 들어 양피지에 글을 썼다. 잉크도 찍지 않은 깃펜이 양피지 위를 지나갈 때마다 글씨가 새겨지면서 은은하게 빛이 났다. 서명을 마친 데보라는 양피지를 다시 말아서 줄리오에게 내밀었다.

곁에서 지켜보던 로브의 남자는 마른침을 삼켰다. 저 추천장이 얼마나 대단한 가치가 있는지 청년은 과연 알고 있을까.

줄리오는 자신의 앞에 놓인 양피지를 차마 만지지 못하고 바라보기만 했다. 추천장의 정확한 가치는 모르지만, 처음 만난 마법사의 호의가 과분하다는 사실 정도는 눈치챘다.

"이건 그저 약간의 도움이라네. 사용할지 아닐지는 자네 의사에 달렸으니 부담 없이 갖고 있게. 그리고 내가 의뢰할 일에는 자네의 마법이 필요하거든. 의뢰를 받아 주었으면 하는 일종의 뇌물이라고 생각하게."

줄리오는 조심스럽게 양피지를 주머니에 넣었다. 뇌물이라는 말까지 하면서 부담을 덜어 주려는 마법사의 배려를 뿌리칠 수 없었다. 줄리오는 감사의 뜻으로 고개를 숙였다.

"그럼 이제 본론으로 들어가지."

"그전에, 확인할 것이 있습니다."

로브의 남자는 론과 줄리오를 보며 말했다.

"자네들의 물건을 봤으면 하네. 혹시 마법 물품을 가졌는지 확인하기 위해서라네. 마법 물품 중에 대화 내용을 담을 수 있는 물건이 있다네."

하란이 대륙에 진출한 이래로 마법 물품이 대중화되었다. 그러나 그것도 중산층 이상의 사람에게나 해당하는 말이었다. 일개 용병이 들고 다니기에 마법 물품은 고가의 귀물이었다.

론과 줄리오는 그런 건 갖고 있지 않다고 변명하는 대신에 두말없이 가지고 있는 물건을 하나씩 테이블에 올렸다. 신체 수색은 의뢰인과 만나면 종종 있는 일이었다.

줄리오가 가진 물건은 약간의 돈이 든 주머니와 단검뿐이었다. 그러나 론은 달랐다.

허리춤에 매달린 검부터 시작해서 단검, 발목에 숨겨져 있던 검, 팔목의 토시 안에도 단검이 있었다. 테이블에 수북이 쌓이는 무기를 보며 줄리오는 질린 표정을 지었다.

"……넌 그게 다 어디서 나오냐?"

표창을 꽂아 둔 가죽 멜빵을 테이블에 올리는 것으로 끝났다. 그리고 문득 생각이 난 주머니 속의 반지를 꺼내 테이블에 올렸다.

용병이 무장을 푸는 모습을 흥미롭게 지켜보던 데보라는 마지막에 나타난 반지를 보며 눈이 반짝했다.

"그걸 자세히 봐도 되겠나?"

론이 허락하자 데보라는 검은 반지를 유심히 살폈다.

"마법이 걸려 있군. 알고 있었나?"

"……몰랐습니다."

"까다로운 마법이야. 아, 문제가 되는 수상한 물건은 아니니 걱정 말게. 이건……."

데보라는 손으로 턱을 만지작거리다가 가볍게 손가락을 튕겼다.

"자, 보게."

데보라는 반지를 들고 자신의 손가락에 끼울 것처럼 가까이 가져다 댔다. 그리고 그 자세로 멈추었다.

"나는 이 반지를 끼고 싶어도 낄 수가 없어. 강한 저항이 있군."

"제가 해 봐도 되겠습니까?"

지켜보던 줄리오가 흥미를 보였다. 반지를 받아서 끼려고 시도했더니 역시나 손끝에서 뭔가에 가로막힌 것처럼 움직이지 않았다.

"자격을 가진 자만 낄 수 있는 거겠지. 이 물건의 내력을 말해 줄 수 있겠나?"

"어머니의…… 유품입니다."

"사연이 있는 물건이군. 자네는 낄 수 있나?"

"시도해 보지 않았습니다."

"자네는 낄 수 있을지도 몰라. 특정한 기운에만 반응하는 마법 같거든. 혈통 같은."

"마법으로 그게 가능합니까?"

줄리오가 물었다. 로브의 남자 역시 같은 의문을 갖고 데보라를 쳐다보았다.

"말하지 않았나. 까다로운 마법이라고. 복잡한 마법식과 많은 마력, 시간이 필요해. 하지만 효용이 낮으니 시도하지 않아. 이 마법이 간단하다면 세상에 존재하는 모든 귀한 물건에 주인을 식별하는 마법을 걸겠지. 즉, 어떤 귀물의 가치보다 이 마법을 하기 위해 소요되는 비용이 훨씬 더 비싸다는 말이네."

"론. 껴 봐. 넌 낄 수 있나 보자."

줄리오가 론에게 반지를 건넸다. 론은 흔들리는 눈동자로 반지를 보기만 했다.

"뭐해? 끼어 보라니까."

론은 작은 한숨을 내쉬고 반지를 들었다. 그는 반지를 손가락 끝에 가져다 대면서 마법사가 말한 강한 저항이 곧 느껴질 거라고 생각했다. 하지만 손가락 한 마디 정도가 반지를 통과하는데도 어떤 거부감도 없었다. 손가락 끝까지 반지가 다 들어갔다.

"오, 된다, 된다."

줄리오가 눈을 크게 뜨고 신기해했다. 하지만 론이 놀란 심정에 비할 수 있을까. 론은 지금 놀란 정도가 아니라 이해할 수 없었다.

'어째서……?'

생각에 잠긴 론을 데보라는 관심 있게 주시했다. 정확히는 그의 손가락의 반지가 그녀의 호기심을 자극했다. 하지만 지금은 할 일이 있었다.

"그럼 이제 본론으로 들어가야겠군. 시간을 많이 지체했어."

론은 의문을 잠시 미루고 당장의 일에 집중했다. 반지는 빼서 다시 주머니에 넣었다.

"얼마 전에 근방의 자작 가문에서 일어난 비극적인 참사를 들어 알고 있을 것이네."

"일가족이 정체 모를 흉수에게 죽은 사건 말씀입니까?"

"그렇지."

그 사건으로 여전히 거리를 살피고 다니는 병사들의 기세가 살벌했다. 그저 이름만 유지한 한미한 가문이었지만, 어쨌든 명색이 귀족 가문이었다. 일가족이 모두 죽은 끔찍한 사건이라 한동안은 해가 지면 거리에 사람이 없었다.

"모두 죽었다고 알려졌으나 사실 조금은 다르네. 그 집의 막내아들은 실종되었지. 그리고 수년에 걸쳐서 대륙 곳곳에서는 실종 사건이 벌어지고 있다네."

론은 잠시 생각하다가 말했다.

"실종 사건이라면 인신매매를 추적하시는 겁니까?"

실종은 종종 벌어지는 일이었다. 사람이 사라지면 추적하기란 거의 불가능하다. 영지민 한둘이 없어진다고 신경 쓰는 영주는 없었다.

"좀 달라."

데보라는 고개를 내젓고 말을 이었다.

"자네들에게 자세한 내용은 말할 수 없지만 우리는 조사하는 일이 있네. 이런 실종이 우리가 조사하는 일과 아무래도 관련이 있는 것 같다고 판단했다네. 그래서 우리가 이번 실종 사건을 다른 관점에서 살펴볼 참이지. 자네들에게 부탁할 일은 우리가 은밀히 조사하는 동안 혹시 지켜보는 자가 있다면 시선을 돌리는 역할이라네. 즉, 우리 흉내를 내어 달라는 것이지."

"흉내를 내서 정확히 무엇을 하면 되는 겁니까?"

"그럴듯하게 조사하는 척하면 된다네. 혹시 조사를 방해하려고 공격하는 자가 있다면 위험할 수도 있지. 그럴 가능성은 거의 없다고 생각하지만 완벽하게 안전하다고 장담할 수는 없네."

"그럼 이번 일에서 제가 할 일은 뭡니까?"

론이 물었다. 들어보니 이 일에 가장 필요한 사람은 줄리오였다.

"호위하는 기사 역할이네. 하란의 마법사가 영지에서 일어난 미결 사건에 도움을 주러 왔는데 호위도 붙여 주지 않고 혼자 다니는 것은 아무래도 이상한 일이지. 그리고 마법사는 급습에 취약하거든. 우리가 의뢰한 일이라고 해서 마법사인 자네를 위험하게 하고 싶지 않네. 혹시 모를 위험을 대비하고자 하는 것이지."

잠시 생각한 론이 말했다.

"진짜 기사가 호위하다가 줄리오가 하란의 마법사가 아니라는 사실을 혹시 알게 될까 봐 그러시는군요. 이 일을 가급적 아는 사람이 적기를 바라시는 거고. 대외적으로는 저도 완벽하게 기사로 보여야겠군요."

"그렇지."

데보라는 미소를 지었다. 말이 통하고 이해가 빠른 자들이었다. 의뢰를 맡기면 훌륭하게 일을 완수할 거라고 생각했다.

하얀 로브의 남자 마법사가 종이를 내밀었다.

"이 일에 지급하는 보수요. 글은 읽을 수 있겠지?"

내용을 확인한 론과 줄리오는 잠시 표정이 굳었다. 생각했던 것보다 훨씬 높은 금액이었다.

"따로 생각할 시간을 줄 여유가 없네. 지금 결정해 주게."

줄리오가 론의 어깨를 툭 치며 말했다.

"결정은 네가 해."

"이번 일에서 가장 중요한 사람이 결정해야지."

"네 일인 줄 알고 온 거니까 네가 결정하는 게 맞아."

론의 고민은 길지 않았다. 어차피 용병은 위험을 담보로 돈을 버는 자들이다.

"하겠습니다."

"좋은 결론이 나와서 다행이군."

즉시 계약서를 작성했다.

데보라는 대표로 문서에 서명하는 론을 보며 생각했다.

'정말 용병인가?'

그녀는 10년 가까이 대륙에 나와 있었다. 일 년에 한두 번 하란에 들어가기는 하지만, 대부분 시간을 대륙에서 보냈다. 그러다 보니 대륙에서 참 많은 자들을 만났다.

하란의 마법사를 대하는 대륙인들은 모두 뻣뻣하게 긴장했다. 그런데 청년은 대단히 침착했다. 대개 신분이 높을 자일수록 감정을 감추는 일에 능숙했다. 그렇게 교육을 받기 때문이다.

청년은 마치 데보라가 일전에 만났던 귀족이나 왕족 같은 느낌을 주었다. 느낌에 불과하니 그건 그렇다 쳐도, 청년의 신체적인 특징은 도저히 짚고 넘어가지 않을 수 없었다. 데보라는 사적인 질문을 던졌다.

"개인적인 질문이네만, 자네의 눈동자 색은 유전인가?"

"……아닙니다."

"아니라고? 부모 중 한쪽이 같은 눈동자 색을 갖지 않았나?"

"부모님의 눈동자 색을 모두 기억하지만, 아니었습니다."

"……그렇군."

"제 눈동자 색에 무슨 문제라도 있습니까?"

계속 바라보는 데보라의 시선이 묘했다. 자신의 눈동자 색에 내내 의문을 품어 온 론은 아무래도 신경이 쓰였다.

"그건 아니네. 내가 아는 사람의 눈동자 색과 닮아서 물어보았네."

"타인이라도 닮을 수 있는 것 아닙니까?"

데보라는 론의 보라색 눈동자를 가만히 보다가 고개를 저었다.

"나는 지금껏 내 지인과 같은 눈동자 색을 지닌 사람을 본 적이 없다네. 그 지인의 가족 외에는 말이지."

단지 색깔의 문제가 아니라 독특한 느낌이 있었다. 말로는 설명하기 어려웠다.

"내가 착각한 것 같으니 마음에 두지 말게."

그렇게 말하면서도 데보라는 이상하게 청년이 신경 쓰였다.

'그 반지도 그렇고……'

데보라는 반지를 만져 보면서 느낀 마법구조가 생소하면서도 친숙하다는 느낌을 받았다. 생소한 이유는 최근에는 사용하지 않는 마법구조이기 때문이고, 친숙한 이유는 그녀가 배운 마법의 근원에 닿아 있기 때문이었다. 즉, 반지에 걸린 마법은 아득히 오랜 옛날의 고대 마법이었다.

'범상한 내력의 청년이 아니야.'

데보라는 정말 청년이 반지의 주인인지 확인하고 싶어서 은근히 반지를 끼도록 분위기를 몰아갔다.

그녀에게 시간이 있었다면 이 일을 더 파고들었을 것이다. 개인적인 욕심으로 반지를 더 조사하고 싶었다.

결과적으로 청년의 뿌리를 찾는 일에 도움을 줄 수도 있었다. 청년이 가진 반지가 집안에서 내려오는 물건이라면 과거에 대단한 성세를 지닌 가문이었을 것이다. 어쩌면 청년의 선조로부터 갈라져 나온 후손의 일부가 하란에서 터를 잡고 살고 있을지도 모른다.

그러나 개인적인 호기심을 해결하는 일보다 중요한 일이 있었다. 지금은 다른 일에 신경 쓸 겨를이 없었다.

*   *   *

계약서를 챙겨서 돌아오는 길에 줄리오는 평소보다 들떠 있었다. 진짜 마법사를 처음 만난 소감은 감격 그 자체였다.

능력 있는 마법사 대부분은 하란으로 망명한다. 즉, 대륙에 남은 마법사는 잡기술만 부리는 어중이떠중이였다. 눈속임하는 손기술 몇 가지로 마법사인 척 사기 치는 자들도 많았다. 줄리오가 지금껏 만난 마법사 중에 제대로 된 자는 하나도 없었다.

줄리오는 혼자 깨우쳐 익힌 자신의 마법 수준이 얼마나 되는지 가늠할 수 없었다. 그가 다른 마법사를 사기꾼이라고 비웃듯이 하란의 마법사도 그를 형편없다고 비웃을지 모른다고 생각했다. 그래서 선뜻 하란의 마법사를 만나 볼 용기를 내지 못했다.

그런데 오늘 그는 인정을 받았다. 절로 나오는 콧노래를 흥얼거리다가 줄리오는 말없이 걷는 론을 살폈다.

"이 일이 내키지 않아?"

아까부터 론은 말이 없고 표정도 굳었다.

"……아니, 다른 걸 생각하느라. 하는 일에 비해 보수가 후해.

괜찮은 일이야. 어쩔 거야? 하란으로 갈 생각이야?"

줄리오는 안주머니에 들은 추천장을 더듬어 확인했다.

"글쎄⋯⋯."

"가. 줄리오. 가서 제대로 배워."

"쉽게 말하네."

"어려울 건 뭐야. 내일 어떻게 될지 모르는 용병 일에 매달리지 말고 기회가 왔을 때 잡아."

"갑자기 그만둔다면 대장에게 미안하기도 하고⋯⋯."

용병의 무리에 마법사를 끼워 주는 일은 거의 없었다. 대륙의 마법사를 바라보는 세간의 시선은 줄리오가 다른 마법사를 보는 시선과 다르지 않았다. 어리숙한 자들을 등쳐 먹는 사기꾼이다.

그런데 대장은 줄리오를 받아 주었다. 지금은 한 사람 몫을 제대로 하지만, 그때는 줄리오조차 대장을 호구라고 생각했다.

어쨌든 대장이 아니었으면 줄리오는 생계를 위해 그가 경멸하는 모리배와 어울렸을 것이다. 어설픈 대륙의 마법사가 가장 많이 하는 짓이 노름판의 사기도박이었다.

"대장은 자기 욕심으로 줄리오를 붙잡을 사람은 아니야."

줄리오는 피식 웃으면서 한쪽 팔을 론의 어깨에 올렸다.

"대장을 그렇게 믿는 줄은 몰랐네."

"나와 레온도 도움을 받았으니까."

아무것도 모르는 소년 둘을 대장은 거둬 주었다. 원래 대장은 약한 생물에게 마음이 약했다. 버려진 개를 보면 그냥 지나치지 못했다. 결국 주워다 기른 유기견만 다섯 마리다.

거친 용병의 세계에서 대장 같은 성품을 지닌 자는 극히 드물었다. 그런데 실력은 좋았다. 검을 들면 사람이 바뀐 것처럼 흉포해졌다. 타고난 덩치에 힘이 좋아서 상급의 용병이었다. 자연스레 주변에 사람이 모였다. 어쩌다 보니 제법 규모 있는 용병대가 만들어졌다.

하지만 지도자로서의 능력은 영 아니었다. 받아 달라고 찾아오는 사람은 다 받아 주었다. 그러고 나서 방치한다. 가는 사람도 붙잡지 않았다. 용병대의 이름만 내걸고 안에서는 다 따로 놀았다.

론은 레온과 독립하는 것이 어떨까 이야기를 나눈 적이 있었다. 조만간 심도 있게 더 이야기를 할 생각이었다. 나가게 되면 다른 사람은 몰라도 줄리오와는 함께하고 싶었다. 하지만 줄리오가 하란으로 갈 수 있다면 그 편이 훨씬 나은 선택이었다.

"줄리오. 자신을 위한 선택을 해."

"오냐."

줄리오는 한 손으로 거칠게 론의 머리를 헤집었다. 론이 인상을 팍 쓰고 돌아보자 히죽 웃었다.

"근데 넌 어째 갈수록 형님 노릇을 하려고 드냐. 내가 형이거든?"

"나이로 유세는."

"야. 한두 살이냐? 내가 너보다 다섯 살이나 많아!"

* * *

줄리오는 계약서를 들고 대장에게 가고 론은 여관으로 돌아왔다. 레온이 보이지 않았다.

"다 죽어 가더니 그새 튀어 나갔네."

레온은 가만히 있는 걸 견디지 못하는 성격이었다. 잠시 지내는 영지라고 해도 구석구석 다니며 뭐가 어디 있는지 알아내지 않으면 직성이 풀리지 않았다. 금방 영지민과 어울려 술을 마시고 연애도 했다.

론은 타인과 거리를 두는 성격이었다. 믿을 수 있는 사람이 아니면 곁에 두지 않았다. 많은 사람에게 자신을 노출하는 일도 저어했다.

론은 테이블에 앉아서 주머니의 반지를 꺼냈다. 다시 한 번 반지를 손가락에 끼어 보았다. 역시 손가락에 쏙 들어갔다. 맞춘 듯이 잘 맞았다.

반지를 뺐다가 이번에는 다른 손가락에 끼었다. 별생각 없이 한 행동이었으나 이번에도 아주 잘 맞으니까 이상했다. 다섯 손가락을 다 번갈아 끼어 보았다. 역시 잘 맞는다.

'손가락은 굵기가 다르잖아.'

손가락을 바꾸어 끼어 보면서 이번에는 유심히 관찰했다. 반지가 끝까지 들어가는 순간에 저절로 줄어들어 딱 맞았다. 소름이 오싹 돋았다.

'마법이 걸린 반지……'

반지는 어머니의 유품이었다. 어머니가 돌아가시고 낡은 상자 속에 담긴 반지를 찾았다. 고급스러운 벨벳 천 조각에 소중히 감싸인 상태였다. 반지는 상자 안에 있을 때부터 가죽끈에 매달려 있었다. 그때는 별생각이 없었다. 그런데 지금 생각해 보면 이상했다.

'어머니도 낄 수 없었던 건 아닐까.'

어머니의 집안에서 내려오는 물건이 아니라면 짐작 가는 부분은 남자로부터 받은 정표일 가능성이다.

론이 반지를 노려보며 한참을 고민하는 사이에 날이 저물었다. 방이 어두워지는 줄도 모르고 론은 생각에 잠겼다.

"으아, 깜짝이야."

문을 벌컥 열고 들어오던 레온이 기겁했다.

"어두운 데서 뭐해?"

레온은 투덜거리며 등을 밝혔다.

"왜 그래? 갔던 일이 잘 안 됐어?"

"레온. 앉아."

"술 마시러 나간 거 아니야. 그냥 바람 쐬고 왔다고."

레온은 찔끔하는 표정으로 슬그머니 앉았다. 가볍게 한잔 마시기는 했으나 설마 그건 모르겠지.

"이 반지. 끼어 본 적 있어?"

"음? 몇 번. 가죽끈이 삭아서 끊어질 거 같기에 끼고 있었던 적이 있었지."

"껴 봐."

"자, 됐냐?"

레온은 반지를 끼고 손가락을 쫙 펴서 론에게 보여 주었다. 뚫어지게 자신을 바라보는 론을 보면서 레온은 고개를 갸웃했다.

"무슨 일 있어?"

"오늘 그 반지가 평범한 물건이 아니라는 말을 들었어. 하란의 마법사를 만났는데 마법이 걸린 반지래."

"우와. 이게? 무슨 마법?"

"다른 사람은 반지를 낄 수 없어. 줄리오는 못 끼더라."

"신기하네. 별로 비싸 보이지도 않는데."

레온은 손가락에 낀 까만 반지를 요리조리 돌려 보았다.

"내 생각엔, 그 반지. 네 아버지가 어머니께 주신 물건 같아. 혈통을 증명하는 물건일지도 몰라."

레온의 표정이 싸늘해졌다. 웃음이 많은 레온이 표정을 굳히는 화제가 있었다. 자신의 아버지 이야기가 나올 때다.

"제 자식을 품은 여자를 버린 놈이야. 어머니 유품이라 갖고 있었지만 그 새끼 거라면 말이 다르지."

레온은 반지를 빼서 테이블 위에 던졌다.

"버려."

"레온. 정말 너와 어머니를 버렸는지 모르는 일이야."

"아니면 울 엄마가 왜 그 자식 얘기를 한 번도 안 했겠냐?"

론은 씩씩대는 레온을 보다가 한숨을 내쉬었다.

"확실한 건 아니야. 이 반지를 나도 낄 수 있거든."

론은 반지를 끼어서 레온에게 보여 주었다. 그러자 레온은 금세 굳은 표정을 풀었다.

"뭐야. 그럼 아닌가 보네. 아니면 혹시……."

레온은 론을 아래위로 훑었다.

"너 내 배다른 형제였냐?"

"절대 아니야."

론은 자꾸 장난스럽게 구는 레온에게 싸늘하게 대꾸했다.

대외적으로 쌍둥이라고 알려져 있으나 사실 둘은 친형제가 아니었다. 론은 어려서 레온 모자 덕분에 목숨을 건졌다. 그리고 그들은 론을 가족으로 받아 주었다. 론은 레온 모자로부터 생명과 영혼 모두를 구원받았다. 그날 이후 론에게 레온은 하나뿐인 형제이고 돌아가신 어머니만이 자신의 어머니였다.

"어쨌든 귀한 물건인 건 맞아. 네 아버지를 찾을 수 있을지도 몰라."

"됐어."

레온은 탁자를 한 손으로 탕 내리치면서 의자의 등받이에 뻐딱한 자세로 기댔다.

"인제 와서? 난 내 아버지가 누군지 전혀 궁금하지 않아. 혹시 너도 그거 알아보러 다닐 생각하지 마."

"⋯⋯알았다."

대답을 하면서 론의 속마음은 달랐다. 이번 의뢰를 마치고 하란의 마법사와 말을 나눌 기회가 있다면 물어볼 생각이었다.

"갔던 일은? 정말 난이도 하급에 보수는 특급?"

"괜찮은 일이야."

론은 대충 의뢰받은 일을 설명했다.

"너도 할래? 마법사를 호위하는 기사가 한 명 더 있어도 상관 없으니까."

"돈 더 준대?"

"그렇진 않아."

"그럼 안 해. 답답한 기사 흉내는 취향에 안 맞아. 해낼 자신도 없고. 나간 김에 대장에게 들렀다가 왔는데 내일 사울 왕국으로 떠난대."

"며칠 더 있다 간다더니."

"의뢰주가 서둘러 달라고 했나 봐. 그래서 난 내일 거기 묻어서 떠나려고. 넌 이번 일 마치고 뒤따라와."

론은 미간을 찌푸리고 잠시 말이 없었다.

"왜?"

"혼자 가야겠어? 그냥 여기 있다가 내 일이 끝나고 같이 가지. 너 무슨 사고 칠까 봐 겁난다."

"사고는 무슨!"

"남편 있는 여자한테 추근대지 말고."

"야! 나도 피해자야. 그 여자가 미혼이라고 그랬다고."

"술 먹고 쌈박질하지 말고."

"딱 한 번 그랬다, 딱 한 번."

"기사한테 시비 걸지 말고."

"그놈들이 얼마나 거만하게 사람 깔아뭉개는 줄 알아?"

론이 지그시 바라보자 레온은 쳇, 중얼거리며 시선을 피했다.

"알았다고. 얌전하게 대장 등만 보며 쫓아갈게."

"위험한 일에 나서지 마."

"알았다고! 네가 자꾸 그러니까 널 자꾸 내 보모라고 입을 놀리는 놈들이 있는 거잖아."

볼멘소리 하는 레온을 보며 론은 피식 웃었다.

레온은 못마땅하게 론을 노려보았다. 처음에 봤을 때 녀석은 자신보다 작았다. 얼굴도 체격도 어린아이였다. 토끼 가죽을 벗기는 걸 보며 토악질하던 녀석이었다.

전부 자신이 가르쳤다. 산을 타는 법도, 장작을 모으는 법도, 불을 피우는 법도, 사냥하는 법도 전부. 근데 어느새부터인가 녀석이 은근히 자신의 보호자 노릇을 하려 들었다.

'젠장. 내가 형인데!'

론을 처음 봤을 때부터 녀석을 동생으로 삼겠다고 생각했다. 어디서부터 잘못된 걸까. 론의 키가 자신을 넘어서면서? 론의 검술 실력이 자신을 추월하면서?

레온은 자신이 어디 가서 뒤처지는 편은 아니라고 자신했다. 외모도, 키도, 검술 실력도 용병대 내에서 몇 손가락 안이었다. 문제는 더 잘난 놈이 항상 옆에 있다는 거다. 딱히 그게 아니꼬운 건 아니었다. 멋진 형제이자 친구인 론은 자랑이었다.

그저 가끔은, 론에게 듬직하게 기댈 수 있는 형이 되어 주고 싶었다. 아무리 나이가 들어도 레온은 론을 처음 봤을 때를 잊을 수 없었다. 피투성이의 론은 갓 태어난 새끼 같았다. 지켜 주지 않으면 죽어 버릴 것 같았다.

"정말 내일 갈 거야?"

"사고 안 친다니까."

레온은 뚱하게 대답했다.

"대장이 받아 온 그 일이 좀 걸리는 게 있어서 그래."

"언제 네가 그런 소리 안 한 적 있어?"

레온이 보기에 론은 항상 걱정이 많았다. 론은 말을 꺼내려다가 입을 다물었다.

"어차피 말해 봤자 사서 걱정한다고 하겠지."

"그래. 이번에도 아무 일 없을 테니까 넌 여기서 의뢰받은 일이나 제대로 마치고 와. 하란의 마법사의 의뢰니까 소홀히 하면 뒷일을 감당 못 할걸."

"알았어."

레온은 기지개를 켜며 일어났다.

"아이고, 힘들다. 일찍 자야겠다. 나도 인제 옛날 같지 않아. 예전엔 이보다 더 마셨어도 다음 날이면 멀쩡했는데."

한창나이의 청년이 할 만한 말은 아니었다.

침실 문을 열고 들어가다가 레온은 뒤를 돌아보았다.

"론. 혹시 나한테 무슨 일이 생기면 말이야. 내 돈은 너 다 가져도 된다."

"……미친놈."

론은 기가 막힌 표정으로 고개를 삐딱하게 기울이면서 헛웃음을 터뜨렸다.

"내가 미리 유언은 줄리오에게 말해 놨다. 마침 잘됐네. 줄리오와 같이 일하니까."

"쳐 잠이나 자."

레온은 키득거리면서 안으로 들어갔다. 론은 지금 당장 쫓아 들어가서 녀석의 등에 호되게 발길질을 할까 말까 고민했다. 전혀 재미없는 농담이었다.

*　　*　　*

자신의 손도 보이지 않는 새카만 어둠 속이었다. 처음에 소년은 소리를 지르고 울었다. 탈진하고 목이 쉬도록 소리쳐도 아무도 오지 않았다.

소년은 울면서 어둠 속에서 벽을 더듬어 걸었다. 돌벽은 차갑고 축축했다. 아무리 걸어도 어둠은 사라지지 않았다. 소년은 한참의 시간이 지난 후에 자신이 갇혀 있다는 사실을 알았다.

아무것도 할 수 없는 소년은 쪼그리고 앉아서 울었다.

"어머니⋯⋯. 아버지⋯⋯."

가족을 모두 부르며 울다가 어느새 잠들었다. 다시 눈을 떠도 여전히 깜깜했다. 여기가 어딘지 왜 이런 곳에 갇혀 있는지 전혀 알 수 없었다.

소년은 다시 더듬더듬 벽을 만지며 걸었다. 걷다가 발길에 차여서 날아간 것이 요란한 소리를 냈다. 전에는 없던 물건이었다. 소년은 바닥에 엎드려 기면서 바닥을 더듬었다. 이리저리 돌아다니다가 딱딱한 물건을 찾아냈다.

차갑고 둥글었다. 한참을 만져보다가 물건의 정체가 놋쇠 접시라는 사실을 알아냈다. 그릇을 떠올리니까 식탁 위의 요리가 연상되면서 배가 고팠다. 소년은 다시 열심히 바닥을 뒤지다가 푸석하고 물렁한 덩어리를 발견했다.

입에 조심스럽게 넣었다. 빵이었다. 소년은 허겁지겁 먹어 치웠다. 고작 작은 빵 한 덩어리로는 배가 차지 않았다. 포만감 때문이 아니라 음식에 섞인 약 때문에 소년은 꾸벅꾸벅 졸기 시작했다. 잠든 소년의 몸이 바닥에 쓰러졌다.

얼마나 시간이 지났는지 가늠할 수 없었다. 소년은 더는 울지 않았다. 자고 일어나면 어느새 먹을 것이 들어와 있다는 사실을 알아차렸다. 한 치 앞도 보이지 않는 어둠 속에서 먹고 자기를 반복했다.

소년은 자신이 누군지 잊었다. 자신이 왜 갇혀 있는지 의문을 품기를 포기했다. 어둠과 약에 취해서 점점 정신이 나갔다.

스르릉. 돌문이 열리자 빛 한 점 들어오지 않던 밀실에 바깥에서 희미한 빛이 밀려들어 왔다. 구석에 누워 있는 소년의 모습이 흐릿하게 보였다.

검은 로브를 입고 후드를 쓴 자가 안으로 들어왔다. 돌문이 닫혔다. 다시 까만 어둠에 뒤덮였다. 그러나 어둠은 로브의 사내에게 장애가 아니었다. 후드 속에서 두 개의 붉은 안광이 뿜어나왔다.

사내는 어둠 속에서도 모든 것이 다 또렷이 보이는 것처럼 거침없이 소년에게 다가갔다. 고개를 숙여 아이의 몸에 가까이 코를 대고 크게 숨을 들이마셨다. 크르릉, 사내는 사나운 짐승 같은 소리를 내며 못마땅하게 이를 갈았다.

─형편없는 잡종이군.

음산하며 거칠게 긁히는 목소리가 주변에 울렸다.

사내가 오른손에 낀 장갑을 벗자 보기 싫게 앙상한 손가락이 드러났다. 거죽이 말라서 뼈에 붙어 버린 손가락은 끝이 선명한 보라색으로 물들어 어둠 속에서 사이하게 빛났다.

사내는 아이의 목을 한 손으로 쥐고 들었다. 거대한 육식동물의 발톱에 잡힌 가련한 작은 동물처럼 아이는 축 늘어진 채 딸려 올라갔다.

담쟁이처럼 사내의 손을 휘감아 나오는 끈적한 기운이 소년을 감쌌다. 보라색 안개가 소년의 코와 벌어진 입과 귀로 들어갔다.

붉은 안광이 강렬하게 빛나는 순간 소년의 몸에서 빠져나온 기운이 사내의 손으로 빠르게 흡수되었다. 정신을 잃은 소년의 몸이 발작하듯 꿈틀꿈틀했다.

미미한 움직임조차 완전히 멈추었을 때 소년은 바싹 마른 상태로 더는 숨을 쉬지 않았다. 사내는 움켜쥐고 있던 아이를 바닥에 던졌다. 무게가 거의 없는 가벼운 소리를 내며 바닥에 떨어지는 소년의 몸은 바스라져서 형체조차 남지 않았다.

사내는 자신의 오른손을 아래위로 돌리며 살펴보았다. 살가죽만 남아서 앙상한 손에 약간의 생기가 감돌았다. 아주 미미한 변화였다.

　—부족해.

사내의 탁한 음성에 분노가 담겼다.

그의 본신의 힘을 되찾기 위해서는 아직 터무니없이 부족했다. 순수한 기운이 필요했다. 인간의 피가 대를 이어서 섞이고 흐려진 잡종은 그를 감질나게 할 뿐이었다.

사내는 장갑을 다시 착용했다. 특수한 기운이 담긴 장갑은 그의 손에서 흘러나오는 보라색 빛을 감추어 주었다.

사내는 밀실을 나왔다. 어두운 복도는 트인 길과 벽을 식별할 수 있을 정도만 불을 밝혀 두었다. 사내가 긴 복도를 따라 걷다가 계단을 올라갔다.

그는 막다른 길에 다다랐다. 벽에 있는 장치를 조정하자 벽전체가 움직였다. 그가 나온 후에 열린 벽이 다시 닫혔다. 정교한 장치는 감쪽같이 비밀 통로를 숨겼다. 아무리 봐도 평범한 서재에 불과했다.

서재에는 사내를 기다리고 있던 남자가 있었다.

─뭐냐.

"문제가 생겼습니다. 실종자에 대해서 하란의 마법사가 조사하려는 움직임이 있습니다."

사내는 말이 없었다. 천천히 서재를 거닐다가 테이블에 앉았다.

대륙의 곳곳에서 벌어지는 아동 실종 사건에는 배후가 존재했다. 막대한 자금력을 지닌 인신매매 조직은 용병이나 범죄자를 고용해서 아이를 납치했다. 납치범이 잡힌다고 해도 그들은 의뢰한 조직의 존재를 전혀 모르기 때문에 단독 범죄로 취급되었다.

조직에 속한 자들조차 정확히 조직의 규모나 우두머리에 대해 알지 못하도록 점조직으로 운영했다.

　　─**꼬리를 잘라라.**

"어느 선까지 말씀입니까?"

　　─**몸통까지 내주어야 납득하겠지.**

말콤은 움찔했다. 조직을 거의 포기하고 버리겠다는 것과 다름이 없었다. 오랫동안 은밀하게 활동하면서 규모를 키웠다. 각국의 귀족이나 거부들도 관련된 자가 상당히 많았다. 납치한 아이들을 비밀 경매를 통해 팔아 벌어들이는 수익은 어마어마했다.

모든 것을 너무 쉽게 버리라고 말하고 있었다.

　　─**너무 커졌다. 정리해.**

카발에게 인신매매 조직은 목적을 이루기 위한 수단에 불과했다. 하나의 범죄를 감추기 위해 열 가지의 범죄를 저질러 시야를 분산시키는 방법을 택했다.

그는 아이가 필요했다. 하지만 모든 아이가 필요하지는 않았다. 그는 특정한 기운을 물려받은 혈통의 아이를 원했고, 그만 오직 기운을 식별할 수 있었다. 그렇다고 직접 나설 수가 없다. 그래서 조직을 만들었고 조직원을 통해서 아이를 납치하게 했다. 쓸모없는 아이는 죽이기보다 팔아서 자금 확보에 이용했다.

카발은 여전히 아이가 필요했다. 하지만 진짜가 어디 있는지 알아냈기에 잡종을 납치해서 미약한 기운을 흡수하려 하지 않아도 되었다.

"……예. 알겠습니다."

말콤의 안색이 어두워졌다. 자금줄이 끊기면 앞으로 진행할 일에 차질이 많았다.

─마석을 제작하겠다.

말콤이 고개를 쳐들었다.

"티움 말씀입니까?"

티움은 하란에서 생산하는 마법돌이다. 하란이 대륙에 판매하는 모든 마법 물품은 티움이라고 불리는 작은 돌을 공급해야 작동 가능했다.

하란의 마법 물품이 대륙에 가져온 변화는 엄청났다. 이제 대륙인은 마법 물품 없이는 살 수 없는 지경에 이르렀다.

말콤은 카발이 티움을 제작할 수 있다는 말을 했을 때 반신반의했다. 시험적으로 만든 것을 보여 주었을 때는 희열을 느꼈다.

돈방석에 앉는 일은 시간문제였다. 하지만 카발은 아직 시기가 적절하지 않다며 나중으로 미루었다.

—준비는?

"말씀하신 대로 자수정 광산을 구해 두었습니다. 외진 곳이라 근처에 인가가 없고 서류상에 존재하지 않는 광산입니다."

조금 전까지 시름에 잠겼던 말콤의 얼굴에 화색이 돌았다.

—계집아이를 찾는 일은?

"지시하신 대로 모든 역량을 동원해서 진행 중입니다."

—가장 우선순위에 두어야 할 것이다.

"예. 마스터."

—어둠의 기사를 최종 시험할 장소는 확보했나?

카발은 화제를 돌렸다. 아이를 찾는 일까지는 아니어도 꽤 중요한 일이 진행 중이었다.

"예. 마스터."

말콤은 기억을 더듬었다.

"사울 왕국의 백작령입니다."

＊　　＊　　＊

일은 정말 수월했다. 이런 일을 하고 돈을 받으려니 염치가 없을 정도로.

마법사의 로브를 입고 하란의 마법사가 된 줄리오는 사건이 일어난 자작가의 낡은 저택을 어슬렁거리며 돌아다녔다. 괜히 널려 있는 물건을 들추어 보고, 아무것도 아닌 곳을 일부러 심각한 척 살펴보기도 했다.

론은 기사의 갑주를 걸치고 줄리오와 적당한 거리를 유지한 채 따라다녔다. 충실하게 호위의 임무를 다하는 것처럼. 그러면서 슬쩍슬쩍 주변을 살피는 일도 잊지 않았다. 우려했던 것과 다르게 딱히 그들을 공격하려는 시도는 없었다. 수상하게 주변을 서성이는 자도 없었다.

'마법사들이 헛짚은 건가.'

론은 마법사들이 실수한 것일지도 모른다고 생각했다.

대충 시간을 보내다가 저녁에는 백작가의 저택으로 돌아갔다. 귀한 하란의 마법사에게 귀족이 저택의 방을 내주는 것은 당연했다. 두 사람이 용병이라는 사실은 물론 백작가의 누구도 몰랐다.

줄리오는 적당히 거드름을 피웠고, 론은 어딜 봐도 의심할 곳이 없는 완벽한 기사였다.

그렇게 무난하게 하루하루가 지나갔다. 단 한 가지만 제외하고.

"헉!"

론은 억눌린 비명을 지르며 벌떡 일어났다. 어두운 침실이 낯설었다. 그는 바짝 경계했다가 여기가 어딘지 깨닫고 지친 숨을 내쉬었다. 식은땀으로 젖은 온몸이 축축했다.

갑자기 바뀐 잠자리가 지나치게 편안하기 때문일까. 백작가에서 내준 침실의 푹신한 침대에 누워 잠든 날부터 하루도 빠짐없이 악몽에 시달렸다.

일이 편하면 뭘 하겠는가. 제대로 잠을 잘 수 없으니 가닥가닥 곤두선 신경 때문에 더 피곤했다.

"하아……."

그는 긴 한숨을 내쉬며 두 손으로 이마를 쓸어 올렸다.

'괜찮겠지.'

꿈자리가 나쁘니 자꾸 레온이 걱정되었다.

'악몽 따위는 그냥 후유증이니까.'

그의 목숨을 앗아갈 뻔한 과거의 사건은 그의 등에 흉측한 흔적과 떨쳐 낼 수 없는 악몽을 남겼다. 그냥 평소의 악몽일 뿐이라고 론은 자신의 불안을 애써 털어 냈다.

일을 시작한 지 열흘이 지났을 무렵에 의뢰한 남자 마법사가 그들을 처음 만났던 주점으로 불렀다.

"잘해 주었네."

마법사는 긴말 없이 계약서에 명시한 금액을 정확히 지불했다.

"한 일이 없어서 돈을 받기가 참 죄스럽네요."

그렇게 말을 하면서도 줄리오는 냉큼 돈주머니를 챙겼다.

"그날 함께 오셨던 분은 다시 뵐 수 없습니까?"

론은 데보라의 행방을 물었다.

"그분은 지금 멀리 다른 곳에 계시네. 저택을 조사하면서 발견한 것이라도 있나?"

"아닙니다. 개인적으로 여쭙고 싶은 것이 있었는데 중요한 일은 아닙니다."

론은 반지에 대해 묻고 싶었다.

'차라리 잘됐어. 레온의 친부가 누구인 것이 인제 와서 무슨 상관이야.'

레온이 친부를 찾는다고 더 행복해진다는 보장은 없었다. 레온의 친부가 상당한 거물이라면 갑자기 후계자 분쟁에 휘말릴 수도 있었다. 권력자들의 밥그릇 싸움은 아주 잔인하고 추악하다. 레온이 그런 일에 휘말리는 것은 보고 싶지 않았다.

"자네는 꼭 하란으로 오게."

마법사는 줄리오에게 당부했다.

"그분은 아무에게나 추천장을 써 주지 않으신다네. 자네는 정말 재능이 있어."

줄리오는 멋쩍은 웃음으로 대답했다.

의뢰가 마무리되었다. 아주 드물게 운이 무척 좋으면 하는 일에 비해서 많은 돈을 받을 때가 있었다. 이번 의뢰가 그런 일에 들어갔다. 두둑한 돈주머니를 손에 쥐고 줄리오는 무척 기분이 좋았다. 하지만 론은 그저 좋기만 하지 않았다.

"줄리오. 당장 사울 왕국으로 떠나자."

"당장? 곧 날이 저물어. 내일 새벽에 가지, 왜."

"서두르고 싶어."

"레온 때문에 그래? 야, 그 녀석 애 아니야."

"줄리오는 그럼 내일 출발해. 난 먼저 갈 테니까."

휙 앞서가 버리는 론의 뒷모습을 보다가 줄리오는 한숨을 푹 쉬었다.

"아우, 진짜. 지긋지긋한 놈들. 저놈들은 잠시라도 떨어져 있으면 죽는 병이라도 걸렸나. 그래. 이번엔 용하게 오래 떨어져 있다 했다."

줄리오는 투덜거리면서 론의 뒤를 얼른 따라갔다.

"같이 가, 녀석아!"

　　　　　*　　　*　　　*

꼬박 일주일 만에 그들은 사울 왕국의 백작령에 도착했다. 새벽에 도착해서 아직 성문이 열리지 않았다. 두 사람은 어쩔 수 없이 농가의 문을 두드려 헛간을 빌렸다.

수북이 쌓인 지푸라기 위에 쓰러져서 두 사람은 쪽잠을 청했다. 도착했다는 안도감 때문인지 계속 걷느라 피곤했기 때문인지 잠깐 사이에 론은 푹 잠이 들어 버렸다.

"론. 일어나 봐."

론은 눈을 떴다. 어둑한 헛간이 어느새 환했다. 론은 몸을 일으켜 앉아서 마른세수를 했다. 몸이 여전히 축 늘어지는 느낌으로 봐서 그다지 오래 잔 것 같지는 않았다.

"성문이 열렸겠네."

"내가 들어갔다 왔어."

"어느새?"

"깊이 자기에 그냥 나 혼자 다녀왔지. 지금 떠나야 돼. 길이 어긋났어."

"벌써 의뢰한 일을 마쳤대?"

론은 기지개를 켜고 일어났다. 가끔 있는 일이었다. 용병대 전원이 한 가지 의뢰에 모두 참여하는 일은 드물었다. 대개는 인원이 나뉘어 여러 일을 맡아 했다. 그러면 만나기로 약속 장소를 정해도 어긋나곤 했다. 일을 완수하기까지 걸리는 시간은 시작할 때 아무리 대강 예측해도 딱 맞추기가 어려웠다.

"얼른. 가자니까."

"뭐가 그렇게 급해?"

용병은 서두르지 않는다. 남는 것이 시간이었다. 줄리오 역시 부지런함과는 거리가 멀었다. 아무래도 이상했다. 미간을 좁히며 가늘게 눈을 뜨고 잠시 생각하던 론은 벌떡 일어났다.

"말해 줄 생각이 없는 거 같으니 내가 알아볼게."

줄리오는 론의 등 뒤에서 '눈치는 귀신같은 놈.' 하고 거친 중얼거림을 삼켰다.

"론. 지금은 내 말 들어."

"무슨 일인지 말해 주면."

론은 출입구를 막아서고 팔짱을 끼었다. 말 안 하면 너도 못 나간다는 태도였다.

'마음 같아서는 쥐어박아서 끌고 가고 싶네, 진짜.'

줄리오는 이제 자신의 힘으로는 감당할 수 없게 훌쩍 커 버린 론을 보며 잠시 옛 생각을 했다.

'처음 봤을 때는 내 가슴께밖에 안 오는 꼬마였는데.'

줄리오는 긴 한숨을 푹 내쉬었다.

"론. 날 믿지? 물론 레온 녀석만큼은 아니겠지만 그래도 날 믿잖아. 그렇지?"

"……믿어."

"그럼 이번에도 날 믿어. 지금은 아무 말 말고 내가 하자는 대로 해."

줄리오의 진지한 눈을 마주 보다가 론은 물었다.

"하나만 말해 줘. 레온은 괜찮은 거지?"

줄리오는 고개를 끄덕였다.

"알았어."

두 사람은 헛간을 빌려준 집주인에게 말도 남기지 않고 곧바로 백작령을 빠져나왔다.

말없이 부지런히 걷는 줄리오를 따라 론 역시 걸음을 재촉했다. 거의 반나절을 쉴 새 없이 걸었다. 방향은 줄리오가 잡았다. 그들이 여기까지 오던 길과는 미묘하게 틀어서 사람이 거의 다니지 않는 길로 들어갔다.

"더는 못 가겠다. 우리 조금만 쉬자."

줄리오가 먼저 지쳐 나가떨어졌다.

"인제 말해 봐. 대체 무슨 일이야?"

론의 표정은 아까부터 딱딱하게 굳었다. 불안감이 점점 커졌다. 아무리 봐도 줄리오는 다급하게 도망치고 있었다.

줄리오는 숨을 가다듬고 할 말을 고르다가 말했다.

"조금만 더 가고."

"지금 해. 아니면 난 되돌아갈 거야."

줄리오는 당장 왔던 길을 되돌아갈 것 같은 론을 바라보다가 한숨을 푹 쉬었다.

"먼저 약속해. 내 말을 끝까지 듣겠다고."

"알았어."

"약속해."

"알았다고. 꼼짝하지 않고 들을게."

"백작령에서 의뢰한 일 하러 간 동료들. 다 죽었어."

론은 눈을 끔벅이며 줄리오를 보았다. 잠시 멍하게 풀렸던 보라색 눈동자가 격하게 흔들렸다. 당장 일어나려는 론을 향해 줄리오가 고함을 질렀다.

"끝까지 들어!"

론은 부릅뜬 눈으로 줄리오를 노려보았지만, 이를 악물고 움직이지 않았다.

"성문이 열려서 안에 들어갈 때부터 이상했어."

성문을 지키는 병사들이 줄리오를 바라보는 눈빛에 경계심이 가득했다. 사실 용병은 그다지 환영받는 존재가 아니었다. 무력을 지녔으나 적절한 통제 수단이 없다 보니까 사고를 치고 도망치는 경우도 종종 있었다. 하지만 그런 일반적인 경계심으로 보기에는 캐묻는 질문이 취조 같았다.

그래서 줄리오는 거짓으로 답했다. 먼 친척이 여기 살아서 일거리를 찾으러 왔다고 말했다. 간단한 마법을 보여 주니까 떠돌이 대륙 마법사라고 생각했는지 들여보내 주었다.

"길에 방이 붙은 것을 봤어. 며칠 전의 영지전으로 죽은 자들에게 보상해 준다고 쓰여 있는데 우리 용병대 전원이 올랐어."

허벅지에 놓인 론의 두 주먹이 부들부들 떨렸다. 아니, 그의 온몸이 떨리고 있었다.

"대장은 말할 것도 없고 다들 한 가닥 하는 실력이야. 그런데 다 죽었다고. 이건 그냥 재수가 없는 정도가 아니야. 위쪽에 앉아 있는 놈들께서 장난질한 거에 걸려든 거란 말이야. 대충 지나가던 영지민 붙들고 물어보니까 아직도 현장 근처는 봉쇄하고 있고 생존자가 없대. 그마저도 말해 주기 꺼리는 눈치였어."

"……다 끝났어?"

"아직 안 끝났어!"

줄리오는 버럭 소리쳤다.

"어느 마음씨 좋은 영주가 죽은 용병들에게 보상까지 해 준대? 그건 보상받으러 오는 자를 찾겠다는 미끼라고! 아예 이 일에 파고들 자를 완전히 없애겠다는 뜻이야. 뭔지 몰라도 뒤가 구린 일에 연루된 거라고!"

"……생존……자가 있을지도 몰라."

"있어도 살려 두지 않을 거야."

론은 줄리오에게 달려들어서 멱살을 쥐었다.

"괜찮다고 했잖아."

론은 멱살을 쥔 채 줄리오를 눈앞으로 바짝 당기며 소리쳤다.

"레온은 괜찮을 거라고 했잖아!"

줄리오는 마른침을 삼켰다. 론의 눈을 이렇게 가까운 거리에서 본 것은 처음이었다. 평소에도 두 형제의 눈동자 색이 독특하다고 생각했다. 노여움에 흔들리는 보라색 눈동자 속에서 기이한 기운이 빙글빙글 돌고 있었다. 등 뒤가 스산했다.

줄리오는 마법사라서 그런지 느낄 수 있었다. 론의 눈동자 속에는 이상한 기운이 숨어 있었다.

"……그렇게 말하지 않으면 넌 절대 거길 떠나지 않았을 테니까."

"그걸 알면서!"

론은 멱살을 쥔 채 그대로 거칠게 밀치면서 손을 놓았다. 울대뼈가 강하게 눌리면서 떠밀려 나동그라진 줄리오가 컥컥 기침했다.

론은 일어나서 줄리오를 노려보았다. 그리고 몸을 돌렸다.

"가면 죽어!"

"……이미 난 죽었어."

죽음 따위는 무섭지 않았다. 그가 오직 두려웠던 것은 이 세상에 하나뿐인 형제이자 가족을 잃는 일이었다. 레온은 론이 세상을 살아가는 유일한 의미였다. 형제를 잃은 그는 영혼 없는 인형이나 다름없었다.

온 길을 되돌아 걷는 론의 뒷모습에 대고 줄리오는 소리쳤다.

"가지 마! 레온의 유언이라고!"

멈칫, 론이 천천히 뒤돌았다. 차갑게 굳어 있는 표정은 줄리오가 봤던 어떤 험상궂은 표정보다 무서웠다. 여기서 잘못 말했다가는 저놈이 날 죽일 거라고, 줄리오는 예상했다.

"……언젠가 레온이 나한테 그러더라. 꽤 오래전이야. 혹시 자기가 죽게 되면 네게 꼭 전해 달라는 말이 있었어. 재수 없는 소리 말라고 내가 그때는 녀석의 뒤통수를 후려쳤는데."

"……."

차갑게 식었던 론의 표정이 미세하게 무너졌다. 흔들리는 눈동자를 보면서 줄리오는 어쩐지 안도했다.

줄리오는 당시 레온이 했던 말을 떠올리며, 그리고 웃음기 없이 진지했던 레온의 표정을 떠올리며 그대로 기억을 되살려 말했다.

"네 탓이 아니야. 그러니까 살아. 내 몫까지."

론은 한참을 말을 잇지 못하고 서 있었다.

「내가 미리 유언은 줄리오에게 말해 놨다.」

레온과 마지막으로 나누었던 대화 내용이었다. 녀석은 마치 이런 일을 예측이라도 한 것처럼 자신의 마지막을 말했다.

"……그 녀석은 처음 만난 날에도 그렇게 말했어."

론은 멍하게 중얼거렸다.

"아무것도 모르면서……."

레온과의 첫 만남은 강렬했다. 산을 뛰어다니며 까맣게 탄 소년은 씨익 웃으면 하얀 이가 드러났다. 소년의 건강한 팔 옆에 나란히 두면 하얗고 가늘었던 자신의 팔이 부끄러웠다.

네 탓이 아니야. 소년은 고작 그 한마디로 론을 구원했다. 짧은 한 문장은 여전히 론을 강렬하게 지배했다.

'처음 만난 날? 둘이 친형제가 아니었나?'

줄리오는 의문을 미루어 두고 흔들리는 론을 붙들기 위해 덧붙여 말했다.

"확신하건대 레온은 네가 개죽음하기를 절대 바라지 않을 거야. 나보다 네가 녀석을 더 잘 알잖아."

다리에 힘이 빠진다. 론은 털썩 무릎을 꿇었다. 헛웃음이 터졌다.

"하, 살라고?"

미칠 것 같다. 이대로 미쳐 버렸으면 차라리 좋겠다.

"나보고는 살라고……?"

이 세상에 레온이 없다고? 이럴 수는 없다. 이게 현실일 리는 없다. 신이 존재한다면, 그는 오래전에 무신론자가 되었지만, 이처럼 잔인할 수가 없었다.

"아아……."

론은 비명처럼 길게 탄식했다. 온몸의 피가 다 빠져나간 것처럼 차가워진 손끝이 저렸다. 고꾸라지려는 몸을 두 손으로 지탱하며 바닥에 고개를 박았다. 바닥을 있는 힘껏 두 주먹으로 내리쳤다. 몇 번이고, 몇 번이고. 모래가 박힌 살갗에 피가 맺혀 흐를 때까지.

"아아아아아악!"

피를 토할 것 같은 처절한 절규였다.

줄리오는 말리지 못하고 지켜보았다. 차라리 한바탕 터뜨리고 나면 나을 것이다. 욕설을 중얼거리며 뜨거워지는 눈으로 허공을 응시했다. 빌어먹게도 하늘은 맑았다.

　　　　　　　　*　　　*　　　*

　　아침. 오늘도 날씨가 좋았다.

　　하늘이 무너지는 일 따위는 일어나지 않았다. 아델의 세상은 무너지는데 여전히 아침에는 해가 뜨고 저녁의 노을은 변함없이 아름다웠다.

　　"어쩜 아가씨는 머리카락이 이렇게 부드러울까요. 그리고 반짝반짝 빛도 나고요. 아가씨 머리를 빗길 때마다 너무 부드러워서 깜짝깜짝 놀란다니까요. 아가씨에 비하면 제 머리카락은 빗자루 털이에요."

　　아델의 머리를 빗기면서 멜은 한시도 입을 쉬지 않았다.

　　무표정하던 아델이 힘없이 웃었다. 요즘 그녀를 유일하게 웃게 하는 사람이었다.

　　두어 달 전에 아델의 시중을 들던 하녀가 바뀌었다. 꽤 오래 시중을 들던 소녀가 인사도 없이 갑자기 그만두었을 때는 서운했다. 살갑게 지내지는 않았어도 나쁘게 대하지는 않았는데 실수한 것이 있었나, 고민했다.

　　나중에 알았다. 스텔라의 심술로 괴롭힘을 당하다가 견디지 못해 그만둔 것이었다. 평소 말없이 할 일만 하는 성격이라 혼자 감당하다가 끝내 그만두었다.

　　레바스 대가문의 주인이 의식 불명에 빠진 지 반년이 지났다. 할머니를 위해 기도하는 일이 고작이었던 아델은 여전히 남쪽 탑을 벗어나지 않았고 그래서 돌아가는 상황을 몰랐다.

혼수상태의 성주가 깨어날 거라고 기대하는 사람은 이제 거의 없었다. 무려 반년이었다. 목숨이 붙어 있는 것도 기적이었다. 그러자 세상의 인심이 변했다. 성주의 유일한 친척, 원로회를 구성할 수 있는 권력자가 된 멀론 브로디는 더는 천덕꾸러기가 아니었다. 주변에 사람이 몰리기 시작했다.

스텔라는 스무 살의 성년 파티를 성공적으로 치렀다. 성년을 맞이한 사람이 스텔라 혼자만이 아니었는데도 스텔라와 체이스는 그날 파티의 주인공이었다. 캘빈이 찾아와서 넌지시 말했다.

『걔네가 또 너를 해코지하지는 않으려나 모르겠다.』

조금 찜찜했지만, 남쪽 탑에 난입해 들어오는 사람은 없었다. 그래서 아델은 곧 걱정을 접었다. 좀 더 예민하게 반응했어야 했다. 사람을 직접 만나지 않고서도 얼마든지 괴롭힐 수 있다는 사실을 몰랐다.

스텔라는 제가 성의 여주인이라도 된 것처럼 교만해졌다. 나이가 어려서 더 욕망에 충실했다.

스텔라의 주변에 속살대는 사람이 모였다. 이른바 측근을 자처해서 들러붙는 고용인이었다. 그들은 스텔라의 비위를 맞추기 위해 평소에 스텔라가 아델을 눈에 거슬려 한다는 것을 파악해서 기민하게 움직였다.

아델을 건드릴 수 없으니 아델의 시중을 드는 하녀를 괴롭혔다. 몇 명이 작당해서 은근히 소녀를 괴롭혀 결국 쫓아냈다.

아델은 그런 일을 전부 몰랐다. 새로 온 멜이 말해 주어 알았다. 멜은 대단히 활달한 성격에 말이 무척 많았다. 쉴 새 없이 이런저런 말을 떠들다가 그만둔 소녀의 일까지 실수로 말하고 말았다. 아델은 캐물어서 저간의 사정을 모두 알아냈다.

모든 일을 알고 아델은 무척 마음이 아팠다. 소녀는 아델에게 끝내 그런 일들을 말하지 않았다. 아델이 의지가 되어 주지 못한 것이다.

아델은 그동안 자신이 얼마나 시야가 좁았는지 깨닫고 반성했다. 할머니와 함께하는 나날이 영원히 계속될 줄 알았다. 다른 것을 보지 않고 다른 사람에게 관심을 두지 않았다.

오랫동안 자신을 곁에서 도운 고용인은 마땅히 마음 쓰고 챙겨야 한다는 사실을 깨닫지 못했다. 그녀는 같은 실수는 절대 반복하지 않겠다고 다짐했다.

"어제는 마틸다 고모님께 불려 가서 크게 혼이 났어요. 밤에 따뜻한 우유가 먹고 싶어서 데우려고 그릇을 올려놨다가 깜빡 잊었거든요. 그릇이 다 눌어붙었다고 고모님이 얼마나 길길이 뛰던지. 그분은 나이가 들어도 기운이 넘쳐요."

아델은 웃음을 참았다. 멜은 마틸다 집사가 꽂아 넣은, 이른바 낙하산이었다. 그런데 그 사실을 감추기는커녕 대놓고 고모님이라고 부르니 성에서 모르는 사람이 없었다.

"불이 날까 봐 그러겠지. 멜. 조심해. 그러다 정말 큰일 나."

"걱정 마세요. 제가 좀 자잘한 실수는 해도 정말 큰 잘못은 안 한다니까요."

멜이 마틸다 집사의 조카라는 사실을 알았을 때, 아델은 집사의 노고를 느꼈다. 새 하녀를 고르는 일에 얼마나 고심했는지 알 것 같았다. 집사의 조카이니 다른 고용인들이 섣부르게 괴롭히지 못할 거라고 생각했을 것이다.

'다 고마운 사람뿐이야.'

할머니만이 아니었다. 아델은 자신이 얼마나 많은 사람의 보호를 받아 왔는지 이제 알았다.

"멜. 네 말대로 바실 수장을 뵈러 가야겠어."

"잘 생각하셨어요."

멜이 반색했다.

"이대로 가만 계시면 안 돼요. 아가씨께서 아무 말 하지 않으시면 절대 돌려주지 않을걸요."

스텔라는 여전히 아델에게 장신구를 빌리러 왔다. 처음에는 되돌려 주더니 최근에는 핑계를 대며 돌려주기를 미루었다. 그렇게 스텔라가 가져간 목걸이와 귀걸이 세트만 세 개였다.

멜은 자신의 것을 도둑맞은 것처럼 펄쩍펄쩍 뛰었다. 아델은 스텔라와 말을 섞고 싶지 않아서 알아서 돌려주기를 기다렸지만, 더는 두고 볼 수 없었다.

'멜의 말이 맞아. 내 것은 내가 지켜야 해.'

할머니가 주신 선물이지만, 워낙 고가의 물건이라 아델은 자신에게 완전한 소유권이 있는지는 자신할 수 없었다. 하지만 그렇다고 해도 절대 스텔라의 것은 아니었다.

바실 수장은 현재 성주 대행으로서 전권을 가지고 있었다. 현재 스텔라에게 압력을 가할 수 있는 사람은 바실 수장뿐이었다.

'바실 수장이라면 도와줄 거야.'

그는 시류에 따라 흔들리는 사람이 아니었다. 할머니가 그를 얼마나 신뢰했는지 알고 있었다. 아델은 할머니의 사람을 보는 눈을 믿었다.

오랜만에 중앙탑으로 건너갔다. 그녀는 복도를 따라 걷다가 꺾어진 복도에서 나타난 사람을 보고 걸음을 멈추었다.

곁을 따르던 멜은 싫은 내색을 하며 얼른 고개를 숙였다.

점점 더 가까이 다가온 장년인은 아델을 보면서 히죽 웃었다.

"아델. 오랜만이구나. 잘 지냈니?"

"평안하셨습니까. 브로디 공."

"이런이런, 숙부라고 부르라니까. 넌 내게 조카나 마찬가지란다."

눈을 내리뜨고 서 있는 소녀를 바라보는 멜론의 눈빛에 음험한 빛이 감돌았다.

'고것 참.'

멜론에게는 남이 모르는 은밀한 취미가 있었다. 어린 여자아이를 대상으로 가학적인 성행위를 즐겼다.

처음부터 그런 행위를 즐긴 것은 아니었다. 젊은 시절에는 그도 나름의 도덕심이 있어서 변태적인 짓을 하는 놈들을 경멸했다.

　시간이 그를 바꾸었는지 숨겨진 본성을 끌어낸 것인지 어두운 마음은 서서히 그를 집어삼켰다. 그는 겉으로는 웃으면서 속은 항상 분노에 차 있었다.

　그는 형수님 앞에서는 고개를 조아리고 레바스 성에서는 몸을 사렸다. 그렇게 억눌린 욕망을 대륙에 나가서 풀었다. 레바스 가문에서 그의 위치는 우스웠지만, 돈을 들고 대륙에 나가면 거의 왕이나 다름없는 대우를 받았다.

　그가 뿌리는 돈맛에 취한 자들이 온갖 향응을 제공했다. 개중에는 암암리에 귀족 사이에서 유행한다는 아동성애가 포함되었다. 어린아이를 대상으로 하는 완벽한 지배 관계에 멀론은 매료되었다. 그는 도착적 성행위에 빠져들었다.

　대륙의 일부 귀족 사이에서는 어린아이를 사고팔았다. 성별은 관계없었다. 취향에 따라 사내아이도, 계집아이도 가리지 않았다. 부모가 호구지책으로 자식을 내다 판 경우도 있지만, 범죄의 희생자가 대부분이었다. 고운 외모의 아이들을 대상으로 하는 인신매매가 빈번하게 이루어졌다.

　신분제가 공고한 대륙에서 고위 귀족의 변태적 성행위는 도덕적인 비난의 대상만 되었다. 하란에서는 중범죄로 취급될 일이 대륙에서는 유흥이었다.

그러나 얼마 전 대륙이 한바탕 뒤집히는 사건이 있었다. 국경을 초월한 엄청난 규모의 인신매매 조직이 발각되었다. 직접 가담한 귀족의 수가 적지 않고 조직을 통해 아이를 산 고위 귀족의 정체가 일부 밝혀지면서 엄청난 비난의 대상이 되었다. 일부 국가에서는 왕이 나서서 관련된 귀족의 작위를 박탈하거나 처형했다.

뒤숭숭해서 몸을 사리는 분위기였다. 멀론은 한창 맛 들린 유흥을 더는 즐길 수 없게 되어 낙담했다.

멀론은 아델을 보면서 입맛을 다셨다.

'한두 살 더 먹어도 좋기는 한데 이대로도 좋지. 자라지 않는다니. 얼마나 환상적이야.'

뽀얀 아이의 피부가 얼마나 보들보들할까 상상만 해도 침이 꿀꺽 넘어갔다. 형수가 건강할 때는 감히 넘볼 수 없었다. 그러나 이제 그의 세상이 다가오고 있었다.

멀론은 기다릴 줄 알았다. 오랫동안 몸을 낮추고 기다렸기에 오늘을 맞이할 수 있었다. 천천히 접근해서 누가 봐도 자애로운 보호자의 자격을 갖추면 된다. 후견인의 지위를 그가 갖게 된다면 자신의 보호 아래에 놓인 의지할 데 없는 어린아이 하나쯤은 손쉬운 먹잇감이었다.

"어디를 가는 중이냐?"

"성주님의 쾌차를 기원하러 침실 앞에서 기도를 드리려고 합니다."

아델은 바실 수장을 만나러 간다고 곧이곧대로 말하지 않았다. 그걸 알면 멀론이 괜한 시비를 걸 것 같았다.

"기특하기도 하지. 네 정성을 봐서라도 형수님께서 어서 일어나셔야 할 텐데 말이다."

멀론은 한껏 부드러운 어조로 말하고 있으나 아델은 오싹 소름이 돋았다. 아델은 오래전부터 그가 싫었다. 정확히 말로 설명할 수 없었다. 할머니가 건강하실 때도 가끔 자신을 바라보는 멀론의 눈빛이 거북했다.

"넓은 성에서 이렇게 마주치기도 쉬운 일이 아니지. 마침 나도 시간이 난다. 차를 마시러 갈까?"

"말씀은 감사하지만, 다음 기회로 하겠습니다. 저는 지금……."

"이렇게 거리를 둘 이유가 무엇이냐. 숙부라고 생각하라니까."

멜이 아델의 뒤에 서 있다가 슬금슬금 옆으로 나왔다.

"어려워하지 말라고 하지 않았느냐."

멀론이 성큼 다가와서 재빠르게 아델의 손을 잡았다. 미처 피하지 못하고 손이 잡힌 아델은 소스라치며 뿌리치려 했다. 그러나 성인 남자의 악력은 소녀의 힘으로 떨칠 수가 없었다.

"아가씨! 이거 놓으세요!"

멜이 멀론의 팔을 붙들고 흔들었다. 그사이에 손을 빼낸 아델은 재빠르게 멜의 뒤로 숨었다.

"건방진……."

멀론은 멜을 사납게 노려보았다. 새끼를 보호하는 어미라도 된 것처럼 아델을 뒤로 감추는 꼴이 가소롭기 짝이 없었다. 잔뜩 겁먹은 눈은 가학적인 폭력성을 자극했다. 한 손을 위로 치켜들고 그대로 뺨을 내리치려는 순간이었다.

"브로디 공."

나지막하고 딱딱한 목소리가 끼어들었다. 멀론은 그 자세 그대로 고개만 돌렸다.

제복을 갖추어 입은 검은 머리의 남자가 표정 없이 멀론을 바라보고 있었다. 그의 뒤에는 유사한 형태의 제복을 입었으나 색이 다르고 어깨의 견장이 다른 남자가 버티고 섰다.

아델은 안도의 숨을 내쉬었다. 앨런 코우. 그는 이런 상황을 그냥 지나칠 사람이 아니었다.

"이게 누구야. 코우 경 아닌가."

멀론은 들어 올린 손을 내리면서 방해받은 불쾌함을 드러내듯 이죽거렸다.

"한동안 안 보이더니 어딜 갔다 온 건가?"

"대륙에 나가 있었습니다. 임무를 마치고 바실 수장께 보고드리러 가는 길입니다."

"보고……."

멀론이 피식 웃었다.

"코우 경은 언제 봐도 한결같아. 충성스러운 기사의 표본이지."

"기사의 본분을 다할 뿐입니다."

"그럼 가던 길을 가시게. 사람이 융통성이 있어야지. 때로는 못 본 척해야 하는 일이 있는 거라네."

"그건 융통성이 아니라 비겁함이겠지요."

"지금 날 빗대어 하는 말인가?"

"충고를 드리는 겁니다."

"충고?"

멀론의 되묻는 어조는 날카로웠다.

"격에 맞는 품위를 지키십시오. 고용인을 함부로 대한 일을 성주님께서 후에 알게 되시면 언짢아하실 겁니다."

멀론의 미간이 팍 일그러졌다. 성주님이라는 말에 절로 움찔했다. 반송장으로 누워 있는 형수를 여전히 두려워하는 제 속내를 보았다. 분노와 짜증이 치밀었다.

"잘못했다면 응당 벌을 받아야지. 코우 경도 잘못한 기사들에게 합당한 처벌을 내리지 않나?"

멀론은 함부로 패악을 부리지 못했다. 만만한 상대가 아니기 때문이다.

앨런 코우는 일개 기사가 아니었다. 기사단의 부장이자 코우 가문의 후계자였다. 코우 가문을 섣부르게 건드렸다가는 동부에서 발붙이고 살기 어려웠다.

"물론 그렇습니다. 제게는 처벌한 권한이 있으니까요. 하지만 브로디 공에게는 고용인을 처벌할 권한이 없을 텐데요."

"지금 날 모욕하는 건가?"

"제가 잘못 안 것이라면 지금 확인해 보겠습니다."

앨런이 손을 들자 뒤에 서 있던 기사가 앞으로 나왔다.

"예. 부장."

"지금 가서……."

"됐네!"

멀론이 버럭 소리쳤다.

"지금 뭐하자는 건가?"

일개 하녀 앞에서 망신을 주다니, 멀론의 얼굴이 시뻘겋게 달아올랐다. 속이 부글부글 끓었다. 전이라면 꾹 참고 물러났겠지만, 그는 권력을 이미 맛보았다. 불과 몇 개월 전의 자신이 어땠었는지 까맣게 잊었다.

"여긴 대륙이 아닙니다."

"……뭐라고?"

멀론의 눈빛이 흔들렸다.

'이놈이 뭘 알고서……?'

두 사람의 시선이 사납게 맞부딪쳤다.

'알 리가 없지.'

멀론은 자신의 은밀한 취미를 하란에 있을 때 드러낸 적이 없었다. 대륙에 나갈 때는 측근 한두 명만 동반했다. 대외적으로 멀론이 대륙에 종종 나가는 사실은 알려져 있었다. 그 이유를 도박을 즐기기 위해서라고 포장한 것이 진실과 달랐다.

"아무래도 코우 경은 앞날을 예측하는 지혜를 익힐 필요가 있겠네. 장차 사람 일은 어찌 될지 모르는 거 아닌가."

멀론의 도발에도 앨런의 표정은 변화가 없었다.

"저도 한 말씀 드리지요. 브로디 공은 언행을 조심할 필요가 있겠습니다. 제가 인내심이 없는 편이라서 말로 하는 경고를 생략할 때가 있습니다."

멀론이 와락 표정을 구겼다.

"……그 말을 기억해 두지. 자네도 내 말을 새겨듣는 게 좋을 거야."

멀론은 이를 악물고 말한 후 몸을 돌렸다. 눈동자에 비열한 빛이 번뜩였다.

'건방진 놈.'

멀론이 복도에서 사라질 때까지 보고 있다가 아델은 막힌 숨을 내쉬었다.

"도움에 감사합니다. 코우 경."

"대단한 일은 아닙니다. 혹시 이런 일이 자주 있습니까?"

"아니에요. 브로디 공과 마주치는 일은 거의 없어요."

"남쪽 탑의 경비를 더 철저히 하라고 말해 두겠습니다."

앞선 배려를 해 주는 앨런에게 아델은 몹시 감사했다. 캘빈이 왜 그렇게 기사 서임을 받고 싶어 하는지 알 것 같다. 늘 보는 기사가 앨런 코우라면 기사라는 존재가 특별하게 느껴질 것이다.

"어디 가시는 길입니까?"

"볼일이 있었지만, 오늘은 그냥 돌아가려 해요."

앨런이 수하에게 지시했다.

"아가씨를 남쪽 탑까지 모셔라."

"예. 부장."

"감사합니다."

아델은 앨런의 호의를 거절하지 않았다. 남쪽 탑에 들어서고 나서야 아델은 안도의 숨을 내쉬었다. 그런데 동시에 멜 역시 한숨을 폭 쉬었다. 둘은 눈이 마주치자 웃었다.

"고마워. 멜. 날 지켜 줘서."

"아니에요. 아가씨. 제가 뭘 한 일이 있다고. 다 코우 기사님이 하신걸요."

"멜은 기사들이 올지도 모르고 나섰잖아. 정말 용감했어."

멜이 부끄러운 듯 헤헤 웃었다.

"속이 진정되게 달콤한 걸 마시고 싶어."

"네. 제가 금방 밀크티를 만들어 올게요."

침실로 향하면서 아델은 생각했다.

'할머니의 후계자를 찾는 일은 잘되어 가는 걸까.'

솔직히 앨런에게 그 일에 관해서 묻고 싶었다. 하지만 정원에서 두 사람이 나누는 이야기를 엿들었다고 밝힐 수 없으니 아는 척을 할 수 없었다.

아델의 걸음이 멈칫했다.

'……코우 경이 대륙에서 돌아왔어.'

앨런이 몇 개월간 부재중이라는 사실은 들어서 알고 있었다. 파울의 죽음으로 파울이 대륙에서 벌이던 사업을 더는 진행할 수 없었다. 정리하는 일을 앨런이 맡아서 대륙에 갔다고, 캘빈은 말하면서 투덜거렸다.

「기사단의 부장이 없으니 기사 훈련이 자꾸 미루어진다고. 아, 이제 한 번만 더 하면 되는데! 어서 기사 서임을 받고 싶단 말이야.」

하지만 캘빈이 모르는 사실을 아델은 알고 있었다. 앨런은 단지 그 일 때문에 대륙에 간 것이 아니다.

아까 앨런은 멀론에게 말했다. 임무를 마치고 돌아왔다고.

'코우 경이 할머니의 후계자를 찾으러 대륙에 갔다면 일을 마치기 전에는 돌아오지 않았을 거야.'

가슴이 두근거렸다.

'찾았구나.'

3장
대가문의 주인

　루터 바실은 꾸벅 고개를 숙이는 앨런을 격동하는 눈으로 바라보았다. 미리 앨런이 보낸 서신을 받았다. 루터는 그 후 계속 어떤 일에도 집중할 수 없었다. 앨런이 도착하기 몇 시간 전부터 내내 집무실을 서성거렸다.

"수고가 많았다."

"할 일을 했을 뿐입니다."

덤덤하게 대답하는 앨런이 믿음직했다.

"에릭에게도 고생 많았다고 전해다오."

"직접 말씀하셔야지요."

"그놈이 와야 말하지. 내가 아들놈을 보러 그 먼 길을 가야겠냐? 이번 일로 자길 양육해 준 빛을 삭치자고 하는 놈이야. 고양

놈.”

“……집 나올 때 어르신께서 그간 먹이고 입힌 것을 내놓고 가라고 하셨다고 들었습니다.”

루터는 고개를 돌리며 크흠, 불편한 헛기침을 했다. 앨런은 슬그머니 웃었다가 루터가 다시 바라보자 얼른 웃음을 지웠다.

‘입 싼 놈 같으니.’

속으로 아들 욕을 하면서도 루터는 이번 일로 녀석을 다시 보았다. 천둥벌거숭이가 제 고집만 부리며 뻗대는 줄 알았다. 제 길을 찾아 집을 나간다고 할 때 내버려 둔 것도 얼마나 견디나 두고 보자는 마음이었다.

예상과 다르게 에릭은 나가서 아주 잘 적응했다. 생각도 못한 다양한 인맥을 만들어 두었다. 녀석의 사교성이 제법이라는 사실을 처음 알았다. 덕분에 이번 일에 아주 큰 도움을 받았다.

이렇게 빨리 성주님의 혈육을 찾으리라고는 기대하지 않았다. 어쩌면 자신의 대에서 레바스 가문이 문을 닫을지도 모른다고 생각했다.

앨런이 품에서 주머니를 꺼냈다. 아주 소중하게 두 손으로 들고 책상에 올렸다.

“서신으로 말씀드린 물건입니다.”

루터는 조심스럽게 주머니의 안에 든 것을 꺼냈다. 벨벳 천으로 반지를 집어 들어 유심히 살펴보다가 길게 한숨을 내쉬었다.

“틀림없다.”

반지를 바라보는 루터의 눈이 흔들렸다.

"이것을 다시 보게 되는구나. 사라졌던 레바스 가문의 신물을 드디어 찾았어."

시마는 큰아들의 성년 생일에 반지를 선물했다. 원래 성주가 지니고 있어야 하는 물건이었다. 반지는 후계자 선언과 다름없었다. 그런데 에단의 죽음 이후에 행방을 알 수 없었다.

루터는 반년 전, 은밀한 부름을 받아 성주님을 뵈었던 날을 떠올렸다. 늦은 시간의 갑작스러운 부름이었다.

"루터."

시마는 한참 말이 없다가 불쑥 이름을 불렀다. 루터는 흠칫 놀랐다. 두 사람은 어려서 오누이처럼 사이가 좋았지만, 시마가 성주의 자리에 오른 이후에는 이름으로 부른 적이 없었다.

"……예. 성주님."

"나는. 성주로서 어땠는가? 가문에 누가 되지는 않았나?"

"훌륭하셨습니다."

"과거로 되돌아간다고 해도, 그래도 나를 도와줄 건가?"

"물론입니다. 성주님."

루터를 잠시 바라보던 시마는 흐릿하게 웃었다.

"다행이군. 하나 정도는 나도 잘한 것이 있었다니. 개인으로서의 나는 실패했어. 오늘 그대에게 불편한 소식을 전해야겠네."

시마는 먼저 대륙에서 온 소식을 전했다. 가문의 후계자 파울의 죽음이라는 비보를.

얼이 나간 루터에게 시마는 두 번째 소식을 전했다. 처음 들은 소식이 차라리 낫다는 생각이 들었다.

"내게 이제 남은 시간이 얼마 없다는군."

아들의 죽음을 알고 시마는 잠시 혼절했다. 불려 온 주치의가 면밀하게 시마의 상태를 진단하고 이미 회생 불가능에 접어든 시마의 병세를 발견했다. 평소에 몸의 이상을 거의 느낄 수 없도록 조용히 진행된 병이었다. 주치의는 삼 개월의 시한부 선고를 내렸다.

하늘이 무너진다는 느낌이 무엇인지, 루터는 비로소 알았다. 수십 년을 시마를 보좌하며 많은 굴곡을 겪었으나 이처럼 암담한 적이 없었다.

"보게."

시마는 넋 나간 루터의 손에 낡은 편지를 쥐여 주었다. 편지를 펼쳐 읽는 루터의 손이 부들부들 떨렸다.

"성주님, 이것은!"

"일 년 정도 되었네. 날 찾아온 자가 부친의 유품을 정리하다가 뒤늦게 발견했다고 했네. 처음에는 버리려다가 아무래도 심상치 않은 내용인 것 같아서 가져왔다더군."

편지는 시마의 죽은 큰아들, 에단이 자신의 연인에게 보내는 편지였다. 이 편지를 보낸 날짜로부터 얼마 지나지 않아서 에단은 죽었다.

편지 심부름을 맡은 심부름꾼은 가는 중에 재수가 없었는지

강도를 만나 죽었다. 시체는 한참 만에 발견되었고 아들은 부친의 시체를 수습하면서 유품을 자세히 살펴보지 않았다.

시간이 오래 지난 후에 아들이 집을 정리하다가 다락에 방치된 부친의 유품을 발견했다.

"성주님. 이 편지 내용에 의하면……."

"내게 혈육이 있을 가능성이 있지."

에단은 자신의 연인에게 편지로 사랑을 속삭이면서 추신으로 덧붙였다.

—앨리스. 당신의 배 속에 있는 우리 아이는 분명 당신을 닮아서 사랑스럽겠지. 아이가 태어나기 전에 꼭 당신에게 청혼하러 가겠소.

에단의 자식이 태어나서 어딘가에 살아 있을지도 모른다는 증거였다.

"계속 나 혼자만 알고 비밀로 할 생각은 아니었다네. 사사롭게는 내 핏줄이지만, 내 개인적인 문제만은 아니니까. 나는 죽은 그 녀석에게 서운해서……. 내 마음을 다스릴 시간이 필요했어."

아들에게 결혼하고 싶은 연인이 있었다는 것도, 자식을 가졌다는 사실도 시마는 알지 못했다. 에단은 그런 이야기를 해 준 적이 없었다. 에단이 죽을 무렵에 두 모자의 사이는 상당히 냉랭했다.

혼자 몸으로 아들 둘을 키우며 시마는 굉장히 엄한 어머니였다. 자신의 뒤를 이을 큰아들에게는 더욱 엄격했다. 애정 표현을 질책으로 대신했다. 일어나서 잠들 때까지 모든 일과를 철저하게 관리하며 다그쳤다.

결정적인 계기가 된 사건이 있었다. 에단이 사춘기에 접어들 무렵에 고용인과 풋사랑에 빠졌다. 시마는 아들이 아직 가정을 만들기에는 부족하다고 생각했다. 아들이 빠진 여자도 마음에 차지 않았다. 여자는 대가문을 이끌 안주인의 자리를 책임지기에는 생각이 얕고 경망스러웠다. 그래서 멀리 보내 버렸다.

그 여자는 아니었다는 생각에는 지금도 변함이 없었다. 다만, 그런 식으로 일을 처리하지는 말았어야 했다. 충분히 아들과 이야기를 나누었어야 했다.

모자 관계는 회복이 어려운 지경에 이르렀고, 모자간의 화해는 이루어지지 않은 채 에단은 죽었다.

"그 녀석이 왜 내게 말하지 않았는지 알고 있네. 날 믿지 못한 거겠지."

시마는 힘없이 웃었다.

"그 녀석은 지금까지도 어미 가슴에 못을 박는군."

루터는 어떤 위로의 말도 건넬 수 없었다.

시마는 선대 성주의 타계로 고작 스무 살에 대가문을 이어받았다. 주변의 우려를 뒤엎고 의연하게 가주의 역할을 해냈다. 남편의 죽음에 무너지지 않았다. 큰아들의 죽음에도 눈물 한 방울

보이지 않던 분이었다. 대가문의 주인으로서 흔들림 없는 기둥의 역할을 단 한 번도 잊은 적이 없었다.

처음 보는 성주님의 약한 모습이 가슴에 아프게 박혔다.

"내게 혈육이 있다면 찾아야겠지."

"지당하신 말씀입니다."

"찾을 수 있겠나?"

"……반드시 찾겠습니다."

모래언덕에서 바늘을 찾는 일이라도 해내야만 했다.

"이렇게 갑자기 내게 남은 시간이 없을 줄은 몰랐네. 진즉 찾아볼 것을."

"…….."

"그래서 내가 생각한 방책이 있네. 될 수 있는 한 내 숨이 붙어 있는 시간을 늘릴 수 있도록 마법의 힘을 빌릴 생각이야."

"아……."

루터는 탄식했다.

마법의 잠.

마법으로 가사 상태에 빠지게 하여 몸의 신진대사를 늦춘다.

그러나 임시방편에 불과했다. 무기한 시간을 연장할 수 있는 것도 아니다. 속도를 늦출 뿐, 자는 동안에 생명력은 서서히 사그라들었다. 부작용도 있었다. 다시 깨어나기 위해서는 많은 생명력을 소진했다. 깨어난 후 고작해야 며칠밖에 견디지 못했다.

삼 개월. 길지 않은 시간이다. 성주는 자신의 삶을 되돌아보며 마무리할 수 있는 마지막 순간마저 포기했다.

"조용히 마탑에 요청하게. 이 일은 대외적으로 비밀로 할 생각이네. 나는 아들의 죽음으로 쓰러져 혼수상태에 빠진 것이지."

"……예. 성주님."

"내가 그렇게 되면 혼란이 많을 것이네. 그대가 수고롭겠지."

"당치 않은 말씀입니다. 마땅히 제가 해야 할 일입니다. 반드시 성주님의 후계자를 찾아서 모셔 오겠습니다."

"부탁하네. 마지막까지 그대에게는 일만 잔뜩 떠넘기는군……. 루터. 네 도움으로 내가 지금껏 버틸 수 있었다. 고맙구나."

"누님……."

루터는 끝내 눈물을 보이고 말았다.

그때의 일을 떠올리면 루터는 아직도 눈가가 후끈거렸다. 반지를 보면서 울컥 치미는 감정을 간신히 삼켰다.

"도련님은 코우 가문으로 모셨느냐?"

"아닙니다. 실은…… 성으로 모시고 들어왔습니다."

"뭐야?"

루터가 눈을 부릅떴다.

"독단적으로 처리해서 송구합니다. 등잔 밑이 어두운 법이지요. 남쪽 탑에 모셨습니다."

"남쪽 탑……."

루터는 고개를 끄덕였다.

"그래. 그게 차라리 낫겠다."

시마가 아델을 보호하고자 남쪽 탑으로 드나들 수 있는 모든 통로에 기사를 세워 둔 명령은 여전히 진행 중이었다. 평소보다 조금 더 경비를 강화한다고 해서 수상하게 볼 사람은 없었다. 남쪽 탑은 사람들의 관심에서 벗어난 곳이었다.

"도련님이 성주님을 뵐 때까지는 조심해야 한다."

"예. 알고 있습니다."

"성주님께서 건재하셨다면 도련님의 귀환을 성대하게 맞이했을 텐데. 죄인처럼 숨어 계시게 하다니. 참 죄송스럽구나. 어쩌면 오늘은 뵈러 가지 못할지도 모르겠다."

"제가 뵙고 잘 말씀 올리겠습니다."

장차 주인이 될 분이 궁금할 텐데 루터는 어떤 분이냐고 묻지 않고, 앨런은 자신의 느낌을 말하지 않았다. 진중한 두 사람의 성격이 드러났다.

꾸벅 고개를 숙이고 나가려다가 앨런은 다시 루터의 책상 앞에 섰다.

"성주님께서 당장 일어나실 수는 없다고 들었습니다."

"그래. 마법사의 말로는, 준비에 시간이 필요하다고 하더구나."

"그러면 도련님이 남쪽 탑에 머무시는 동안에 아델 아가씨께 알려서 협조를 구함이 어떠십니까?"

문득 떠오른 생각이었다. 마침 바로 직전에 아델과 마주쳤고 도움도 주었다. 어린 아가씨는 겁에 질렸으나 눈물을 보이지 않고 의연하게 대처했다. 꽤 인상적이었다.

"아델 아가씨라……. 괜찮은 생각이다. 내부에 협력자가 있으면 좋지."

루터는 그동안 조용히 사람들의 동향을 파악해 왔다. 주요 권력자들은 물론이고 변수로 작용할 수 있다고 판단되는 고용인의 움직임조차도 주시했다.

아델도 지켜보는 대상에 포함되어 있었다. 아델을 믿지 못해서가 아니라 모든 사람을 의심하고 확인해야 했다. 변함없이 고립된 생활을 하는 아델은 우려하는 자들과 접촉한 적이 없었다.

"하지만 아직 도련님에 관해서는 아는 사람이 적은 편이 좋아. 아가씨께 전부 알리지는 말되 충분히 설명해서 이해를 구하면 받아들이실 거다. 성의를 보여야 해. 아가씨를 겉모습으로 판단하지 마라."

"예. 명심하겠습니다."

*   *   *

레바스 성은 크게 외성과 내성으로 구분했다. 네 방향의 네 개의 탑을 이은 성벽 안쪽이 내성이었다. 네 개의 탑 중 서쪽 탑은 관리들이 사용했다. 관리의 집무실은 모두 서쪽 탑에 있었다.

앨런은 루터의 집무실을 나와서 위로 올라갔다. 서쪽 탑의 상층에서 연결된 성벽으로 나갔다. 성벽을 따라 걷는 동안 경비하는 기사들과 마주쳤다. 인사하는 그들에게 가볍게 고개를 끄덕이고 남쪽 탑에 도착했다.

외부인이 남쪽 탑으로 들어가는 출입구는 총 셋이었다. 정문, 중앙탑과 연결된 구름다리, 성벽으로 이어지는 탑의 출입구.

기사단의 부장인 앨런이 성벽을 경비하는 기사를 감찰하는 일은 종종 있었다. 더구나 오랜 외부 일정을 마치고 돌아왔으니 아무리 자주 다녀도 수상해 보이지 않을 것이다. 앨런은 자연스럽게 남쪽 탑으로 들어갔다.

남쪽 탑에는 평소에 오가는 사람이 거의 없었다. 당분간 사람을 숨기기에 최적이었다.

텅 빈 복도에 서서 앨런은 다시 한 번 좌우를 살폈다. 보는 사람이 없음을 확인한 후 그는 닫힌 문을 조용히 열고 안으로 들어갔다.

들어가자마자 빠르게 안을 훑었다. 응접실은 비었다. 그는 침실로 통하는 문을 열었다. 침대도 소파도 텅 비었다. 안으로 더 걸어 들어가니까 반쯤 열린 발코니 창문이 보였다.

창 너머로 앨런이 찾던 사람이 보였다. 그는 거대한 원기둥에 기대어 발코니 바깥을 바라보고 있었다. 앨런은 창틀을 두드려 인기척을 낸 후에 그에게 다가갔다.

"도련님."

푸른 머리의 사내가 고개를 돌렸다. 무감한 표정으로 보라색 눈동자가 물끄러미 앨런을 응시했다.

＊　　＊　　＊

멜이 흥분한 표정으로 와서 말했다.

"아가씨. 코우 기사님께서 오셨어요. 뵙기를 바라신대요."

아델은 캘빈이라고 생각했다. 대수롭지 않게 안으로 들이라고 했다가 나타난 사람이 앨런이라 깜짝 놀랐다.

멜은 차를 놓고 나가면서 생각했다.

'아가씨께선 은근히 대단한 분들만 알고 지내신다니까.'

고용인들 사이에서는 아델에 관해서 떠도는 소문이 많았다. 그중 하나는 아델이 대륙에서 온 망국의 공주라는 것이었다. 근거 없는 소문 전부를 아델에게 시시콜콜 전하지는 않지만, 아주 터무니없는 소문은 아닐 거라는 생각이 들었다.

의례적인 인사를 건네고 앨런은 바로 본론을 꺼냈다.

"갑자기 찾아와 드리는 말씀이라 면구스럽습니다. 아가씨께 긴히 도움을 청할 일이 있습니다."

"네. 말씀하세요. 제가 할 수 있는 일이라면 기꺼이 할게요."

"귀한 손님을 한 분 모셔야 하는데, 잠시 남쪽 탑에서 머무르셨으면 합니다."

아델은 손이 떨려서 얼른 찻잔을 내려놓았다. 앨런이 말한 손님이 누구인지 알 것 같다.

"제가 어떤 도움을 드릴 수 있나요? 말이 와전된 부분이 있는 것 같은데 남쪽 탑은 제 것이 아니에요. 제가 허락할 일이 아니지요."

"권한의 문제는 아닙니다. 손님께서 머무는 사실이 당분간 외부에 알려지지 않았으면 합니다. 아가씨께서 도움을 주실 수 있을 거라고 생각합니다."

'비밀로 하는 건가? 왜?'

"당분간이라고 하시면 얼마나 오래인가요?"

"며칠 정도입니다."

아델은 자신이 알고 있는 범위 내에서 돌아가는 상황을 유추했다.

후계를 정하는 일은 전적으로 가주의 권한이었다. 그래서 가주가 후계를 정하지 못하면 일이 복잡해진다.

멀론은 후계자의 자리가 공석일 경우에 장차 쥐게 될 권한이 막강했다. 그러나 후계자가 정해져서 승계의 절차를 밟게 되면 멀론은 다시 보잘것없는 위치로 곤두박질이었다.

'후계자의 등장을 환영하지 않을 사람이라면…… 브로디 공인가.'

아델은 지도자의 부재가 미치는 영향이 얼마나 큰지 이번 일로 느꼈다. 고작 몇 개월 만에 굳건한 줄 알았던 레바스 성이 흔들렸다. 할머니가 건재한 시절에는 고용인의 수작으로 다른 고용인을 괴롭혀 내쫓는 일은 상상할 수 없었다.

아까 겪은 멀론의 추근거림도 할머니가 건강하셨다면 절대 일어나지 않을 일이었다.

'그자는 안 돼. 할머니가 하신 일을 전부 엉망으로 만들 거야.'

"손님의 시중을 들 사람이 필요하겠군요."

아델은 적극적으로 앨런을 도와야겠다고 생각했다. 할머니의 후계자가 어떤 사람인지 모르지만, 멀론보다는 나을 것이다.

"예. 입이 무거운 사람이 좋겠습니다."

"주방 일을 하는 하녀 중에 말을 못 하는 아이가 있어요."

멜의 잡다한 수다가 도움이 되었다. 마침 떠오르는 기억이 있었다.

"그 아이가 식사 준비나 청소 등 간단한 심부름은 할 수 있을 거예요. 하지만 식사나 목욕 시중같이 손이 많이 가는 일은 하기 어려워요. 해 본 적이 없을 테고 몸이 약한 편이거든요."

"까다로운 분은 아니니까 그 정도면 됩니다."

"마틸다 집사에게 말해서 그 아이를 남쪽 탑으로 보내 달라고 할게요."

"음……."

주저하는 앨런의 표정을 살피며 아델이 제안했다.

"이러면 어떨까요? 우선 내 하녀를 보내서 집사의 이름을 대고 그 아이를 데려오라고 할게요. 중요한 일을 하는 아이는 아니니까 집사가 데려갔다고 하면 문제 삼을 사람은 없을 거예요. 그 아이가 며칠 필요하다고, 이따가 내 하녀를 통해서 마틸다 집사에게 비공식적으로 말을 전하면 돼요. 내 하녀가 집사의 조카거든요."

"……충분합니다. 감사합니다. 아가씨."

딱딱한 앨런의 입매가 부드럽게 휘었다. 기대 이상이었다.

"손님의 성별과 나이를 대충 알면 도움이 될 거예요. 여자와 남자는 필요한 물건이 다르니까요."

아델은 사적인 관심이 아닌 척 물어보았다.

"젊은 남자분입니다."

아델은 입꼬리가 올라갈 것 같아서 괜히 찻물을 들이켰다.

'남자. 할머니의 손자구나. 나이는 내 또래일까? 아니면 나보다 많을까?'

"제가 알면 안 되는 손님인가요?"

아델은 시치미를 떼고 물었다. 대충 짐작하지만, 아예 묻지 않으면 이상하게 생각할 것 같았다.

"조만간 아가씨께서도 그분을 만나게 되실 겁니다. 당분간은 모른 척해 주십시오. 부탁드리겠습니다."

앨런은 아델의 방을 나와서 상황을 다시 보고하러 루터의 집무실로 향했다. 그는 성벽을 따라 걷다가 걸음을 멈추고 고개를 돌렸다.

'자라지 않는다…….'

성주님이 보살피는 소녀에 관해서 아는 사람은 거의 없었다. 성의 깊은 곳에서만 지내며 외부에 모습을 드러내지 않기에 소문만 떠돌았다. 아델을 실제로 본 사람은 거의 없었다.

그러다가 얼마 전에 가신 대부분이 아델을 보았다. 그 후 소녀에 대해 궁금해하는 사람이 부쩍 늘었다.

'어머니께서 내게 물어보실 정도이니.'

물론 앨런은 딱 잘라서 모른다고 대답했다. 그의 어머니는 수십 년을 겪은 아들의 무뚝뚝함이 여전히 서운한 모양이었다. 중매 수첩 여러 개를 그의 책상에 올려 두는 것으로 복수했다.

앨런은 성주님을 뵈러 가면서 우연히 아델을 몇 번 보았다. 몇 년에 걸쳐 보는 동안 모습이 변하지 않는 것은 기묘했다. 하지만 크게 관심 두지 않았다. 그와 상관없는 문제이기 때문이다.

'자라지 않아도 시간은 흐른다는 건가…….'

아델과 긴 대화는 처음이었다. 그런데 이야기를 나누는 동안은 동등한 눈높이의 성인과 대화하는 느낌이었고 그걸 전혀 이상하게 생각하지 못했다.

'이대로 시간이 계속 흐른다면 어떻게 될까.'

여전히 겉은 어린 소녀인데 안에는 노인의 마음이 들어 있다면, 그 괴리가 언젠가는 문제가 될 것이다.

루터에게 상황 보고를 하자 루터는 만족스러워했다.

"당분간 머무시는 데 문제는 없겠구나."

"예. 한데 아델 아가씨 말입니다. 성주님과 함께 계실 때 몇 번 인사를 드렸습니다."

성주와 함께 있을 때의 아델은 보이는 모습 그대로의 아이 같왔다. 천진난만한 웃음소리를 집무실 문밖에서 듣기도 했다. 성주가 소녀를 무릎에 앉히고 책을 읽어 주는 모습도 보았다. 불과 작년의 일이었다.

"오늘 아가씨와 대화를 나누는데……."

"무슨 문제라도 있더냐?"

"문제라기보다는…… 상황 판단이 빠른 분이었습니다."

"그래. 영특하고 속이 깊지."

"성주님께서는 그걸 모르십니까?"

루터가 피식 웃었다. 앨런이 무엇을 말하는지 알았다.

"성주님께 아가씨는 딸이나 다름없지. 부모의 눈에 아이는 언제까지나 어리다. 더구나 아가씨는 겉모습도 변하지 않으니 성주님이 보시기에는 그저 애처롭고 약한 아이지. 아가씨도 그런 성주님의 마음을 알기에 아이처럼 어리광을 부리셨고."

"아델 아가씨가 성주님을 대할 때와 다른 사람을 대할 때의 태도가 다르다는 말씀이군요."

고개를 갸웃하는 앨런을 보면서 루터가 말했다.

"나는 아가씨께 아주 많이 감사한다. 아가씨 덕분에 성주님이 많이 웃으셨어."

평생 외롭게 살아온 시마에게 아델은 선물이었다.

"그런데 난 네가 아가씨를 잘 아는 줄 알았다."

"제가요?"

"아가씨의 도움을 받자고 한 사람도 너고. 네 동생이 남쪽 탑에 자주 가는데 몰랐느냐?"

"캘빈이 남쪽 탑을 왜……."

루터가 혀를 찼다.

"캘빈은 아가씨의 유일한 친구 아니냐."

앨런은 말문이 막혔다. 몰랐다. 동생하고 시시콜콜 그런 대화를 나누지 않았다. 사이가 나빠서가 아니라 원래 그의 부친도, 두 아들도 말수가 적었다. 오죽하면 어머니가 그들을 보며 입에서 곰팡이가 피겠다고 말하겠는가.

"앨런. 아델 아가씨는 네 동생이 될 수도 있었다."

"예?"

"성주님께서 나와 네 아버지에게 아델 아가씨를 양녀로 들일 의향이 있느냐고 넌지시 물으셨지. 성주님께서 하실 수 없는 일이니까."

"아……."

레바스의 가법에 따르면 양자 입적이 불가능했다. 시마가 아델을 양녀로 들이지 못하고 후견인을 자처한 것은 그래서였다.

"왜 성사되지 않았습니까?"

앨런은 소녀 같은 어머니를 떠올렸다. 아들 둘은 재미없다는 어머니는 딸이 생기면 무척 기뻐하며 예쁘게 돌보셨을 것이다.

"세상일이 원래 명료하지 않지. 대부분 흐지부지되어 버린다."

시마는 차일피일 미루다가 아델이 자라지 않는다는 사실을 알자 아델을 품에서 놓지 못했다. 시마는 아델을 위해서라고 했지만, 시마 자신을 위한 결정이었다. 루터는 이기적인 결정으로 드러난 성주의 약한 내면을 그저 못 본 척했다. 아델의 양녀 입적은 슬그머니 덮어서 거론하지 않았다.

"앨런. 도련님께는 네가 수시로 들러야겠다. 수고롭겠지만 부탁하마."

"마땅히 제가 할 일입니다. 수고라니 당치 않습니다."

루터는 흐뭇하게 고개를 끄덕였다.

*　　*　　*

아델은 멜에게 상황을 설명하고 중요한 임무라고 단단히 일렀다.

"비밀로 해야 하는 일이야. 할 수 있지?"

"그럼요. 아가씨. 제가 할 말과 못 할 말은 가릴 줄 알아요."

멜은 비장하게 대답했다.

시간이 오래 걸리지 않아서 멜이 하녀를 데리고 돌아왔다. 아델은 쭈뼛거리며 들어오는 하녀의 모습을 전체적으로 훑었다.

'열여섯 살이라더니. 생각보다는 키가 작네.'

들은 대로 약간 다리를 절었다. 체구가 작아서 더 어려 보였다. 두 손을 앞으로 모으고 고개를 숙이고 서 있는 자세가 소심한 성격을 드러냈다.

"이름이 패티라고 했지?"

패티는 고개를 끄덕이고 흘끔 시선을 올렸다가 멍하게 아델을 바라보았다. 아델을 처음 보는 사람의 반응은 대부분 비슷했다.

아델은 신기한 구경을 하듯 자신을 보는 타인의 시선을 싫어했다. 하지만 지금은 그런 건 아무래도 좋을 만큼 들떠 있었다.

할머니는 언제나 그녀를 아이처럼 어르기만 했다. 대가문의 주인으로서 할머니는 언제나 고민해야 하는 일이 많았다. 가끔 무슨 일이냐고 여쭈면 언제나 대답은 같았다.

「너는 들어도 잘 모르는 일이란다.」

열 살 정도까지 아델은 자신의 성장을 과시하려 했다. 할머니 앞에서 보란 듯이 나이에 비해 어려운 책을 읽었다. 까다로운 질문에도 답을 척척 했다. 스텔라와 함께 가정교사의 수업을 들으면 교사들은 항상 아델에게만 칭찬을 쏟았다.

스텔라가 아델이 고아라고 폭로한 날 이후, 아델은 자신을 숨겼다. 그녀만의 작은 세계에서 그녀를 아는 사람들에게 둘러싸여서 밖을 외면했다. 할머니의 귀여움을 받는 영원한 아이로 그냥 살아가려 했다.

하지만 사실은 언제나 어린아이인 자신으로부터 도망치고 싶었다. 외모는 물론이고 주변의 시선에서도.

쌓이고 쌓이다가 견딜 수 없으면 할머니의 서재에서 닥치는 대로 어려운 고전문학이나 철학서를 탐독했다.

어쩌면 그건 좋지 않은 방법이었다. 그녀의 외모와 내면의 차이는 더욱 벌어질 수밖에 없었다.

앨런은 아델에게 중요한 일을 맡겼다. 아델에게는 감격스러운 최초의 경험이었다. 그녀가 충분히 한 사람의 몫을 할 수 있다고 인정받은 기분이었다.

패티는 넋을 놓고 있다가 아델이 생긋 웃자 화들짝 놀라며 고개를 푹 숙였다.

"괜찮아. 이리 와 봐. 패티."

아델은 패티의 손을 잡아끌고 소파에 나란히 앉았다.

"내가 누군지 알지? 내 얘기 들은 적 있지?"

패티가 고개를 끄덕였다. 패티가 하는 일은 요리 재료의 손질이었다. 함께하는 주방 보조의 하녀들은 대개가 중년 여자였다. 그들은 손으로 일하며 입도 쉬지 않았다.

어마어마한 수다의 홍수 속에 당연히 아델에 관한 이야기도 있었다. 아델이 생각하는 것 이상으로 고용인들 사이에서 아델은 늘 화제의 대상이었다.

"나도 네 얘기를 많이 들었어. 맡은 일은 끝까지 해내고 굉장히 성실하다고."

패티가 얼굴을 붉히며 배시시 웃었다.

"네 도움이 필요해. 어려운 일은 아니야. 잘해 주면 봉급 말고

도 내가 따로 더 챙겨 줄게."

비밀을 요하는 일은 강압보다는 내 편으로 끌어들이는 회유가 더 효과적이라고 했다. 언젠가 할머니의 서재에서 봤던 책에 나온 내용이었다.

*　　　*　　　*

가슴이 뛰어서 잠이 오지 않았다. 아델은 침대에 누워서 한참을 뒤척이다가 벌떡 일어나 앉았다. 온종일 한 가지 관심사가 그녀의 머릿속을 지배했다.

어떤 사람일까. 궁금해서 견딜 수가 없었다. 아마 패티가 말을 할 수 있었다면 참지 못하고 마구 캐물었을 것이다.

'할머니를 닮았을까? 아니야. 남자니까 파울 아저씨를 닮았을 거야.'

아델은 침대에서 내려왔다. 응접실로 나와서 문을 열고 복도를 살폈다. 아델 침실의 옆방은 멜의 방이었다.

원래 고용인이 머무는 곳은 따로 있는데 아델은 예전부터 하녀와 나란히 방을 썼다. 아델을 세심하게 보살피고자 하는 시마의 뜻이었다.

소냐는 가끔 새벽에 들어와서 아델이 잘 자는지 살폈다. 하지만 한 번 잠들면 절대 깨지 않는 멜은 달랐다. 아델이 지금 침실을 빠져나가도 내일 아침이 될 때까지는 알아차릴 사람이 아무도 없었다.

손님의 방은 아델의 방보다 높은 층에 있었다. 깊이 들어간 안쪽이었고 창은 정원을 향해 나 있다.

'나한테 물어봤으면 옆 복도의 방을 추천했을 텐데.'

남쪽 탑은 어려서부터 안 가 본 곳 없이 탐험했다. 구조나 위치를 모두 꿰고 있었다. 아델이 추천하려는 방이 더 넓고 발코니도 널찍했다.

발소리를 죽여서 걷던 아델은 그녀의 침실 근처를 벗어나자 가볍게 뛰기 시작했다. 마침내 손님의 방문 앞에 도착해서 흥분으로 가쁜 숨을 내쉬었다.

아델은 망설이다가 손잡이를 잡아당겼다.

남쪽 탑에 있는 방의 구조는 대개 비슷했다. 복도로 난 문을 열고 들어가면 응접실이었다. 응접실에서 침실, 욕실, 다용도실로 통하는 각각의 문이 연결되었다. 방의 규모에 따라서 침실은 한 개, 많으면 세 개까지 있었다.

응접실은 어두웠다. 문을 닫으니까 완전히 깜깜했다. 흥분이 가라앉으니 후회가 되었다.

'내가 지금 뭐하는 짓이지.'

희미하게 바닥의 문틈으로 새어 나오는 불빛이 눈에 띄었다. 틀림없는 침실이었다. 아델은 이성과 충동 사이에서 갈등했다. 불빛을 보니까 그냥 돌아가기가 싫었다.

아델은 불빛을 보며 걸어가다가 테이블에 부딪혔다.

'으앗. 여기에 왜 테이블이 있어.'

주변이 조용해서 유난히 소리가 컸다. 혹시 소리를 듣고 침실에서 누군가 나오지 않을까. 기다렸지만 조용했다. 아델은 그 자리에 서서 어둠이 눈에 익기를 기다렸다. 대충 내부의 가구 배치가 보이기 시작한 후에 조심히 움직여서 침실의 문 앞에 섰다.

침실 문을 손등으로 두드렸다. 기다렸지만 반응이 없었다. 다시 한 번 좀 더 강하게 두드렸다. 역시 답이 없었다.

'자는 걸까? 살짝 들어가 볼까? 아니야. 남의 침실에 허락 없이 들어가다니. 절대 숙녀가 할 짓이 아니야. 시간도 늦었잖아.'

아델은 문고리를 잡고 있다가 확 아래로 당겼다. 그리고 화들짝 놀라 손을 뗐다. 문이 스르르 열렸다.

아델은 조심스럽게 한 발을 내디뎠다. 열린 문 안으로 머리를 넣고 안을 살폈다. 아주 환하지는 않지만, 그런대로 내부가 보였다. 아델은 두어 걸음 더 안으로 들어갔다.

그녀는 출입문 근처에 서서 고개만 길게 뺐다. 안쪽은 더 어두웠다. 침대 위에 사람이 있는지 잘 보이지 않았다.

'탁!' 하고 뭔가 부딪치는 소리가 들렸다. 소리가 나는 뒤쪽으로 고개를 돌렸다가 아델은 흠칫 물러났다.

'언제…….'

그녀의 뒤에 팔만 뻗으면 닿도록 가깝게 사람이 있었다. 아델의 눈높이에 바로 보인 것은 검집과 검의 손잡이를 쥔 두 손이었다. 조금 전의 소리는 검집에 검이 들어가는 소리였다.

아델은 천천히 고개를 들었다. 한참을 들어야 했다.

'크다.'

키가 매우 큰 사람이었다. 드디어 자신을 내려다보는 남자와 눈이 마주쳤다. 음영이 진 남자의 눈이 가늘어졌다. 넌 뭐냐. 마치 그렇게 묻는 것 같았다.

'아……'

보자마자 알았다. 할머니를 닮은 보라색 눈동자였다.

'진짜야.'

이 남자는 정말 할머니의 손자였다.

안도감과 더불어 서러움이 왈칵 밀려왔다. 남자가 부러우면서도 미웠다. 할머니의 진짜 가족이었다.

'나도…… 진짜가 되고 싶었는데……'

복합적인 감정이 뒤섞여 쏟아지는 눈물을 참을 수 없었다.

론은 울기 시작하는 꼬마 밤손님을 난감하게 바라보았다.

그는 잠을 이룰 수 없었다. 낯선 곳에서의 첫날 밤이다. 무슨 일이 일어날 줄 알고 잠들 수 있겠나.

그는 외부에서 침입 가능한 통로를 파악했다. 불을 어둡게 밝히고 응접실로 나가는 출입문 옆에 기대앉아 눈을 감았다. 그대로 밤을 새울 참이었다.

응접실에서 무슨 소리가 들렸을 때 그는 눈을 떴다. 조용히 검을 들고 일어났다. 저녁 식사를 마친 후에 응접실의 가구 배치는 조금씩 다 바꿔 놓았다. 작은 꼼수이지만, 배치를 이미 아는 자가 침입한다면 생각 이상으로 효과가 좋았다.

'첫날부터 암살자인가.'

그는 굴러 들어온 돌이었다. 환영하지 않는 자가 당연히 있을 터였다.

'한 명, 혹은 두 명이겠지.'

명색이 대가문의 성이었다. 다수의 습격을 허용할 만큼 보안이 형편없지는 않을 것이다. 단번에 숨통을 끊을 작정이었다.

문을 두드리는 소리가 들리자 의아했다. 다시 한 번 두드리는 소리를 들으며 침입자가 아닐지도 모른다고 생각했다.

대답하지 않았는데도 문이 열렸다. 그의 눈이 차갑게 가라앉았다.

하지만 열린 문으로 쏙 들어오는 작은 머리통을 보자마자 제압하기 위해 뻗은 손을 가까스로 멈추었다.

그저 어린 여자아이였다. 그를 해칠 목적으로 들어왔을 것 같지는 않았다. 대체 뭐하려나 지켜봤더니 계속 두리번거리기만 했다.

그는 일부러 소리 내어 검을 검집에 집어넣었다. 놀라지 않게 하려던 의도가 오히려 위협으로 느껴졌나 보다. 아이는 울음을 터뜨렸다.

'겁을 주려던 것은 아니었는데.'

우는 아이를 어떻게 달래야 할지 모르겠다. 소리 없이 눈물만 뚝뚝 흘리며 우는 아이를 보고 있으니 잔뜩 날카로웠던 기분이

다소 누그러졌다.

론은 눈높이가 맞도록 몸을 낮추어 앉았다. 아이의 전체적인 모습을 대강 살폈다. 허리까지 닿는 긴 머리카락, 곱게 수가 놓인 원단으로 지어 입은 잠옷. 귀하게 자란 아가씨였다.

론은 손을 뻗어서 아이의 머리 위를 툭툭 가볍게 두드렸다. 그가 할 수 있는 최선이었다.

아델은 눈을 동그랗게 뜨고 그를 보았다. 놀란 눈동자에 맺힌 눈물이 툭 아래로 떨어졌다. 아델의 눈물 젖은 눈이 살짝 휘어지는 모습을 보며 론은 생각했다.

'예쁜 아이군.'

아이를 보고 그런 생각이 든 건 처음이었다. 그는 원래 아이를 좋아하지 않았다. 아이는 통제가 안 되고 시끄럽다.

"꼬마."

호칭이 불쾌했나 보다. 작은 미간을 찡그리는 소녀를 보며 론은 피식 웃었다.

"이런 시간에, 허락 없이 남의 방에 들어오면 안 된다. 숨바꼭질은 낮에 해."

하얀 아이의 얼굴이 새빨갛게 물들었다. 아이는 론에게 꾸벅 고개를 숙였다.

"죄송합니다. 제가 무례했어요."

아델은 부끄러워서 견딜 수 없었다. 숨바꼭질이라는 단어를 듣자마자 자신이 얼마나 대책 없는 짓을 저질렀는지 깨달았다.

"어떤 말로도 제 잘못을 변명할 생각은 없지만, 절대 나쁜 의도는 아니었어요. 그저……."

그녀를 응시하는 눈동자를 마주 보며 아델은 말을 잊었다. 할머니를 닮은 보라색 눈동자가 그리웠다. 언제나 아델을 보며 부드럽게 웃어 주던 눈이 정말 보고 싶었다.

아이가 손을 뻗었다. 론의 미간이 꿈틀했다. 작은 손끝이 그의 눈가를 더듬었다.

"겁이 없구나."

아델은 화들짝 놀라 얼른 손을 뺐다.

"죄송…… 죄송해요. 그러려는 게 아닌데, 정말 왜 이러지."

두 손으로 제 얼굴을 감싸며 어쩔 줄 몰라 하는 소녀를 보다가 론은 일어났다. 아무리 봐도 위협적인 침입자는 아니었다.

"꼬마."

아델은 고개를 번쩍 들었다.

"꼬마 아니에요."

지금껏 누구도 그녀를 꼬마라고 부르지 않았다. 그런 무례한 호칭은 처음 들었다.

론은 아이가 정색하는 반응이 가소로웠다.

"주변에서 널 뭐라고 부르지?"

"……아가씨."

역시. 그의 생각대로 귀하게 자란 아이였다.

"좋아, 아가씨. 여기 살아?"

그는 정보 수집을 시도했다. 경험으로 보건대 아이로부터 얻는 정보는 뜻밖에 쓸 만한 경우가 많았다.

"아델."

"뭐?"

"아델 스톤. 이름이에요. 날 아가씨라고 부를 이유가 없잖아요. 그냥 아델이라고 부르면 돼요."

생글생글 웃는 소녀를 보며 론은 잠시 침묵했다. 이상하게 호의적이었다. 낯선 사람을 경계하라고 배운 적이 없는 건가. 론은 보호자의 교육 방식에 문제가 있다고 생각했다.

"묻고 싶은 게 몇 가지 있는데……."

"정말요? 조금 더 이야기하고 가도 돼요?"

아델은 침실 안을 휙 둘러보고 소파에 가서 앉았다. 두 손을 얌전히 무릎에 얹고 두 눈을 반짝이며 그를 쳐다보았다.

'역시 문제가 있어.'

아이를 무방비하게 키운 보호자에게 한마디 해 두고 싶었다.

'일곱? 여덟?'

대충 가늠한 나이가 그랬다. 정말 어린 소녀에 불과한데도 시선을 확 잡아끈다. 아이의 외모는 평범하게 예쁜 수준이 아니었다.

여자의 미모는 장점이다. 하지만 지나치면 독이었다. 권력 있는 집안에서 태어나면 부친이나 오라버니의 입맛에 따라 정략혼으로 팔려 가고, 평민이면 진즉 납치되어 자신의 의지와 상관없는 삶을 살게 될 것이다.

'이 아이는 정략혼 쪽이겠군.'

성년의 나이를 채우고 보내는 부모는 그나마 양심이 있는 편이었다. 어리고 예쁜 여자를 좋아하는 변태적인 권력자는 차고 넘쳤다. 하란이 대륙과 크게 다르지는 않으리라. 사람이 하는 짓은 다 거기서 거기였다.

론은 용병 일을 하다가 아이를 사고파는 비밀 경매를 우연히 본 적이 있었다. 어마어마한 고가로 거래된 아이도 이 소녀만큼 예쁘지는 않았다.

론은 아델의 맞은편 소파에 앉았다.

"네가 여기 있다는 걸 아는 사람은?"

아델은 강하게 고개를 저었다.

"아니요. 없어요. 절대 아무에게도 말 안 했어요."

"……말했을까 봐 걱정되어서가 아니라. 네가 없어진 사실을 알면 큰 소란이 벌어질 거라는 소리야."

"괜찮아요. 아무도 모를 거예요."

아이가 사라져도 모르고, 아이가 침실을 빠져나와서 여기까지 오는 동안에 들키지 않을 만큼 경비가 허술하다. 아이의 대답에서 그는 정보를 끌어냈다.

'한두 명의 암살자가 아니라 부대가 출동해도 모르겠군.'

언제까지 자신이 살아남을 수 있을지 그는 진지하게 고민했다.

"여기 오면 안 되는 건 알고 있어요. 너무너무 궁금해서……
잠깐 정신이 나갔었나 봐요."

"궁금했다니, 어떤 점이?"

할머니의 손자가 어떤 사람인지 궁금했다고 말할 수 없어서
아델은 말을 돌렸다.

"손님이 오신 것이…… 굉장히 오랜만이거든요. 그래서……."

'명색이 대가문의 성이라는 곳이 이렇게 형편없어도 되나?'

앨런은 이 방이 안전하다고 말했다. 론의 존재를 당분간 공표
하지 않을 거라서 잠시 방 안에서만 지내 달라고도 했다. 그런데
어린아이까지 알 정도로 비밀 유지가 안 된다.

레바스 성의 안보담당자가 알았다면 상당히 억울한 오해가
론의 머릿속에 차곡차곡 쌓였다.

"여기 살아?"

"네."

"가족도?"

"……아니요. 가족은 없어요. 저도 여기 손님이에요. 부모님
이 누구인지는 모르지만, 할머니가 후견인으로 보살펴 주세요."

그래서 철이 일찍 들었나 보다. 론은 어른스러운 아이의 말투
와 태도의 이유를 추측했다.

"그런데 얼마 전부터 할머니가 편찮으셔서 오랫동안 뵙지 못
했어요. 그래서 손님이 오셨다는 말을 듣고 많이 궁금했어요."

중요한 내용은 모두 생략했지만, 대충 상황과 맞아떨어졌다.

부모가 없는 외로운 아이가 사람이 그리워서 찾아왔다고, 그렇게 이해하면 아이의 행동이 그럴 만했다.

론은 아이에 대한 경계를 풀었다. 끊임없이 주변을 의심하고 긴장하는 건 상당히 피곤한 일이었다. 단번에 제압할 수 있는 어린 여자아이는 그에게 어떤 위협도 가할 수 없다. 모처럼 그의 긴장을 풀게 하는 상대였다.

"손님이 왔다는 말은 누구에게 들었지?"

"네? 아…… 패티……."

앨런의 이름을 댈 수 없어서 아델은 재빠르게 떠오르는 이름을 말했다.

"하녀예요. 많이 친하거든요."

고용인의 입단속도 반드시 필요하겠다고, 론은 생각했다.

"패티가 다른 사람에게는 말하지 않았을 거예요. 그럴 수도 없고요. 말을 못 해요. 말은 못 하지만, 나는 어떻게 알았냐 하면…… 말로 안 해도, 그러니까……."

"무슨 뜻인지 알아들었어. 말을 못 해도 대화는 가능하지."

앨런은 론에게 간단한 시중을 들 말을 하지 못하는 하녀를 구했다고 말했다. 보지 못한 사이에 응접실에 저녁을 차려 놓았다. 앞뒤가 다 맞았다. 의심할 이유가 없었다.

"그러니까 패티를 혼내면 안 돼요. 네?"

"글쎄……."

"안 돼요. 패티 잘못이 아니에요. 그러면 잘못도 없이 패티가 쫓겨날지도 몰라요. 패티는 보살펴야 하는 동생이 많아서 돈이 필요하다고 했어요."

"하녀와 그런 얘기도 해?"

"멜이 말해 줬어요. 멜은 다른 하녀예요. 친한 사람도 많고 여기저기 돌아다니는 것도 좋아해서 성에서 일어나는 일은 모르는 것이 없어요."

재잘재잘 떠드는 아이의 이야기를 듣다가 론은 문득 웃음이 나왔다. 전혀 중요한 내용도 아니고 들어도 그만 듣지 않아도 그만, 이런 무의미한 시간을 보내는 것이 얼마 만인가 싶었다. 전혀 즐기지 않았던 하릴없는 수다가 오랜만이라서 나쁘지 않았다.

패티를 혼내지 않겠다고 약속하라는 아이에게 고개를 끄덕여 주었다. 그가 긴장을 풀었다는 것은 소파에 앉아 있는 모습에서도 드러났다. 등을 편히 기대고 한쪽 팔은 뒤로 걸쳤다.

"혹시…… 기사예요?"

아델은 그의 허리춤에 매달린 검에 관심을 보였다.

"기사는 이런 거 가지고 다니지 않아."

"뭐가 다른데요?"

론은 가죽끈을 풀어 검집째 소파 테이블에 올렸다. 단검보다는 길고 끝이 약간 완만한 곡선이었다.

"기사의 검은 이것보다 길고 형태도 다르지."

"아까 들고 있었죠? 왜 그랬어요?"

"침입자인 줄 알았으니까."

아델은 눈을 동그랗게 떴다.

"침입자요? 탑으로 들어오는 출입구를 전부 지키고 있는걸요."

"도둑 하나를 열 명이 못 잡는 법이지."

"아니에요. 다들 대단한 기사들이라고요. 기사들 몰래 누구도 들어올 수 없어요."

"기사가 들여보내 줬다면?"

"네?"

"범죄는 대부분 아는 사이에서 벌어져. 나쁜 목적을 감추고 들어왔다면? 몰래 네 침실에 누군가 들어오면 막을 수 있어?"

"……그런 일이 벌어진 적은 없어요."

"넌 내 침실에 들어왔지."

아델의 얼굴이 빨갛게 물들었다.

"죄송해요."

예의가 바른 아이다. 보호자가 그건 잘 가르쳤다고, 론은 생각했다.

"문을 두드린 건 잘했어."

발그레 얼굴을 붉히며 웃는 아이를 보며 론은 미소 지었다. 그는 무척 오랜만에 냉소가 아닌 웃음을 지었다.

"이 검은 불량품이에요? 왜 둥글어요?"

아델은 그녀답지 않은 수다쟁이가 되었다. 낯을 많이 가리는 편인데도 불구하고 놀라운 친화력을 발휘하는 중이었다.

"불량품이 아니라 원래 이런 형태야. 일종의 변형이지. 이건 끝이 휘어 있기 때문에……."

그는 검을 빼서 휜 날을 손끝으로 받치고 보여 주었다.

"찌르기보다는 옆으로 베는 것에 효과적이야."

그답지 않은 것은 론도 마찬가지였다. 그는 쓸데없이 친절을 베푸는 사람이 아니었다. 어린아이와 마주 앉아서 검의 용도를 설명하다니, 지금껏 해 본 적 없는 일이었다.

"찌르기와 베기는 차이가 큰가요?"

"베는 것은 많은 힘을 들이지 않고도 상처를 크게 낼 수 있지. 고통도 출혈도 많으니 상대방의 충격이 크고."

"그런 건 어디서 배워요?"

론은 아델을 잠깐 말없이 응시하다가 무심히 대답했다.

"경험으로."

잠시 침묵이었다.

론은 애를 앞에 두고 지금 무슨 소리를 하는 건가, 생각이 들었다. 그는 검을 검집에 넣고 다시 허리춤에 맸다.

"잡담은 여기까지. 그만 네 방으로 돌아가. 늦었다."

"……네."

아델은 아쉬운 표정으로 일어났다. 론은 침실 문을 활짝 열었다. 침실에서 나오는 빛으로 어두운 응접실의 내부가 보였다.

아델은 침실을 나가려다가 문 옆에 서 있는 그를 올려다보았다. 우물쭈물하니까 그가 살짝 고개를 기울였다.

"또 와도 돼요?"

"넌 내가 무섭지 않아?"

아델은 고개를 저었다.

"무서워해야 돼. 난 낯선 사람이고 너보다 힘이 세고 무기도 가졌어."

"정말 무서운 사람은 그런 말 안 해 줄 거예요. 또 와도 돼요?"

말투와 표정은 순하면서 은근히 맹랑한 구석이 있는 꼬마였다.

"들키지 않고 올 수 있으면."

거절할 수 없었다. 기대가 가득한 눈동자로 바라보는 소녀를 실망시키고 싶지 않았다. 누군지도 모르는, 오늘 처음 본 아이에게 왜 이렇게 너그럽게 굴고 있는 건가, 그는 고민했다.

여전히 그를 보고 미적거리는 소녀에게 물었다.

"또 뭐."

"음……. 내 이름은 아델이에요."

"아까 말했잖아."

"내 이름을 아니까 나도……."

아무 대답이 없어서 아델은 시무룩해졌다.

"……레온."

아델은 기쁘게 고개를 들었다가 순간적으로 마주친 그의 눈빛이 쓸쓸해 보인다고 생각했다.

"레온?"

그는 미미하게 고개를 끄덕였다.

아델은 응접실의 출입문을 열기 전에 고개를 돌렸다. 아직 문 앞에 서 있는 그를 향해 배시시 웃었다.

"만나서 반가웠어요."

그녀는 문을 열고 나갔다가 다시 안으로 고개만 쏙 집어넣었다. 그는 팔짱을 끼고 침실 문에 기대 서 있었다. 그가 바로 몸을 돌려서 들어가지 않았다는 사실이 왠지 기분 좋았다. 그녀는 진짜 마지막 인사를 건넸다.

"레바스 성에 온 걸 환영해요. 레온."

론은 복도를 달려가는 작은 발소리를 들으며 피식 웃었다.

아델은 자신의 침실로 돌아오면서 계속 그의 이름을 되뇌었다.

'레온. 레온.'

아델은 침대에 누워서 두근거리는 심장을 진정시켰다.

그녀는 눈을 감고 잠을 청했다. 어서 내일이 오기를 바라는 설레는 기분이 무척 오랜만이었다.

'목소리가 좋았어.'

방이 좀 더 밝았으면 좋았을 텐데. 그의 모습을 확실하게 볼 수 없어서 아쉬웠다.

'모든 일이 다 잘될 거야.'

할머니의 손자를 찾았으니까 이제 할머니도 깨어나실 것이다.

아델이 지난 반년을 견딜 수 있었던 것도 그래서였다. 정말로 할머니가 위험한 상태가 아닐 거라고 믿었다.

'보고 싶어요. 할머니.'

잠에 막 빠져드는 아델의 눈에서 흘러내린 눈물이 베개에 스며들었다.

*   *   *

오후 느지막이 루터가 론을 찾아왔다.

"루터 바실입니다. 바실 수장이라고 부르시면 됩니다."

앨런으로부터 루터가 고문관이며 현재 성주 대행이라는 말을 들었다. 그런 설명을 듣지 않았어도 루터를 보는 순간 상당한 직위에 있는 사람이라고 생각했을 것이다. 눈빛이나 드러나는 기세가 평범하지 않았다.

"도련님께 이렇게 인사를 드리게 되어 얼마나 기쁜지 모릅니다."

론은 정중히 허리를 숙이는 루터를 무심한 시선으로 보았다. 루터는 작은 보석함을 테이블에 올렸다.

"도련님께 다시 돌려 드립니다."

론은 보석함을 열었다. 까만 반지를 확인한 후 다시 덮어서 내려놓았다.

"검증은 끝난 겁니까? 아니면 눈앞에서 반지를 끼는 모습을 보여 줘야 하나요?"

루터는 싸늘한 론의 반응에 당황했다.

"언짢으신 점이 있으십니까?"

"의문이 있을 뿐입니다. 다짜고짜 나타나서 내 진짜 신분은 따로 있으니 함께 가자고 하더군요. 거절하면 억지로 끌고 갈 기세라서 순순히 왔습니다. 내 반지는 확인이 필요하다면서 가져가고, 정작 여기 왔더니 남의 눈에 띄지 않게 숨어 있어야 하는 군요. 도대체 내게 원하는 게 뭡니까?"

루터는 끄응, 낮은 한숨을 내쉬었다.

'이놈아. 일을 대체 어떻게 한 거냐.'

앨런은 다른 건 다 좋은데 융통성이 치명적으로 부족했다. 철저하게 명령에 살고 명령에 죽는 기사의 표본이다.

'말재간을 부릴 줄 아는 자를 수색대에 끼워 넣었어야 했는데.'

"죄송합니다. 도련님. 도련님을 모셔 오는 과정에 실수가 있었습니다. 따로 엄히 책임을 묻겠습니다."

"그럴 필요는 없습니다. 그들을 질책하기를 바라는 건 아닙니다. 코우 경은 어차피 명을 받은 대로 하는 사람일 뿐이니까요. 내가 알고 싶은 건 명령을 내린 주체의 의도입니다."

"도련님을 모셔 오도록 명을 내린 분은 성주님이십니다."

"짧게 할 수 있는 이야기를 돌아가고 싶지 않군요. 날 후계자

싸움에 참여시키고 싶은 겁니까?"

루터는 눈을 끔벅이다가 아, 작은 탄성을 질렀다.

"오해가 있으신 것 같습니다."

론은 미간을 찌푸렸다. 돌려 말하고 싶지 않다고 하는데도 또 말을 돌리고 있었다.

앨런에게 들은 이야기로는 레바스 대가문의 가주의 건강이 좋지 못했다. 그래서 론은 대충 돌아가는 상황을 추측했다.

하란의 대가문 레바스.

왕이 없는 하란에서 대가문의 권세는 일국의 왕에 버금갔다. 대가문에서 이십 년 넘게 버린 핏줄을 찾는 이유가 무엇일지는 뻔한 일이었다.

아마 치열한 후계 다툼이 벌어지는 중일 것이다. 그 와중에 몰랐던 혈육의 존재를 알게 되었다. 후계 다툼에 미처 끼어들지 못했던 세력은 새로 나타난 후보를 내세워서 참여하고자 한다.

론은 바실 수장이라는 자가 그 세력의 우두머리라고 생각했다. 그래서 현기가 감도는 루터의 맑은 눈빛이 마음에 들지 않았다. 권력을 탐하는 자면 그런 자답게 음험한 기세를 풍겨야지, 그런 기질마저 숨길 수 있다면 얼마나 암계가 깊은 자일까.

"도련님은 후계 다툼에 끼어드실 필요가 없습니다. 도련님께서는 성주님의 유일한 혈육이시니까요."

론은 잠시 루터가 한 말의 뜻을 생각했다.

"유일하다는 뜻을 내가 잘못 알고 있는 겁니까? 내가 레바스의 주인이 된다는 건가요?"

"정확합니다."

"하란에 대해서는 잘 모릅니다. 하지만 하란의 대가문이면 대륙의 어느 나라의 왕 못지않다는 것은 압니다."

"틀림없는 사실입니다."

"작은 상가도 후계 자리를 놓고 치열하게 싸우더군요. 그런데 지금, 대가문의 후계자가 될 사람이, 그동안 존재조차 몰랐다가 찾아서 데려온 손자가 유일하다고 하는 겁니까?"

"진실인데 어쩌겠습니까."

루터는 불신 가득한 론의 표정을 보며 씁쓸하게 말했다.

"레바스는 손이 귀한 가문입니다."

'꼭두각시 왕이 필요한 건가.'

론은 목숨이 걸린 치열한 후계 다툼을 각오했다. 단지 이용만 당하는 정도라면 상황이 훨씬 나았다.

"내가 순순히 이용당해 줄 거라고 생각하지 않는 게 좋을 겁니다."

루터는 흥미로운 눈으로 론을 지그시 바라보았다.

스물네 살. 어린 나이는 아니다. 오히려 너무 나이가 많았다. 가치관과 인격이 모두 형성되기에 충분한 나이였다.

제대로 된 교육을 받았을 리가 없었다. 사람들과의 교류 없이 산속에서 어린 시절을 보내고 세상에 나가 무엇을 하고 살았을 지 뻔했다. 이른바 바닥 계층을 전전했을 것이다.

나이를 헛먹지는 않았는지 루터는 누군가와 대화를 나누면 대체로 그 사람을 파악할 수 있었다. 오늘 처음 보는 성주님의 손자는 최소한 어리석거나 비열한 자는 아니었다.

그거면 되었다. 최악까지도 생각했다.

"무엇을 염려하시는지는 알겠습니다. 하지만 생각하시는 것과 다릅니다. 누구도 도련님을 이용할 수 없습니다."

루터는 제대로 대화를 나눠 볼 생각이 들었다. 복잡한 이야기도 도련님은 이해할 수 있을 거라는 믿음이 생겼다.

"지금 레바스의 주인이신 성주님께서 많이 위중하십니다."

루터는 차분하게 차근차근 모든 상황을 설명했다.

놀랍다. 긴 이야기를 듣고 난 후 론의 짧은 감상이었다. 하란이 대륙과 얼마나 다른 곳인지 실감이 났다.

"성주님께서 깨어나실 때까지 사흘이 필요하다는 거군요."

"예. 마법사들이 확답을 주었습니다."

마법의 잠이라니. 론은 마법이 그런 식으로 사용될 수 있다는 사실을 처음 알았다.

대륙에서는 하란을 마법 제국이라고도 불렀다. 하지만 하란에는 황제가 없다. 대가문 여럿이 일정 지역을 다스린다고 하는데 정확히 어떤 체제인지 제대로 아는 사람은 없었다. 하란이 대륙과 교류하기 시작한 지 수십 년이 되었으나 여전히 미지의 땅이었다.

"하란에서는 여인이 가주가 되는 일이 흔합니까?"

론은 성주님이 조부가 아니라 조모라는 사실부터 놀라웠다.

"대륙에서도 여왕이 즉위하는 일이 있지 않습니까."

"일부 나라에서만 일어나는 아주 드문 경우입니다."

"하긴, 대륙은 적장자 상속이 일반적이지요. 하란의 가문들은 후계자 선정 기준이 능력입니다. 형제의 서열과 성별에 차이를 두지 않습니다."

"적서 차별도 없습니까?"

"혼인제도는 일부일처입니다. 혼외자가 태어나는 일이 없다고는 할 수 없지만, 족보에 오르면 적자입니다."

'어쩌면 내가 알고 있던 모든 상식을 버려야 할지도 모르겠군.'

솟아나는 의문이 끝이 없었다. 묻고 대답을 들어서 해결할 수준이 아니었다. 그가 앞으로 경험해서 하나씩 체득해 나가야 한다. 완전히 다른 세상에 떨어져서 모든 것을 배워야 한다고 각오하는 편이 낫겠다.

"정리하자면 성주님께서 깨어나실 때까지 난 숨어 있어야 하는군요."

"최선의 방안을 말씀드린 것입니다."

"무서워서 피하는 것이 아니라 더러워서 피하는 거라면 불만은 없습니다."

루터가 허허 웃었다.

루터가 후계자의 귀환 소식을 아직 비밀로 하는 이유는 멀론이 알면 무슨 수작을 부릴까 우려하기 때문이었다. 그렇다고 멀론을 위협적으로 생각해서는 아니었다. 아직 루터는 성주 대행의 최고권력자였다. 독하게 마음만 먹으면 멀론을 찍어 내는 일은 간단하다.

성주님이 깨어나면 자연스럽게 해결될 문제였다. 굳이 시끄럽게 소란을 일으킬 필요가 없다고 생각했다.

레바스 대가문이 동부에서 존경받은 이유 중의 하나는 권력을 두고 싸우는 모습을 보인 적이 없기 때문이다. 루터는 레바스의 오랜 전통에 흠집을 내고 싶지 않았다.

도련님이 이해해 주어서 감사했다. 말이 통하는 사람과의 대화는 언제나 즐겁다.

"오래 자리를 비울 수 없어서 그만 가겠습니다. 혹시 필요한 것이 있다면 앨런에게 말씀하시면 됩니다."

"……한 가지 묻고 싶은 것이 있습니다."

"예. 하문하십시오."

"내가…… 닮았습니까?"

"예?"

"내가 당신들이 찾는 사람이라고 확신합니까?"

론은 저들이 그를 성주의 혈육이라고 믿는 근거가 궁금했다. 아직도 눈감으면 선명한 레온의 얼굴을 기억한다. 주변에서도 항상 말했고 론도 알고 있었다. 두 사람은 전혀 닮지 않았다.

루터는 빙그레 웃었다.

"솔직히 닮지 않으셨습니다."

"⋯⋯."

"성주님도, 돌아가신 분도 닮지 않으셨습니다."

"⋯⋯그런데요?"

"하지만 아들이 꼭 아버지를 닮지는 않습니다. 외탁할 수도 있지요."

루터는 론을 보자마자 모친께서 대단한 미인이었을 거라고 생각했다. 성주의 부군은 웃는 인상이 좋았으나 외모는 평범한 편이었다. 성주가 미인이었기에 태어난 두 아들의 외모는 부친보다 나았지만, 미남이라고 할 정도는 아니었다.

"더 중요한 근거가 셋이 있습니다."

*   *   *

붉은 와인이 잔을 채웠다. 더 독한 술이 있으면 좋겠지만, 진열장 안에 들어 있는 술은 전부 와인뿐이었다.

잔을 들고 빙글 돌리다가 입술만 댄 상태에서 향을 먼저 마셨다. 입에 머금은 한 모금이 짙은 향을 남기고 부드럽게 목 뒤로 넘어갔다. 배웠던 습관이 저절로 튀어나왔다.

기분이 복잡했다. 그는 한 번 과거를 버렸다.

남은 인생을 용병 론으로서 살다 죽으려 했다. 돈을 모아서 나이가 들면 적당히 한적한 곳에 정착하고 해질녘에 레온과 마주 앉아 술잔을 기울이며 지나갔던 모험담을 되새기게 될 줄 알았다.

레온의 죽음으로 작은 꿈은 산산조각이 났다.

그는 다시 과거를 버리고 다른 삶을 살려고 한다.

론은 줄리오와 헤어져서 어릴 때 레온 모자와 함께 살았던 산속의 통나무집을 찾아갔다. 그곳에 어머니의 무덤이 있었다.

돈을 벌어 정착하게 되면 어머니의 무덤을 옮기자고 레온과 다짐했다. 언젠가는 다시 통나무집에 올 생각이었다. 하지만 혼자 돌아오게 될 줄은 몰랐다.

어머니의 무덤가에 넋 놓고 앉아 있는데 기사들이 나타났다.

「무덤의 주인이 누구신지 여쭈어도 되겠습니까?」

기사의 질문이 생각지 못한 것이었다. 기사의 태도는 정중했다. 론은 그들을 향해 겨누고 있던 무기를 내렸다.

「……어머니 되시오.」

「그분의 성함이 혹시, 앨리스 님 아니십니까? 갈색 머리카락과 녹색 눈동자를 지니셨지요.」

「어머니를 찾아온 거요?」

남자는 대답 대신 가볍게 탄식했다. 치솟는 감정을 간신히 갈

무리하는 표정으로 고개를 숙이며 바닥에 한쪽 무릎을 꿇고 허리를 숙였다.

> 「도련님을 뵙습니다. 레바스의 흑기사단의 부장, 앨런 코우. 인사 올립니다.」

처음에는 당황했다. 사람을 잘못 봤다고 말하려고 했다.

> 「레온 도련님. 도련님께서는 대가문 레바스 성주님의 손자가 되십니다. 성주님께서 그동안 도련님을 얼마나 애타게 찾으셨는지 모릅니다. 도련님을 모셔 오라고 명하셨습니다.」

자신을 레온으로 착각한다는 사실을 알자 머릿속이 빠르게 회전했다. 강대한 레바스 대가문의 힘을 이용할 수 있다면 형제의 목숨 빚을 갚을 수 있겠다는 생각이 들었다.
그래서 론은 레온이 되었다.
'이름.'
루터가 말한 첫 번째 근거였다.

> 「레바스 가문에서는 태어나는 아이의 이름은 정해져 있습니다. 선조의 이름을 후손이 돌려쓰기 때문입니다. 돌아

가신 작은 마님께서는 회임 중에 도련님의 아버님으로부터
태어날 아이의 이름을 받으셨을 겁니다.」

레온은 레바스 가문의 돌림자 이름이었다. 하지만 찾아보면
세상에 레온이라는 이름을 가진 자는 많을 것이다. 이름이 혈통
의 증거는 될 수 없었다.

'보라색 눈.'

론은 손으로 눈가를 만졌다.

루터가 말한 두 번째 근거였다.

「레바스 가문의 혈족은 모두 보라색 눈동자를 지닙니다.
아주 독특해서 보면 알 수 있습니다. 성주님을 뵈면 제 말
이 무슨 뜻인지 알게 되실 겁니다.」

성주를 만나지 않아도 알 것 같았다. 레온은 가끔 론에게 실
없는 소리를 했다.

「네 눈 말이야. 볼 때마다 신기해. 말로는 설명이 안 되
는데……. 너도 내 눈을 볼 때마다 그렇게 생각하냐?」

똑같은 눈을 가진 녀석이 웃기는 소리를 한다고 생각했다. 하
지만 론 역시 레온의 눈을 자세히 들여다보면 기이한 느낌이 들

었다. 눈동자의 색소 자체가 보라색이라기보다는 얇은 막이 눈동자를 덮어 미세하게 돌고 있는 것 같았다. 내 눈도 저렇지, 하고 생각하면 기분이 이상했다.

론과 레온은 닮지 않았는데도 형제라고 말하면 아무도 의심하지 않았다. 두 사람의 눈동자는 다른 사람들이 보기에도 그만큼 인상적이었던 것 같다.

하지만 혈통의 증거라는 루터의 말은 진실이 아니었다. 론 자신이 증거였다. 차라리 그가 고아였다면 부모 중 누군가가 레바스 가문과 관련되었을지 모른다고 생각했을 것이다.

그러나 그는 자신의 친부모를 똑똑히 기억했다. 그의 부모는 누구도 보라색 눈동자가 아니었다.

더 중요한 사실은 론은 원래 눈동자 색이 달랐다. 그의 보라색 눈동자는 죽음을 넘나든 사고의 후유증으로 얻은 후천적인 변화였다.

'반지.'

루터가 말한 세 번째 근거야말로 론이 도저히 풀 수 없는 수수께끼였다.

「반지는 레바스 가문의 신물입니다. 오직 가문의 혈족만이 반지를 낄 수 있습니다. 오랫동안 행방을 알 수 없었습니다. 돌아가신 분께서 작은 마님께 정표로 주셨을 거라고 추측만 했을 뿐이지요.」

론은 보석함을 열어서 반지를 바라보았다. 반지를 꺼내서 손가락에 끼었다. 역시 저항 없이 끝까지 들어갔다.

루터는 근거가 셋이라고 말했지만, 사실상 이 반지 때문에 론을 성주의 혈육이라고 믿는 것이 틀림없었다. 반지를 확인하고 싶다는 앨런에게 끼고 있던 반지를 빼서 건네주었다. 앨런은 자신이 본 것을 루터에게 보고했을 것이다.

도무지 이유를 모르겠다. 하지만 덕분에 완벽히 레온의 흉내를 낼 수 있었다.

'아직 더 넘어야 할 관문이 남아 있는지도 모르지.'

이곳은 하란이었다. 마법을 이용해서 그의 혈통을 증명할 다른 방법이 더 있을지도 모른다. 성주와 대면했을 때 손자가 아니라고 한눈에 알아차릴 수도 있었다.

'거짓이 들키면 죽게 되겠지.'

대가문을 능멸한 그를 가만두지 않을 것이다. 운 좋게 죽지는 않아도 감옥에서 수십 년은 햇빛을 보지 못할 것이다. 그걸 운이 좋다고 말할 수 있을지는 모르겠지만.

통통통, 문을 두드리는 소리가 들렸다. 그는 언제든 뽑을 수 있게 검을 쥐고 문을 열었다. 누구인지 알 것 같지만 습관이었다.

역시 어제의 겁 없는 꼬마가 서 있었다. 어제보다 이른 시간이라 그런지 옷을 제대로 갖추어 입고 있었다.

아델은 들고 온 와인병을 내밀었다.

"빈손으로 방문하는 것은 예의가 아니라고 배웠어요."

론은 픽 웃으면서 와인병을 받았다.

"초대에 감사합니다."

아델은 두 손으로 치맛자락을 잡고 인사했다. 바로 어젯밤에 잠옷 차림으로 난입한 소녀의 내숭은 뻔하면서도 귀여웠다. 그리고 멋대로 와 놓고 초대라니. 론은 장단을 맞춰 주었다.

"들어오시죠. 레이디."

아델은 사뿐사뿐 안으로 들어와서 소파에 앉았다.

"들키지 않고 왔어요."

"그래."

론은 건성으로 대답했다. 들키건 말건 이제 그 문제는 그의 중요한 관심사가 아니었다. 루터를 만나 들은 이야기에 따르면 그의 존재가 알려지면 귀찮은 일이 생길 뿐이지 위험한 것은 아니었다.

"여기 산다고 했지? 언제부터?"

레바스 성주에게는 다른 혈육이 없다고 했다. 아가씨라고 불리는 소녀의 정체에 살짝 호기심이 일었다.

"어릴 때부터요."

'지금도 어리잖아.'

"할머니가 아니었으면 나는 많이 불행했을 거예요. 우리 할머니는요. 굉장히 멋지고 훌륭한 분이에요."

아델은 그에게 할머니가 얼마나 좋은 분인지 알려 주고 싶었다. 론의 입장에서는 아이가 뜬금없는 할머니 자랑을 늘어놓자 심드렁하게 들어 넘길 뿐이었다.

"편찮으시다며. 좀 나아지셨어?"

"아직……."

아델은 시무룩하게 고개를 저었다.

"할머니가 어떠신지 잘 몰라요. 뵙지 못한 지가 오래되었어요."

"병문안은?"

"많이 편찮으셔서 아무도 만나실 수 없대요. 기분이 이상해요. 다른 사람하고 이런 이야기는 처음 해 봐요."

론은 아델의 체념한 웃음이 마음에 들지 않았다.

"할머니 말고 다른 보호자는?"

"아저씨가 한 분 계셨는데……. 할머니의 아들이에요. 근데…… 얼마 전에 돌아가셨어요."

소녀는 물질적으로는 부족함 없이 큰 것 같은데 마음은 외로워 보였다. 문득 자신의 어릴 때의 모습이 비쳐서 론은 기분이 이상했다.

아델은 아까부터 그가 와인을 마시는 모습을 지켜보다가 물었다.

"술이 맛있어요?"

"맛있어서 먹는 게 아니야."

"다들 똑같은 말을 해요. 아저씨도 그랬거든요. 맛있지도 않은데 왜 자꾸 먹는 거죠?"

"사람마다 달라. 정말 맛있어서 먹는 사람도 있고, 잊고 싶은 일이 있어서 먹는 사람도 있고."

"정말…… 잊고 싶은 일을 잊게 해 주나요?"

론은 소녀의 눈빛이 나이에 비해 깊다고 생각했다. 부모가 없다고 담담히 말하던 소녀의 표정을 떠올렸다. 그는 들고 있던 와인잔을 마셔서 비우고 밑바닥에 조금 따랐다. 그리고 아델의 앞으로 밀었다.

아델은 크게 뜬 눈을 깜빡이며 와인잔과 그를 번갈아 보았다.

"마셔 봐. 정말 잊게 해 주는지."

아델은 두 손으로 조심히 잔을 들고 살짝 혀를 댔다가 이맛살을 찌푸렸다. 새콤하고 텁텁하고 톡 쏘면서 쓴 맛도 있었다.

입맛을 다시다가 아델은 고개를 갸웃했다. 입 안에 감도는 향이 나쁘지 않았다. 아델은 홀짝이며 다 마셔 버리고 그에게 다시 잔을 내밀었다.

"더 줘?"

론은 기가 찬 표정을 지었다. 아델은 눈을 반짝이면서 고개를 끄덕였다.

"기다려. 이건 독하니까 다른 걸 가져올 테니."

론은 침실을 나갔다. 응접실에 있는 와인 진열장 속에서 주스에 가까운 샴페인을 본 기억이 있었다.

진열장을 뒤지는데 문이 열리는 소리가 났다. 앨런이 들어오다가 론을 발견하고 고개를 숙였다.

"도련님. 드릴 말씀이 있습니다."

론은 살짝 열려 있는 침실 문을 흘끔 봤다가 고개를 끄덕였다.

앨런과 나누는 대화가 생각보다 길어졌다.

"일곱 가문?"

"예. 대가문의 봉신 가문 중에서 중요한 결정을 할 수 있는 의결권을 갖는 특별한 지위의 가문입니다."

"왜 하필 일곱이지?"

"가문법에 따르면 다섯 이상 아홉 이하로 구성할 수 있습니다."

"전부터 궁금했는데, 하란에서 일곱이라는 숫자에 무슨 의미가 있나?"

론은 부쩍 일곱이라는 숫자를 자꾸 접한다는 기분이 들었다. 대가문의 숫자가 총 일곱이었다. 레바스 가문에 속한 기사단은 총 일곱 개의 조로 구성되어 있다. 레바스 성의 구조는 망루의 역할만 하는 두 개의 탑을 포함해서 총 일곱 개의 탑이었다.

"예. 하란의 건국사와 관련이 있습니다."

궁금하지만 이야기가 더 길어질 것 같다. 론은 자꾸 침실 안이 신경 쓰여서 집중하기 어려웠다.

"다음에 듣지. 술 한 잔 하고 자려던 참이라서."

론이 와인장 앞에 서 있던 모습을 봤던 터라 앨런은 고개를 끄덕였다.

"예. 쉬십시오. 물러가겠습니다."

앨런을 내보내고 론은 다시 와인장을 뒤져서 아이가 마셔도 괜찮을 음료로 적당한 것을 가지고 침실로 들어갔다. 소녀는 소파에 얌전히 앉아 있었다.

소파에 앉아서 마개를 따는데 마주친 아델의 눈빛이 몽롱했다. 예감이 이상했다. 론은 원래 소파 테이블에 있었던 와인병을 들어 보았다. 가벼웠다. 흔들어 보니 안이 비었다.

"너 이걸 다 마셨어?"

아델은 그를 보며 헤실헤실 웃었다.

"……내가 미쳤지."

왜 애한테 술을 줘서. 골치 아픈 일은 이어서 벌어졌다. 아델은 고개를 이리저리 흔들다가 그대로 소파에 폭 쓰러졌다. 이어서 쌕쌕거리는 숨소리가 들렸다.

"하아……."

그는 난감한 한숨을 길게 내쉬었다.

아이를 깨우려고 시도했다. 불러도 반응이 없어서 조심히 어깨를 잡고 흔들었다.

"할머니……."

작은 중얼거림, 그리고 눈물이 또르륵 흘러내렸다. 소중한 사람을 잃는 고통이 무엇인지 그는 얼마 전에 경험했다. 아이의 두려움이 남 일 같지 않았다.

조금 더 시간이 지나도 아델이 깨어나지 않았다. 아이가 없어진 사실이 알려지면 아무래도 소란이 일어날 것이다. 그는 응접실로 나가서 테이블 위에 놓인 종을 흔들었다. 소리는 나지 않았다. 하지만 곧 사람이 들어올 것을 알고 있었다.

얼마 시간이 지나고 하녀가 들어왔다. 아델이 친하게 지낸다고 했던 말을 하지 못하는 하녀다.

"침실에 들어가서 소파 위를 보고 오너라."

하녀는 쭈뼛거리면서 안으로 들어갔다. 그리고 잠시 후에 나왔을 때는 하얗게 질려 있었다.

"네 주인 맞지?"

하녀는 눈을 굴리다가 고개를 끄덕였다.

"모시고 가. 네 힘으로 안 되면 다른 사람을 데리고 오고."

하녀는 우물쭈물하다가 고개를 꾸벅 숙이고 나갔다. 론은 다시 침실로 들어갔다. 발코니 창을 열고 나가 어두워서 제대로 보이지 않는 정원을 내려다보았다.

"세상에. 아가씨. 이게 뭔 일이래요."

침실에서 호들갑스러운 목소리가 들려왔다. 아까 나간 하녀가 다른 사람을 데리고 온 모양이었다.

"안 하던 짓을 하고 이러신담. 아가씨. 아우, 술 냄새인가? 못 살아요, 정말. 패티, 아가씨를 업게 도와줘."

하녀의 투덜거림을 들으며 론은 쿡쿡 웃었다. 아델의 말대로

정말 하녀와 친하게 지내는가 보다. 제 주인을 타박하는 하녀의
목소리에 거침이 없었다.

＊　　＊　　＊

사흘째 되는 날 론은 아침부터 내내 발코니에 나가서 정원을
내려다보고 있었다.

'오늘만 견디면 되는 건가.'

루터가 어제 찾아와서 말했다.

「내일이면 성주님이 깨어나십니다. 곧 뵐 수 있습니다.」

루터의 말은 이제 론이 더욱 적극적으로 거짓말을 해야 한다
는 뜻이었다. 지금까지는 그저 침묵만 했다. 하지만 이제는 자신
이 레바스 가문을 승계할 자격이 있다고 주장해야 한다.

'이게 잘하는 일일까.'

원래 그의 형제가 가졌어야 할 모든 것을 복수하겠다는 명분
으로 갈취해도 되는 걸까. 그럴 자격이 있는가. 그가 레온이 되
기 위해서는 진짜 레온이 세상에 존재했다가 허무하게 사라진
사실을 누구도 알아서는 안 된다. 이미 죽은 형제를 또 한 번 죽
이는 짓을 하는 건 아닐까.

하루에도 수십 번은 마음이 왔다 갔다 했다.

흔들리는 마음을 추스르며 정원을 내다보던 그의 눈이 커졌다. 아래에 금발 머리의 소녀가 나타났다. 꼬마 주정뱅이는 며칠 전에 하녀의 등에 업혀 나간 이후에 다시는 오지 않았다. 아델의 모습을 확인하고 나서야 그는 계속 아델이 궁금했다는 사실을 깨달았다.

그는 종을 흔들어서 패티를 불렀다.

"정원으로 나가 보고 싶은데 가는 길을 알려 줘."

패티는 우물쭈물했다.

"네 책임은 없도록 하겠다."

하녀를 잘 구슬려서 정원으로 통하는 뒷문까지 안내받았다. 하녀가 길을 잘 잡아 준 것인지 원래 다니는 사람이 없는 것인지는 몰라도 계단을 내려오고 복도를 걷는 동안 누구와도 마주치지 않았다.

위에서 내려다보았을 때는 얼추 정원의 느낌이 있었다. 그런데 직접 걸어 들어가면서 보니까 숲이나 다름이 없었다. 그는 주변을 구경하면서 안으로 들어갔다.

'생각보다 넓군.'

꽤 걸어 들어갔다. 빽빽하게 우거진 나무들이 하늘을 가려서 짙은 그늘을 만들었다. 그는 멀찍이 보이는 빛을 향해 걸어갔다.

빛의 정체는 원형으로 탁 트인 널찍한 공간이었다. 발목 어림의 야트막한 풀이 소복이 돋아 초원처럼 펼쳐졌다. 그늘을 만드는 나무가 없어서 내리쬐는 햇살은 그대로 이파리 위에 쏟아졌다.

오직 한 그루의 아름드리나무가 중앙에 우뚝 서 있었다. 나무의 가지에 그네가 매달려 있었다. 론은 소녀가 그네에 앉아 작게 몸을 흔드는 모습을 보았다.

「레바스 성에 온 걸 환영해요. 레온.」

소녀가 건넨 한마디를 떠올리자 웃음이 나왔다. 적어도 한 사람쯤은 그를 환영해 주었다. 비록 아무것도 모르는 어린아이에 불과하더라도.

론은 아델에게 다가가다가 걸음을 멈추었다. 소녀를 바라보는 그의 눈동자가 흔들렸다. 작은 노란빛 덩어리들이 소녀를 에워싸고 주변을 가득 채우고 있었다.

'저건…….'

그의 발걸음이 조금씩 빨라졌다. 점점 더 빠른 걸음으로 거의 뛸 듯이 아델의 앞에 서서 흔들리는 그넷줄을 잡았다. 그네에 앉아 있던 아델이 그림자가 지자 숙인 고개를 들었다. 바로 앞에서 자신을 내려다보는 그를 보고 눈을 크게 떴다.

"……레온?"

그녀는 사방에 떠 있는 빛무리를 놀라서 돌아보았다. 그와 빛무리를 번갈아 보았다.

아델은 그녀를 위로해 주는 작은 빛을 꽃의 노래라고 이름 붙였다. 사방에 떠 있는 노란빛이 마치 꽃가루 같다고 생각했다. 처음 나타나기 시작한 날 이후로 그녀가 홀로 그네를 타고 있으면 종종 그녀를 에워싸며 노래를 불렀다.

그런데 그들은 수줍음이 많았다. 멜이 아델을 찾으러 들어오면 순식간에 사라졌다.

처음이었다. 다른 사람이 있는데도 빛이 사라지지 않고 있었다.

"아델."

그가 이름을 부르자마자 사방에 가득했던 빛이 한순간에 모두 사라졌다.

"······밖에 나와도 괜찮아요?"

아델은 그를 멍하게 보다가 물었다.

"아무에게도 들키지 않았어."

아델은 웃음을 터뜨렸다.

"어때요? 쉽지요?"

아델의 맑은 웃음을 보며 그도 미소 지었다.

"그래. 아주 쉬웠어."

나무 그늘에 두 사람은 기대앉았다.

"왜······ 안 물어봐요? 아까 그거. 이상한 거 아니에요. 숲이 그냥 날 위로해 주는 거예요."

"알아."

"어떻게요?"

"본 적이 있으니까."

등을 기대고 있던 아델은 놀라서 옆에 앉은 그를 돌아보았다.

"어디서 봤어요?"

"……몰라. 그냥 본 기억이 있어."

실망하는 아델을 바라보는 그의 눈빛이 가라앉았다.

어릴 때 그가 살던 곳에는 끝이 보이지 않을 정도로 넓은 꽃밭으로 가득한 정원이 있었다. 어쩌면 그렇게까지 넓지는 않았을지도 모른다. 하지만 어린아이의 눈으로 보기에는 엄청나게 넓은 정원이었다.

꽃밭에는 일 년 내내 항상 꽃이 만발했다. 한 계절만 피고 지는 꽃이 정원에서는 눈이 내리는 한겨울에도 활짝 피어 있었다.

정원의 주인은 아름다운 여인이었다. 그녀는 항상 슬픈 눈으로 정원을 거닐었다. 꽃가루처럼 정원 가득하게 노란빛이 떠다니는 날은 그녀의 울음소리가 들려왔다.

정원의 주인이 사라진 후에 다시는 꽃이 피지 않았다. 폐허가 되어 버린 정원의 모습이 아직 눈에 선했다.

"그 빛……."

"네?"

"……아니야."

잊고 싶은 기억이었다.

론이 입을 다물자 아델은 슬그머니 그의 눈치를 살피다가 말했다.

"저요. 생각해 보니까 예의 없는 짓을 많이 했더라고요."

"그래서 안 왔어?"

"……네."

아델은 다음 날 아침에 침대에서 눈을 떴다. 처음에는 기억하지 못했다. 그런데 멜이 미주알고주알 전날 있었던 일을 떠들자 모든 기억이 살아났다.

그녀는 자신이 저지른 추태를 믿을 수가 없었다. 첫날 잠옷 차림으로 침실에 들어간 것도 그렇고 도대체 자신이 왜 그렇게 정신 나간 짓을 계속했는지 천천히 자신을 되돌아보았다.

아델은 무의식중에 그를 할머니와 동일시하고 있었다. 할머니에게 할 만한 아이 같은 어리광을 그에게 부리고 있었다. 어린 아이의 외모를 싫어하면서 그걸 이용해 아이처럼 굴었다. 그러면 더는 할머니가 세상에 없어도 그가 할머니 대신에 자신을 보호해 주지 않을까, 기대했던 것이다.

할머니의 쾌차를 기원하는 한편으로 만일의 경우를 대비하고 싶은 약삭빠른 생존 본능이었다.

솔직한 자신의 마음을 들여다보고 나니 창피하고 한심했다.

아델은 벌떡 일어났다. 그리고 몇 걸음 뛰어가서 몸을 돌렸다.

론은 일어나서 한 걸음 걸었다가 아델이 간격을 유지하는 것처럼 뒤로 물러나자 멈추어 섰다. 더 다가가면 도망칠 것 같았다.

아델이 그에게 꾸벅 고개를 숙이자 그의 눈썹이 스윽 올라갔다.

"미안해요."

아델의 표정은 자못 비장했다.

"레온이 누군지 알아요."

그는 말없이 아델을 보기만 했다.

"그래서 어떤 사람인지 궁금했어요. 그냥 호기심인 줄 알았는데 사실은 목적이 있었나 봐요. 그걸 깨닫고 나니까 무척 창피한거 있죠."

아델은 시선을 내리고 있었다. 차마 그의 눈을 똑바로 볼 수 없었다. 그리고 몸을 휙 돌려서 탑을 향해 달려갔다.

자기 할 말만 마치고 달려가는 소녀의 멀어지는 뒷모습을 바라보다가 그는 천천히 걸었다. 표정 없이 걷던 그가 웃기 시작했다. 아이의 솔직한 고백이 순수해서 그는 자신이 타락한 어른 같다는 생각이 들었다. 그런데 그게 그다지 기분 나쁘지 않았다.

4장
승계 의식

시간이 왜 이렇게 더디 가는지 모르겠다. 멀론은 요즘 하루가 너무 길었다. 동시에 요즘처럼 살맛이 난 적이 없었다.

그는 하루에 몇 번씩 확인하는 달력을 다시 펼쳤다.

'며칠 후면 대리권의 기간이 만료된다.'

비상시의 성주 대행은 대리권을 발휘할 수 있는 기간이 한정되어 있었다. 의결권을 지닌 일곱 명의 수장이 만장일치로 승인해야 대리권자의 연임이 가능했다. 멀론은 그동안 꾸준히 케일리 수장을 구워삶아서 반대표를 확보했다.

처음에 케일리 수장은 요리조리 빠져나갔다. 흥미는 보이면서 한쪽 발만 슬그머니 담그고 더 상황을 지켜보려 했다. 성주의 의식 불명 상대가 넉 달에 이르러서야 더는 회생 불가능하다고 판단했는지 비로소 멀론과 오랜 시간에 걸쳐 긴 이야기를 나누었다.

한 배에 탄 상황에 이르자 이제는 케일리 수장이 더 적극적이었다. 수장 한 명을 더 끌어들이려고 열심히 물밑 작업 중이었다.

성주가 후계자를 지정하지 않은 채 사망 혹은 심신상실의 상태에 놓이고 성주 대행의 대리권마저 소멸하면 가문의 원로회는 후계를 세우기 위한 임시회의를 구성할 수 있다.

임시회의의 의장이 바로 원로회 의장이었다. 멀론은 현재 원로회의 유일한 구성원이자 원로회 의장이었다.

멀론이 성주가 될 수는 없다. 가문의 가주가 될 자격은 오직 가문의 혈족에게만 있다. 하지만 가문의 후계를 찾기 위한 임시회의는 최대 5년까지 존속할 수 있었다.

'오 년이면 충분하지.'

임시회의는 후계를 찾는다는 목적을 위해서라면 할 수 있는 일이 대단히 많았다. 명목은 붙이기 나름이다.

5년 동안 멀론은 부지런히 레바스 가문이 지닌 부를 파악해서 빼돌릴 방법을 찾을 것이다.

케일리 수장에게 나눠 줄 생각을 하면 벌써 아까웠다.

'당분간은 쓸모가 있으니 두고, 적당한 때 쳐낼 방법을 찾아봐야지.'

레바스 가문의 재산을 바탕으로 멀론은 자신의 이름을 내세운 가문을 세울 계획이었다.

'브로디 가문. 좋지, 좋아. 언젠가 브로디 대가문이 될 수도 있어.'

레바스 대가문은 굉장히 오랜 세월 동부에서 군림했다. 갑자기 무너지면 동부에 엄청난 혼란이 닥칠 것이다. 그런 문제는 멀론에게 전혀 중요하지 않았다.

어차피 레바스 가문은 끝이다. 유일한 후계인 파울이 죽었다. 오늘내일하는 형수가 죽고 나면 가문의 혈족은 대가 끊긴다. 다른 놈들이 이리저리 빼먹기 전에 그가 먼저 차지하겠다는데 뭐가 문제이겠는가. 어쨌든 그는 성주의 인척이며 레바스 가문에 가장 가까운 사람이었다.

'지금이라도 형수가 죽어 주면 아주 좋을 텐데. 저대로 누워서 몇 달 버티다 죽으면 더 좋고.'

멀론은 단꿈에 젖어 있었다. 그는 콧노래를 흥얼거리며 임시 회의 구성을 위한 서류를 꼼꼼히 챙겼다.

"브로디 공. 바실 수장이 전언을 보냈습니다."

문을 두드리고 들어온 수행원은 흥분해서 얼굴이 붉었다. 평소 아랫사람의 감정 상태에 전혀 신경 쓰지 않는 멀론의 눈에는 보이지 않는 차이였다.

"무슨 전언?"

"즉시 중앙탑으로 오시랍니다."

"음?"

멀론은 벌떡 일어났다.

"무슨 일이냐? 혹시 형수님께 망극한 일이라도?"

들뜬 마음을 감추려고 멀론은 한껏 심각한 표정을 지었다.

"성주님께서 정신이 돌아오셨습니다. 일어나셨답니다."

"뭐야?"

이번에는 정말로 심각했다. 멀론은 벌떡 일어나서 수행원에게 바짝 고개를 디밀었다.

"그게 무슨 소리야? 이런 젠장!"

다 된 밥에 재가 뿌려지는 현장을 맞닥뜨린 충격으로 멀론은 속내를 감추는 것마저 잊었다. 얼른 중앙탑을 향해 달려갔다.

'설마. 잠깐 눈만 뜬 거겠지.'

항상 닫혀 있었던 문이 활짝 열렸다. 성주의 침실로 연결되는 응접실에는 이미 많은 사람이 모여 있었다. 일곱 명의 수장이 대부분 모였고 멀론이 도착한 뒤에도 계속 사람이 모여들었다.

응접실을 채우고 복도까지 사람이 가득 찼다. 사람들은 자신의 지위에 따라 자연스럽게 위치를 잡았다. 응접실을 차지한 사람들은 일곱 가문의 수장들과 상당한 세력을 지닌 가문의 가주들이었다.

대부분의 표정은 환했으나 그렇지 못한 자들도 있었다. 공통점은 모두 어리둥절한 기색이었다.

'대체 어찌 된 일이오?'

'나도 모르오.'

멀론과 케일리 수장은 입 모양과 눈짓으로 짧게 대화를 나누었다. 모여든 사람들의 수를 보아하니 가신이 모두 모였다. 다 불러 모을 정도면 대단히 중요한 일을 공표하는 것이 틀림없었다.

그런데 어떤 일인지 사전에 들은 정보가 전혀 없었다.

침실 문은 여전히 굳게 닫혀 기사들이 막고 서 있었다. 아예 마커스 코우가 무장을 한 채 문 앞을 가로막고 섰다. 감히 그를 밀치고 안으로 들어가려고 시도하는 자는 없었다.

"코우 수장. 형수님께서 쾌차하셨다는 기쁜 소식을 듣고 달려왔거늘 왜 출입문을 막고 있는 것이오?"

멀론이 나서서 따졌다. 지난 몇 개월 동안 멀론은 기세등등해졌다. 사람들 앞에 나서는 일에 거리낌이 없었다. 그를 바라보는 시선도 많이 바뀌었다. 못마땅하게 눈살을 찌푸리며 멀론을 보는 자들도 예전처럼 한심하게 비웃는 시선은 아니었다.

"기다리시오. 곧 오실 테니."

"기다리라고요? 누굴 말이오?"

마커스는 입을 다물고 시선을 정면으로 돌렸다. 멀론의 얼굴이 붉게 물들었다. 이제 멀론은 무시당하는 일에 익숙하지 않았다.

복도에서 갑자기 웅성거리는 소리가 커지자 응접실에 있던 사람들은 출입문으로 시선을 모았다.

웅성거림은 커지다가 점점 줄어들었다. 잠시 후에는 숨 막힌 침묵에 접어들었다.

응접실의 사람들은 당장 복도로 나가 확인하고 싶어 근질거리는 표정을 지었다.

문이 열렸다. 바실 수장이 먼저 응접실 안으로 들어왔다. 그리고 곧 들어올 사람을 위해 옆으로 물러섰다. 마치 일개 수행원이 된 것 같은 태도였다. 바실 수장이 몸을 낮추는 대상은 성주뿐이었다. 몇 명은 의아하게 시선을 교환했다.

이윽고 안으로 들어오는 낯선 청년을 보며 사람들은 당황했다. 청년의 뒤를 따라 앨런을 비롯한 몇 명의 기사들이 함께 들어왔다. 그들을 거느리는 것이 당연한 것처럼 청년이 당당한 자세로 걸었다.

푸른색 머리카락은 귓가를 덮는 짧은 길이로 단정히 정리된 상태였다. 검은색의 기본 바탕에 금사로 단을 장식한 재킷은 넓은 어깨와 큰 체격 덕분에 멋스러운 태가 났다.

그는 이 자리에 있는 누구보다도 고귀한 신분인 것처럼 위화감이 없었다. 주변을 스윽 훑는 시선이 그를 오만해 보이게 했다.

갑자기 나타난 청년의 정체를 의심하던 자들은 청년의 눈동자를 보면서 눈을 부릅떴다. 이 자리에 모인 사람 중에서 레바스 가문의 혈족을 특징짓는 보라색 눈동자를 모르는 사람은 없었다.

태산처럼 침실 문을 지키고 있던 마커스가 옆으로 물러섰다.

"안으로 드시지요."

루터가 말했다. 열린 문으로 청년이 들어가고 문은 다시 닫혔다.

루터는 모여 있는 사람들을 둘러보았다. 평소와 다름없는 입가의 엷은 미소가 오늘따라 승리자의 쾌소 같았다.

"성주님께서 도련님과 잠시 독대하실 겁니다. 이후에 성주님의 부름을 받아 성주님의 뜻에 따르는 것이 우리가 할 일입니다."

"도련님이라니. 저분은 누구십니까?"

누군가가 던진 질문을 시작으로 웅성거림이 커졌다.

"목소리를 낮추시오. 성주님의 침실 앞입니다. 저분은 성주님의 장남이신 에단 도련님의 아들이십니다."

"오오. 레바스 가문의 홍복이오. 이리될 줄 알았소. 레바스 가문이 이대로 끝날 리가 없지."

"성주님께서 후계자를 찾으셨구려!"

기뻐하는 사람들과 다르게 얼굴이 흙빛으로 물드는 자들도 있었다. 루터는 그들을 스쳐보며 여유롭게 웃었다. 루터를 쏘아보는 멀론의 꼭 쥔 주먹이 부들부들 떨렸다.

* * *

침대에는 고아한 분위기의 노부인이 앉아 있었다. 젊어서는 상당한 미인이었을 것이다. 눈과 입가에 짙은 주름이 잡힌 그녀는 여전히 고왔다. 론은 자신을 바라보는 노부인의 보라색 눈동자와 시선을 마주친 채 가까이 다가가지 못했다.

시마는 부드럽게 웃으면서 청년에게 손짓했다.

"가까이 오려무나."

명령을 받아 움직이는 병사처럼, 론은 딱딱한 표정으로 침대 곁에 섰다.

"앉아라."

멍하게 시마를 내려다보던 론은 얼른 의자에 앉았다. 주름진 손이 자신의 손을 잡는 모습을 보았다.

무섭고 차가운 권력자를 생각했다. 자애로운 미소를 짓는 우아한 귀부인은 론이 상상한 모습이 아니었다.

시마는 사내답게 커다란 손자의 손을 물끄러미 바라보았다. 손가락에 끼어 있는 검은 반지를 보자 감정이 북받쳤다. 장성한 손자의 손은 이미 시마의 손아귀에 잡히지 않았다. 이렇게 클 때까지 지켜보지 못한 것이 아쉬워서 가슴이 저렸다.

"레온."

론은 다소 느리게 눈을 감았다가 떴다. 짧은 순간에 얼마나 극렬한 갈등에 휩싸였는지 노부인은 모를 것이다. 입을 벌리는데 목 안쪽이 탈 것처럼 아팠다.

"……예."

그의 갈등에 끝을 맺는 대답이었다.

'죄송합니다. 저는 당신의 손자가 아닙니다.'

그는 속으로 사죄했다.

'당신을 속이기 위해 지금 이 자리에 섰습니다. 당신의 손자는 정말 근사하게 빛이 나던 녀석이었습니다. 그 사실을 알려 드릴 수 없어서 죄송합니다.'

"잘 자라 주어 고맙다. 이 할머니가 널 제대로 살펴 주지도 못했는데 이렇게 멋진 남자가 되었구나."

한편으로 론은 노부인이 원망스러웠다.

'왜 당신은 한눈에 진실을 꿰뚫지 못하는 겁니까. 당신의 손자가 아니라는 사실을 왜 모르는 건가요.'

"……많이 편찮으시다고 들었습니다."

"그래. 너와 보낼 시간이 많지 않다. 좀 더 가까이 오겠니? 네 얼굴을 더 자세히 보고 싶구나."

론은 의자를 침대 곁으로 가까이 붙였다.

시마는 손을 들어서 조심스럽게 손자의 볼을 쓸어 보았다. 가문의 핏줄을 상징하는 보라색 눈동자를 보며 가슴이 아팠다.

'많이 다쳤구나.'

눈을 보면 안다. 이 아이는 평탄한 삶을 살지 못했다. 깎이고 깎여서 무뎌진 눈이다.

'널 진즉 알아서 데려왔으면 좋았을 것을.'

하다못해 남은 시간이 더 있었으면. 듣고 싶은 이야기도 많고 가르치고 싶은 것도 많았다.

"미안하다."

"……."

"네게 너무 큰 짐을 지우는구나."

시마는 두 손으로 손자의 손을 꼭 잡았다.

"네게 바라는 것은 하나뿐이다. 행복해지렴. 레온."

"……저는. 그럴 자격이 없습니다."

"아니야. 행복할 자격이 없는 사람은 없어. 어떤 일이 있었든 네 잘못이 아니란다."

론은 믿을 수 없다는 듯 시마를 응시했다.

「네 잘못이 아니야.」

그를 구원했던 말을 다시 듣게 될 줄은 몰랐다.

'당신은…… 레온의 할머니가 틀림없군요. 레온이 당신을 닮은 걸까요?'

울컥 뜨거운 것이 치밀어 올랐다. 눈앞이 흐려진다.

"제가 어떤 선택을 해도…… 절 용서해 주실 건가요?"

"물론이지."

상대를 기만해서 얻은 면책권이었다. 그것으로 론은 자신의 죄책감을 멀리 밀어 두었다. 뻔뻔해질 것이다. 원래 형제의 것이 되어야 마땅한 것들을 훔쳐서 형제의 목숨 빚을 갚겠다. 그리고 모든 일이 끝나면.

'거짓으로 가졌던 모든 것을 내놓겠습니다. 당신의 손자와 당신께 엎드려 용서를 구하겠습니다.'

"급할 것 없다. 서두르지 마라. 네가 앞으로 나아갈 길을 천천히 찾아보렴."

아들들에게는 엄격한 어머니이기만 했지만, 자신의 모든 것을 맡겨야 하는 손자에게는 정작 그러고 싶지 않았다. 그녀는 평생 가문을 위해 살았다. 가문을 위해서 자신을 잊고 살았다. 그러나 손자에게는 같은 삶을 살라고 말할 수 없었다.

"염치없지만, 할머니의 부탁 하나만 들어주지 않겠니?"

"말씀하십시오."

"가여운 아이가 있단다. 내가 가슴으로 낳아 키운 딸이나 마찬가지지."

말을 듣자마자 떠오르는 얼굴이 있었다. 할머니를 부르며 자면서도 눈물을 흘리는 소녀의 모습이었다.

"아델⋯⋯ 말씀입니까?"

시마가 미소 지었다.

"보았구나. 정말 사랑스러운 아이지?"

"예."

론은 살짝 미소 지었다. 대체 누가 애를 이렇게 키웠나, 보고 싶었던 보호자가 눈앞에 있었다. 시마의 눈에 가득한 따뜻함을 보니까 아델이 얼마나 많은 사랑을 받고 철저한 보호를 받으며 세상의 어둠을 모르고 자랐는지 알 것 같았다.

"그 아이를 부탁한다. 지켜 다오. 사랑받게 해 다오."

"예."

'그것이 당신의 소원이라면.'

론은 결심했다. 그 아이를 지키겠다. 어떤 괴로움도 슬픔도 알지 못하도록. 자신의 모든 것을 다 바쳐서라도.

"반드시. 약속드리겠습니다."

시마는 아직 잡고 있었던 손자의 손을 가볍게 두드리며 흐뭇하게 고개를 끄덕였다. 그녀는 멀찍이 서 있는 집사에게 말했다.

"들어오라고 하게."

문이 열렸다. 조용히 사람들이 안으로 들어왔다. 모두 들어올 수는 없었다. 일곱 가문의 수장을 비롯한 주요 인물들이 들어오고 나서 다시 문이 닫혔다.

"성주님."

오연하게 침대에 앉아 있는 노부인을 향해 사람들은 허리를 숙였다. 오랜 의식 불명에 빠져 있었으나 자그마한 체구에 담긴 위엄은 여전했다.

"모두 오랜만이군. 내가 너무 오래 잤어. 그렇지 않은가?"

작은 웃음이 여기저기서 흘러나왔다.

"예기치 못한 일이 있었는데도 모두 자리를 지켜 주어 고맙고 수고가 많았네."

시마는 모여 있는 자들을 천천히 둘러보았다. 멀론은 아까부터 푹 숙인 고개를 들지 못했다. 케일리 수장을 비롯해 껄끄럽게 찔리는 것이 있는 자들은 성주의 시선이 지나가는 순간에 슬그머니 시선을 피했다.

시마의 눈에 노여움이 스쳐 지나갔다.

'내가 정리할 수 없겠구나.'

말끔히 치울 수 없다면 건드리지 않는 편이 나았다. 가신에 관해서는 손자에게 맡기는 수밖에 없다.

하지만 그녀가 마지막으로 정리할 자는 있었다. 벌벌 떠는 멀론을 보는 시마의 눈이 차가웠다.

'난 이제 끝났구나.'

멀론은 눈앞이 캄캄했다. 부군의 동생이라는 이유로 시마는 멀론에게 관대했다. 그런데도 늘 형수에게 고개를 숙이고 섣부르게 반항하지 않은 이유가 있었다. 형수는 한 번 돌아서면 매몰찬 사람이었다.

'괘씸한.'

시마의 부군은 대륙 출신의 귀족이었다. 가문이 몰락하여 가진 것은 거의 없이 이름만 유지하는 신세였다. 어쩌다가 부유한 먼 친척이 하란에 관광 입국할 때 묻어 들어갈 수 있었다. 당시에 하란의 내로라하는 명문 가문이 모두 참석한 매우 성대한 파티가 있었는데 그 자리에서 시마는 남편과 만났다.

시마는 그의 따뜻한 심성에 반했다. 다정하고 부드러운 사람이었다. 그녀는 어려서 어머니를 잃었고 홀아버지 밑에서 자라다가 아버지마저 여의고 고작 스물에 성주의 자리를 이어받은

지 얼마 안 되었을 무렵이었다. 남편은 그녀의 안식처가 되어 주었다.

남편과 결혼하고 두 아들을 낳고 키우는 몇 년이 그녀의 인생에서 가장 빛나던 시간들이었다.

남편은 항상 대륙에 남아 있는 가족을 염려했다. 새어머니는 아버지가 돌아가신 후 재혼했는데 그때 배다른 어린 동생도 데리고 갔다고 했다. 가끔 동생이 잘 지내는지 궁금해했다.

남편이 죽은 후 시마는 대륙에서 남편의 가족을 수소문했다. 재가한 남편의 새어머니는 죽은 후였다. 데리고 갔다는 남편의 동생은 행방을 알 수 없었다.

시간과 돈을 들여서 대륙을 뒤졌다. 먼 친척의 집에서 고아나 다름없이 천덕꾸러기로 자라는 멀론을 찾아서 레바스 성으로 데려왔다.

멀론의 나이는 시마의 장남인 에단과 거의 비슷했다. 시마는 멀론을 아들이나 다름없이 보살폈다. 주변의 반대가 있었는데도 멀론을 레바스 가문의 족보에 넣었다. 레바스 가문의 족보에 혈족이 아닌 자가 오른 것은 이례적이었다.

'내가 너를 어떻게 대했는데. 이런 식으로 갚는구나. 원로회? 네가 감히.'

레바스 가문에는 원로회가 존재했던 적이 없었다. 손이 귀한 가문이라 방계가 없기 때문이다.

전례가 없는 일을 멀론이 법을 들먹이며 주장한 것은 자신의 야욕을 노골적으로 드러낸 것이었다.

시마는 이미 오래전부터 멀론에게 실망했다. 멀론의 사람 됨됨이는 고쳐 쓸 수 없다고 판단은 끝났다. 모르는 척했으나 거짓말로 돈을 받아 가는 일도, 허세와 자만심으로 사업하는 족족 망하는 것도 모두 알고 있었다.

자식들마저도 엉망이었다. 남매가 아델에게 못된 짓을 했다는 것을 알았을 때 정이 떨어졌다.

그래도 죽은 남편을 봐서 멀론 가족이 그런대로 남들 보기에 비참하게 살지 않도록 보살펴 주려 했다. 이젠 마지막으로 남은 미련도 없었다.

"코우 수장."

"예. 성주님."

마커스가 절도 있는 동작으로 고개를 숙였다.

"저치를 당장 내 눈앞에서 치우게."

시마가 바라보는 방향에는 정확히 멀론이 있었다. 멀론의 가까이에 있던 자들이 더러운 것을 피하듯 슬금슬금 물러났다.

"명을 받듭니다."

마커스가 손짓하자 기사들이 양쪽에서 멀론의 팔을 잡았다. 멀론이 발작처럼 뿌리치고 주저앉았다가 침대로 기어갔다.

"형수님, 형수님……."

"호칭을 바로 하지 못하겠느냐?"

추상같은 호령이었다.

"서…… 성주님."

"너는 감히 내 권위에 도전했다. 가주의 권한으로 너를 가문에서 축출한다. 족보에서 네 이름은 지워질 것이다."

"성주님! 용서해 주십시오!"

엎드려 울먹이는 멀론을 싸늘히 내려다보던 시마는 눈을 감고 한숨을 내쉬었다.

"내가 사람을 보는 눈이 없었지."

아들의 죽음을 알고, 자신의 시한부 상태를 알고, 거짓으로 혼수상태를 꾸며 누워 있었던 이유는 시간을 벌기 위해서였다. 존재하는지 확실하지 않은 혈육을 찾기 위해서였을 뿐 그녀는 가문을 함께 지탱해 온 가신들을, 그리고 수백 년 이어 온 가문의 저력을 믿었다.

미꾸라지가 강을 흐린다더니. 설마 멀론이 이런 잡음을 만들 줄은 몰랐다. 사소한 일도 지나치면 안 된다고 아들을 다그쳤거늘, 그녀는 사람을 너무 사소하게 보았다.

"무엇하는가. 코우 수장."

다시 다가오는 기사들을 피해서 멀론은 침대로 더 가까이 기어갔다. 멀론은 잔뜩 일그러진 얼굴로 침대 곁에 서 있는 청년을 가리키며 악을 썼다.

"전 믿을 수 없습니다! 어딜 봐서 저자가 형수님의 손자란 말입니까!"

"네가 정녕……."

"바실 수장이 성주님의 총안을 흐리려고 수작을 부리는 것이란 말입니다!"

모여 있는 자들이 혀를 차며 고개를 내저었다. 몰락하는 자의 발버둥은 추했다.

케일리 수장은 슬그머니 사람들의 뒤쪽으로 물러났다. 성주의 시선에서 벗어나려는 노력이었다. 멀론이 말도 안 되는 일로 자신을 끌고 들어갈까 봐 조마조마했다.

"저는 초상화로 뵈었던 돌아가신 형님의 얼굴을 압니다! 조카님들의 얼굴도 모두 압니다! 어딜 봐서 성주님의 손자입니까? 닮은 구석이 대체 어디 있습니까?"

멀론을 냉랭하게 바라보는 시마의 눈썹이 꿈틀했다. 멀론의 주장은 억지였다. 보라색 눈동자와 가물의 신물인 반지까지. 혈통을 의심할 여지가 없었다.

"그리고, 그리고! 아! 브로디 집안에 내려오는 유전적인 특징이 있습니다! 성주님도 아실 겁니다. 저자에게 그 증거가 있다면 인정하겠습니다!"

멀론이 인정하고 말고 할 문제가 아니었다. 하지만 의혹은 제기된 이상 풀어야 한다. 이대로 넘기면 암암리에 손자의 출생이 사람의 입에 오르내릴 것이다. 레바스 가문의 혈통이 부정되지는 않는다고 해도 시마의 사생아일 가능성을 논하는 자가 있을 수 있다.

시마는 손자를 바라보았다.

론은 돌아가는 상황을 잠자코 지켜보고 있었다. 레온의 숙부가 되는 멀론에 대해서는 대충 들었다. 루터는 크게 신경 쓸 자는 아니라고 말했다.

'골치 아프지는 않지만 시끄러울 거라는 게 이런 뜻이었군.'

멀론이 말하는 증거가 무엇인지 알겠다. 론은 레온의 어깨에서 특이한 점을 본 적이 있었다.

"초승달 모양의 푸른 점."

론이 답하자 시마는 미소 짓고 멀론의 표정은 일그러졌다.

"말씀하시는 유전적인 증거가 맞습니까?"

"미…… 미리 말을 맞추었을 수도 있지! 정말 있다면 보여 주게!"

멀론은 청년이 자신의 종손이라는 사실을 인정할 수 없었다. 아무리 뜯어봐도 청년의 얼굴에는 브로디 가문의 특징이 전혀 없었다. 흔히 핏줄이 당긴다고 한다. 본능적인 확신이었다. 청년은 멀론과 피를 나눈 혈족이 절대 아니었다.

"등에 있었습니다만, 크게 다쳐서 알아볼 수 없을 겁니다."

"이것 보라지!"

멀론이 목소리를 높였다.

"다쳐서 없어지다니! 얼마나 대기 좋은 핑계인가!"

멀론은 어차피 자신은 끝났다고 생각했다. 일이 이렇게 된 마당에 순순히 물러설 생각은 없었다. 어떤 식으로든 트집을 잡고 흠집을 낼 것이다. 오늘 처음 보는 종손에게 엄청난 레바스 가문의 부와 권력이 돌아갈 것을 생각하면 배가 아파 죽을 지경이었다.

'왜 나는 안 되는데. 왜!'

나이가 거의 비슷한 에단과 함께 자라면서 늘 자신의 처지를 비관했다. 장차 거대한 가문의 주인이 될 에단과 비교하면 그는 가진 것 하나 없는 쭉정이였다. 그에게만 현실이 가혹했다.

'난 형님의 동생이야. 일찍 돌아가신 형님이 누려야 할 것들을 내가 좀 갖겠다는데 뭐가 문제냐고.'

론은 잠시 멀론을 바라보았다. 이런 군상들은 대륙에서 많이 접했다. 욕망에 지배받는 자, 그걸 추악하다고 생각하지도 못하는 자. 직접 눈에 증거를 보이지 않으면 끊임없이 뒷말을 할 것이다.

"앨런."

한편에 물러서서 인상을 쓰며 멀론을 보고 있던 앨런이 론의 부름에 흠칫 고개를 돌렸다.

"예. 도련님."

론은 재킷의 단추를 풀었다. 그리고 곁에 다가온 앨런에게 벗은 재킷을 건넸다. 서두르지 않는 손놀림이었다. 그는 조끼도 벗어서 앨런에게 주고 양 손목의 커프스 버튼을 풀었다.

지켜보던 사람들은 내내 표정의 변화도 없이 침착한 그의 태도가 인상적이라고 느꼈다. 고함을 지르고 발악하는 멀론과 대조가 되어 두드러졌다. 사람들은 오늘 처음 보는 성주의 후계자에게 호의적인 점수를 매기고 있었다.

"되었다."

블라우스의 단추도 푸는 그를 시마가 제지했다. 이만하면 거리낌 없다는 모습을 충분히 보였다.

"아닙니다. 확실히 해 두는 것이 좋습니다. 제 명예와 나아가서는 성주님의 명예도 걸린 일입니다."

시마는 말없이 미간만 살짝 찌푸렸다가 멀론을 노려보았다.

"다쳐서 알아볼 수 없게 되었다는 말은 거짓이 아닙니다."

론은 단추를 다 풀어낸 블라우스를 벗으며 사람들이 잘 보이는 방향으로 등을 돌렸다.

여기저기에서 헉, 하는 숨죽인 소리가 들려오더니 고요한 침묵이 찾아왔다. 멀론조차도 눈을 크게 뜨고 아무 말 하지 못했다.

"됐……다. 되었어."

시마의 목소리가 가늘게 떨렸다. 차마 눈 뜨고 볼 수 없는 손자의 참혹한 상처의 흔적이 그녀의 가슴속에 아프게 박혔다. 얼마나 아프고 고통스러웠을까. 그녀는 손으로 관자놀이를 짚으며 손을 내저었다.

기사들이 멀론의 팔을 붙들었다. 멀론은 반항하지 않았다. 기운이 다 빠진 것인지, 더는 억지를 부릴 핑계가 없어서 좌절한 것인지 조용히 질질 끌려 나갔다.

론이 다시 옷을 갖추어 입는 동안 시마는 붉어진 눈시울로 사람들을 보며 선언했다.

"이 자리에서 나는 승계식을 진행할 것이네."

사람들은 큰 동요가 없었다. 이미 들어올 때부터 침실의 소파에 세 명의 마법사가 앉아 있는 모습을 보고 짐작했다.

흰색, 푸른색, 붉은색의 광택이 나는 로브를 입은 자들은 백탑, 청탑, 적탑에서 나온 마법사들이었다.

하란에서 마법사들은 온갖 중요한 계약에 증인으로 참관했다. 가문의 중대사에는 반드시 마법사를 증인으로 하지 않으면 나중에 문제가 생길 경우에 유효를 주장할 수 없었다.

특히 매우 중요한 일에는 셋 이상의 마탑에서 나온 마법사들이 증인으로 참관해야 한다고 가문법은 규정했다. 대가문 가주의 자리를 승계하는 과정이 대표적이었다.

"이의를 제기하려면 지금 나서게. 훗날 문제를 삼는 일은 용납하지 않겠네."

아무도 나서지 않았다. 멀론이 한바탕 패악을 부린 일이 오히려 상황을 말끔히 정리했다. 성주가 그간 얼마나 시동생을 아꼈는지 모두 알고 있었다. 그런데 기사들에게 끌어내라고 명하는 모습은 여지없이 단호했다. 성주의 강단 있는 성품이 자신에게 향하는 일을 바라는 자는 없었다.

그녀는 전대 성주의 유일한 딸이라서 가문을 물려받았다. 하지만 수십 년을 대가문의 주인으로서 군림할 수 있었던 이유가 혈통 때문만은 아니었다.

"준비는 다 되었나."

"예. 성주님."

루터가 대답했다.

"시작하게."

소파에 앉아 있던 마법사들이 절차의 적법한 진행을 지켜보기 위해서 일어나 성주의 침대 옆에 섰다.

집사가 응접실로 나갔다. 잠시 후 흰색 의복을 입은 집행관들이 들어왔다. 그들은 모두 투명한 액체가 담긴 은접시를 은쟁반에 받쳐 들고 있었다.

가장 나이가 지긋한 집행관이 들고 있는 은쟁반을 시마의 무릎 위의 베드 테이블에 올렸다. 시마가 손을 내밀자 집행관이 한 뼘 정도의 긴 바늘로 손끝을 찔렀다. 손끝에 붉은 핏방울이 맺혔다. 시마는 손의 방향을 바꾸어 은접시에 핏방울을 떨어뜨렸다.

론은 생소한 과정을 신기하게 바라보았다.

'마법 제국이라더니······.'

대륙인은 하란에서 모든 일이 마법으로 이루어진다고 믿었다. 과장된 소문이겠지만, 대륙에서는 상상할 수 없는 일이 일상처럼 벌어지는 것은 맞는 것 같다.

은접시에 떨어진 핏방울이 퍼져 나가다가 액체와 뒤섞이면서 빙글빙글 회전하기 시작했다. 희미한 빛이 은접시 안에서 흘러나왔다.

완전히 붉어진 액체는 서로 엉겨 모양을 만들었다. 이리저리 울룩불룩 움직이다가 점점 길어지면서 마치 깃펜과 유사한 형태가 되었다.

액체로 만들어진 깃펜이 천천히 공중으로 떠올랐다. 시마는 펜을 쥐었다.

집행관은 널찍한 사각의 판에 펼쳐 고정한 양피지를 베드 테이블에 올렸다. 시마는 양피지를 한 번 훑어본 후 서명했다. 선명한 붉은색의 서명이 양피지 위에 그려지면서 깃펜의 윗부분부터 잘리듯이 사라졌다. 결국 깃펜은 완전히 양피지에 스며들어 사라졌다.

대기하고 있는 다른 집행관이 론의 앞으로 다가왔다.

같은 과정의 반복이었다. 시마가 하는 과정을 지켜보았던 론은 복잡하지 않은 과정을 그대로 따라했다. 공중에 떠오른 펜을 쥐었을 때는 단단한 감촉에 내심 놀랐다.

집행관은 시마가 서명을 마친 양피지를 론의 앞에 내밀었다. 론은 빠르게 양피지의 내용을 훑었다. 맨 위에 쓰인 몇 줄의 문장은 하란에서만 통용하는 문자인지 전혀 읽을 수가 없었다.

시마의 서명이 있는 아래에 밑줄이 그어진 공란이 있었다. 론은 그곳에 서명했다. 그런데 '레온'이라는 서명을 마치자마자 붉은 글자가 일그러지더니 사라졌다.

론은 당황해서 가만히 양피지를 보고 있었다. 집행관 역시 당황한 듯 우물쭈물하다가 양피지를 들고 참관하고 있는 마법사에게 가져갔다.

붉은 로브를 입은 마법사가 말했다.

"서명은 진명으로 해야 합니다."

시마가 론에게 말했다.

"어릴 때 쓰던 다른 이름이 있었느냐?"

"……예."

"진명은 네게 각인된 진실한 네 이름을 말한다. 간혹 어릴 때 쓰던 이름이 그대로 각인되는 경우가 있지. 그래서 하란에서는 어릴 때 함부로 별칭으로 부르지 않는단다. 우스꽝스러운 별명이 진명이 되어 버리면 상당히 곤란하지."

모여 있는 사람들 사이에서 약간의 웃음이 흘러나왔다. 당사자는 웃지 못하겠지만, 실제로 종종 일어나는 일이었다.

대수롭지 않게 집행관이 절차를 처음부터 진행했다. 붉은 깃펜이 다시 만들어지는 동안 론은 갈등에 빠졌다.

'진실한 이름?'

그는 이름이 둘이었다. 태어나며 받았던 이름과 레온이 지어준 이름. 그러나 태어나 받은 이름은 이미 버린 과거와 함께 지워 버렸다. 레온을 만난 이후 론으로서 계속 살아왔다. 그가 생각하는 자신의 진실한 삶은 론이었다.

'각인된 이름이라고?'

다시 깃펜을 쥐었다. 둘 사이에서 고민하다가 자신을 주시하는 시선들이 느껴져서 더 시간을 끌 수 없었다. 모르겠다는 심정으로 손이 가는 대로 썼다.

로건.

론은 완성된 서명을 뚫어지게 바라보았다. 자신이 '론'이라고
서명하지 않아서 놀랐다.

양피지에 적힌 서명이 일그러지지 않았다. 그는 둔탁한 무언
가에 얻어맞은 기분이었다.

'버릴 수…… 없는 건가.'

전부 버렸다고 생각했다. 그러나 과거는 각인된 이름처럼 여
전히 그를 끈질기게 붙들고 있었다.

집행관은 같은 과정을 차례차례 일곱 가문의 수장들과 반복
했다. 양피지의 아래에 일곱 수장의 서명이 모두 빼곡하게 들어
찼다.

마지막은 마법사들이었다. 마법사는 양피지의 상단에 각각의
마탑을 상징하는 인장을 찍었다. 마지막으로 인장을 찍은 마법
사가 선언했다.

"모든 절차가 공개적이고 합법적으로 진행되었소."

집행관은 판에 고정한 양피지를 떼어 내어 마법사에게 건넸
다. 마법사는 양피지를 말아서 가죽끈으로 묶은 후 통에 담았
다. 세 명의 마법사가 돌아가면서 통에 잠금 마법을 걸었다.

"성주님을 모실 준비를 해라."

루터의 말에 고용인들이 미리 준비한 바퀴 의자를 가져왔다.

"아닐세. 내가 아직 걸음이 수월하지 않아."

가장 중요한 마지막 절차가 남아 있었으나 장소가 한참 계단을 내려가야 하는 지하에 있었다. 바퀴 의자를 타고 가기에는 한계가 있었다.

"여기서 기다리겠네. 모두 내 목소리를 들을 수 있도록 문을 열어라."

침실 문이 열렸다. 곧 침실 안으로 가득히 사람이 들어찼다. 근 일백에 가까웠다. 레바스 대가문의 가신들이 이처럼 한자리에 모두 모인 일은 시마가 성주의 자리에 오른 날 이후에 처음이었다.

"내 소임을 이제 다한 것 같네."

시마는 눈에 보이는 사람들의 얼굴을 하나씩 확인하며 그들의 이름을 모두 호명하고, 수고를 치하했다. 개개인과 얽힌 작은 사연을 회상하거나 가족의 안부를 물어 겉치레로 하는 인사가 아닌 진정성을 담았다.

이름이 불리며 간단한 대화를 끝낸 자들은 모두 눈시울이 붉어졌다. 그녀의 목소리는 응접실 끝까지 모두 들릴 정도로 카랑카랑했다. 오랜 기간 의식 없이 누워 있다가 일어난 사람 같지 않았다.

론은 시마를 지켜보며 진심으로 감명 받았다.

'명군이시다.'

그녀는 누구도 부정할 수 없는 일국의 군주였다. 론은 오래전

책에서나 보았던 참된 군주의 모습을 비로소 보았다.

"뒷일은 이제 그대들에게 맡기겠네. 그대들이 나에게 한 것처럼 대가문의 새 주인을 바르게 이끌어 주게."

"예. 성주님."

사람들이 결연하게 입을 모아 대답했다. 허리를 깊이 숙이는 그들의 태도에 주인을 향한 경애와 숭배가 담겼다.

시마는 루터를 보며 고개를 끄덕였다. 루터는 다시 한 번 시마를 향해 고개를 숙인 후 론에게 말했다.

"이쪽으로 오십시오. 도련님."

이상하게 발걸음이 떨어지지 않았다. 시마가 론을 보며 부드럽게 웃었다.

론은 몸을 돌려 한 발 앞서 걷는 루터를 따라 걸었다.

'부럽다. 레온.'

론은 언제나 레온이 부러웠다. 아들에게 한없는 사랑을 주는 어머니가 계신 것도 부러웠고, 붙임성 좋고 낙천적인 레온의 성격도 부러웠다.

형제는 죽어서도 여전히 부러움의 대상이었다. 저런 분을 할머니로 가진 레온이, 미치도록 부러웠다.

사람들이 자연스럽게 갈라서며 터 주는 길 사이로 론이 지나갔다. 그 뒤로 사람들이 따라갔다. 가장 중요한 마지막 절차를 지켜보기 위해서다. 고용인을 제외하고 남김없이 모든 사람이 침실을 나가고 문이 닫혔다.

꼿꼿하게 앉아서 그들을 배웅한 시마가 힘없이 침대 위로 쓰러졌다.

"성주님!"

집사가 다급히 시마를 부축했다. 시마의 이마는 식은땀으로 축축했다. 주치의는 시마의 동공을 살피고 맥박을 쟀다. 하지만 할 수 있는 조치는 없었다. 창백한 안색만 보아도 완전히 기력이 떨어진 상태라는 걸 알 수 있었다.

부축을 받아서 침대에 누운 시마가 길게 한숨을 내쉬었다. 조금 전까지 사람으로 가득했던 침실의 텅 빈 공기가 쓸쓸하게 느껴졌다.

권력에 미련이 남은 것은 아니었다. 세대교체는 자연스러운 세상의 흐름이다. 과거의 영광은 지난 추억에 불과했다.

'선조께 죄를 짓지 않고 가서 다행이구나.'

우여곡절이 많았으나 후계자를 찾아냈고 뒤를 맡겼다. 이제 미래는 그녀의 손이 닿지 못할 영역이었다.

"아델을 데려오너라."

그녀에게 남은 유일한 걱정이었다. 눈에 자꾸 밟히는 가여운 아이였다.

얼마 지나지 않아서 아델이 침실 안으로 뛰어 들어왔다.

"할머니!"

아델은 곧바로 침대로 달려갔다. 큰 베개를 등에 받치고 기대 앉아 있는 할머니의 품으로 안겼다. 울음을 터뜨리는 소녀를 시마는 두 팔로 안고 등을 쓸었다.

아델은 아까부터 기다리고 있었다. 중앙탑으로 많은 사람이 들어가고 있다는 멜의 말을 듣고 무슨 일이 벌어지고 있다고 느꼈다. 그녀가 바라는 것은 오직 하나뿐이었다. 건강히 일어나신 할머니가 그녀를 보고 웃어 주고 안아 주는 것이다.

"이제 괜찮으신 거죠? 다 나으신 거죠?"

시마는 대답 없이 희미한 미소만 지은 채 눈물로 젖은 아델의 얼굴을 닦아 주었다.

"참 많은 일이 일어났구나. 그렇지?"

아델의 얼굴을 어루만지며 시마의 눈도 촉촉이 젖었다.

'몹쓸 녀석. 뭐가 그리 급했누.'

끝내 제 아버지와 형의 뒤를 따라가 버린 둘째 아들을 떠올리면 미안하기도 하고 원망스럽기도 하고 가엽기도 했다. 아들의 죽음 이후를 수습하느라 제대로 슬퍼할 시간도 없었다. 그녀는 어머니의 자리보다는 대가문의 주인의 역할을 택했다.

시마가 오직 자신을 위해 택한 선택이 둘이 있었다. 첫 번째가 멀론을 데려와 가문의 족보에 넣은 일이고, 두 번째가 아델을 거둔 일이었다. 시간이 지나면서 멀론에게는 실망하는 일만 생겼고 아델은 더욱 더 시마에게 각별할 수밖에 없었다.

"아델. 할머니가 오랫동안 보살피지 못했던 손자를 찾았단다."

"……네."

"그 아이가 이제는 할머니 대신에 네 곁에 있어 줄 거야."

"……네."

할머니는요? 아델은 묻지 못하고 눈물만 쏟았다.

듣지 않아도 알 것 같아서 물을 수 없었다. 할머니는 쾌차한 것이 아니다. 곧 헤어져야 한다는 사실을 막연히 깨달았다.

"전 괜찮아요. 할머니. 제 걱정은 마세요. 저는 할머니와 함께 했던 모든 시간이 행복했어요."

시마는 눈을 크게 떴다가 아델을 품으로 안았다.

'그래. 너는 이렇게 많이 자랐는데 내가 알아주지 못했구나.'

큰아들 에단은 시마의 가슴에 박힌 가시였다. 에단이 어릴 때는 늘 시마를 졸졸 따라다녔다. 어머니를 세상에서 제일 사랑한다고 종알거렸다. 아이는 순식간에 자랐다. 어느 순간부터는 어머니에게 맞서기 시작했다. 그리고 어머니의 품을 벗어나 영원히 떠나 버렸다.

그래서 내심 아델이 자라지 않기를 바란 것을 아닐까. 아델이 자라지 않는 이유는 자신의 탓이 아닐까. 아델을 지켜보는 마음 한구석에는 죄책감이 있었다.

'아델. 이 할머니가 너를 위해 할 수 있는 일은 모두 하고 갈 거란다.'

죽음을 앞두고 주어진 의무를 모두 마친 지금에 이르러, 시마는 오직 자신만 생각하기로 했다. 그녀는 자신이 눈감는 순간에 남을 유일한 미련은 손자도, 가문도 아닌 이 소녀일 거라고 생각했다.

*　　　*　　　*

　론과 루터가 선두가 되어 이끄는 사람들의 무리는 계단을 내려가서 1층의 홀에 도달했다. 백여 명의 사람이 무리가 되어 움직이는 광경이 생소한지 지나가는 고용인들은 물러나 길을 트면서 계속 흘끔거렸다.

　승계 의식의 마지막 과정에 필요한 사람은 열 명 남짓이었다. 나머지 사람들은 그저 참관인이었다. 굳이 참석하지 않아도 되지만, 자격이 안 되면 매달려서라도 참석하고 싶은 과정이었다.

　대가문의 주인의 자리를 물려받는 승계 의식은 수십 년에 한 번 있는 이벤트였다. 이걸 놓치고 싶은 사람은 아무도 없었다.

　북쪽의 방향에 굳게 닫힌 흑색의 거대한 문이 있었다. 사람들이 다가오자 문을 지키고 있던 기사들이 검례를 올리며 문을 열었다.

　복도가 이어졌다. 길지 않은 복도의 막다른 길은 창살의 벽으로 가로막혔다. 창살 너머는 어두컴컴해서 보이지 않았다. 문을 열 때 함께 들어온 기사는 자물쇠를 풀었다. 창살은 벽이면서 동시에 문이었다.

　론이 먼저 안으로 들어갔다. 사람의 기척을 감지한 등이 불을 밝혔다. 내려가는 계단이 보였다.

"지하의 가장 아래층입니다."

루터가 설명했다. 더는 안내가 따로 필요하지 않으므로 루터는 론의 뒤로 물러섰다. 론은 계단을 내려갔다. 수십 개의 계단을 내려가니 나선형의 계단이 이어졌다. 깊은 아래쪽은 컴컴해서 보이지 않았다.

나선형의 계단은 너비가 좁은 편이라 두 사람이 나란히 설 수 있는 정도였다. 론이 계단을 밟을 때마다 벽에 박혀 있는 둥근 돌에서 빛이 나며 시야를 밝혔다.

한참을 내려갔다. 계단이 끝나자 복도가 나왔다. 복도를 따라 들어가니까 나오는 큼직한 돌문이 막다른 길이었다.

"가문의 불꽃에 대해 아십니까?"

루터의 물음에 론은 고개를 저었다.

"오직 대가문만 소유할 수 있는 신물입니다."

함께 온 기사들이 돌문의 양쪽 끝에서 장치를 조작했다. 스르릉 소리를 내면서 돌문이 옆으로 열렸다.

안은 넓고 어두컴컴했다. 하지만 지하의 깊은 곳이라는 사실을 염두에 두면 밝은 편이었다.

론은 깊은 지하에 어떤 보물을 꽁꽁 숨겨 두었나 궁금했다. 언뜻 보기에 반짝이는 귀물 같은 것은 없었다. 널찍한 석실은 사방이 둥근 원형이었고 돔형 천장이 매우 높았다. 지하를 밝히는 빛은 돔형 천장에 빼곡하게 박힌 둥근 돌에서 흘러나왔다.

석실의 중앙에는 제단이 계단형으로 높이 솟아 있었다.

"위로 올라가셔야 합니다."

론은 제단으로 올라갔다. 하나씩 계단을 디뎌 올라가는 그의 뒤를 루터를 비롯한 일곱 가문의 수장이 따랐다. 그리고 세 명의 마법사도 함께였다. 나머지 사람은 모두 밑에서 대기했다.

"하란의 건국 시조이신 대마법사 하란께서는 당신을 따른 무리의 대표 일곱 명에게 화로를 하사하시고 그들의 지배권을 인정하셨습니다. 대가문의 시작입니다."

론은 처음 듣는 하란의 건국사를 묵묵히 들었다.

제단은 오를수록 좁아졌다. 가장 높은 곳에 오르니 중앙의 화로를 둘러싸고 십여 명이 서 있을 공간만 남았다. 가슴 높이의 황동색 화로 위에서는 붉은 불이 타오르고 있었다.

무심히 불을 보다가 론은 좀 더 자세히 불꽃을 들여다보았다. 불꽃은 어떤 연료도 없이 그저 홀로 공중에서 타오르고 있었다. 열기도 느껴지지 않았다. 신비한 광경이었다.

"……평범한 불이 아니군요."

"이것이 가문의 불꽃입니다."

"마법인가요?"

"마법의 힘을 지니고 있습니다. 불꽃은 두 가지의 구별되는 특징을 갖습니다. 크기와 색깔입니다. 정점에 이를 때의 불꽃은 사람 키만큼 크고 색깔은 선명하게 붉습니다."

불꽃은 크지 않았다. 대략 두 손으로 감싸 쥘 수 있을 정도였다.

"변화의 원인은요?"

"색깔은 가문의 성쇠를 상징합니다. 평소에는 붉은색입니다. 노란색으로 변하면 위기입니다. 흰색으로 변하면 돌이킬 수 없습니다."

가문의 불꽃을 응시하는 루터의 눈빛에는 자긍심이 가득했다.

"레바스의 불꽃은 단 한 번도 붉은색을 잃은 적이 없습니다."

"……불꽃이 사라질 수도 있습니까?"

민감한 질문이었는지 수장들의 안색이 미묘하게 굳었다.

"결론만 말씀드리면 그렇습니다. 불꽃을 잃으면 대가문의 자격을 잃습니다. 새로운 대가문이 탄생합니다."

론은 타오르는 불꽃을 홀린 듯 쳐다보았다.

'이런 것이…… 대가문의 운명을 좌우한다고?'

대륙으로 치면 왕국의 성립과 소멸에 마법의 힘이 관여한다는 것이다.

'마법으로 그런 일이 가능하단 말인가?'

론이 용병단의 동료로 만난 줄리오는 마법사였다. 지금 생각하면 운이 좋았다. 대륙에서 제대로 된 마법사를 만날 기회는 거의 없었다.

줄리오 덕분에 진짜 마법을 접할 기회가 여러 번 있었다. 마법은 기적이 아니었다. 검술과 다를 바 없이 사람이 지닌 능력이었다.

하지만 가문의 불꽃은 줄리오가 보여 준 마법과 차원이 달랐다. 이런 것이 정말 사람의 능력으로 가능한 힘인지 의심스러웠다.

'내 거짓말은 여기까지인가.'

불꽃은 그를 거부할 것이다. 그는 진짜가 아니니까. 이제 끝났다고 생각하니까 차라리 홀가분했다.

"크기는 뭡니까?"

"크기는 가문의 생명력입니다."

루터의 표정이 침중해졌다.

"가문의 주인이신 성주님의 생명력이지요."

론이 휙 고개를 옆으로 돌렸다.

"이제 남은 시간이 많지 않습니다."

루터는 마법사에게 말했다.

"시작해 주십시오."

화로 주변으로 일정한 간격을 두고 사람들이 둘러 서 있었다. 루터는 아까 봉인한 양피지를 들고 있는 마법사에게 고개를 끄덕였다.

마법사 셋이 각각 자신의 잠금 마법을 풀었다. 통을 열고 나온 양피지를 꺼내서 역시 마법사 셋이 확인했다.

"마탑의 이름으로 원본이 틀림없음을 확인하오."

셋이 모두 같은 말을 끝낸 후 마지막 마법사가 양피지를 가문의 불꽃을 향해 던졌다.

불꽃에 닿은 양피지가 공중에서 뱅그르르 돌았다. 그리고 마치 물에 던져진 소금처럼 순식간에 사라졌다. 잠시 아무 일도 일어나지 않았다. 모두 숨소리조차 죽였다.

화악—

거대한 불꽃이 타오르기 시작했다. 선명한 붉은색의 불꽃이 사람의 키를 넘어 천장에 아슬아슬하게 닿을 정도로 너울거렸다. 어두웠던 석실이 마치 대낮처럼 환해졌다.

"레바스의 새 주인께 인사 올립니다."

루터가 무릎을 굽히고 바닥에 고개를 조아렸다. 마법사를 제외한 제단 위에 있던 자들과 제단 아래 있던 자들 모두 차례차례 바닥으로 고개를 숙였다.

론은 복잡한 눈으로 타오르는 가문의 불꽃을 응시했다.

눈앞의 결과를 믿을 수 없었다. 모든 것이 의문투성이였다.

같은 시각, 하란의 수도 '고난'의 중앙광장은 평소와 마찬가지로 한가로웠다. 광장에는 일곱 개의 첨탑이 있었다. 탑은 각각 조금씩 형태가 다르고 오르는 계단이 없었다. 높이 솟은 탑 꼭대기에는 거대한 수정이 박혀 있고 그 안에서 마법의 불꽃이 일렁거렸다.

일곱 개의 불꽃은 모두 붉은색이었다. 하지만 미묘하게 색이 달랐다. 선명한 붉은색도 있고 상대적으로 옅은 붉은색도 있었다.

"아! 저기!"

여기저기서 사람들이 외쳤다.

한 개의 불꽃이 작은 빛으로 변해서 수정구 안에서 빙글빙글 돌고 있었다. 변화의 징조였다.

"레바스잖아."

"레바스 대가문의 주인이 위중하다는 소문이 있던데. 얼마 전에는 후계자도 죽었다지."

"후계가 없어서 문을 닫을지도 모른다는 말이 있어."

"후계가 없어서 가문을 닫는다고? 대가문을?"

소풍을 즐기러 나온 사람들의 대화 소재가 공통된 것으로 바뀌고 지나가던 사람들이 걸음을 멈추었다. 수많은 시선이 탑에 모였다.

기이한 긴장감이 광장을 가득 채운 순간, 작은 불씨에 기름을 부은 것처럼 불꽃이 화악 타올랐다. 보기 드문 광경을 직접 목격한 사람들이 탄성을 지르고 일부는 손뼉 치며 환호했다.

"승계 절차가 끝났다."

"레바스의 주인이 바뀌었어."

소식은 발 빠르게 하란 전역으로 퍼질 것이다.

5장
서로에게 유일한

아델은 시마의 곁을 지키다가 시마가 잠이 든 후에 침실에서 나왔다. 욕심 같아서는 그동안 나누지 못한 이야기를 실컷 하고 싶었으나 힘들어 보이는 할머니를 성가시게 할 수 없었다.

남쪽 탑으로 돌아오는 아델의 어깨는 힘이 빠져서 축 늘어졌다.

"아가씨."

아델을 기다리고 있었는지 멜이 쪼르르 다가왔다. 눈치를 살피며 묻고 싶은 것이 많은 표정이었다. 아델은 멜에게 웃어 주었다.

"할머니는 괜찮으셔. 일어나셔서 말씀도 하시는걸."

"정말 다행이에요."

"그리고 할머니께 손자가 있대. 그동안 모르고 계시다가 찾았다고 하셨어."

"세상에! 그래서 중앙탑으로 사람들이 잔뜩 들어간 거군요!"

멜의 눈이 반짝거렸다.

시마가 오랜 혼수상태에 있는 동안 레바스 성의 분위기는 잔뜩 침체되어 있었다. 천성이 활달한 멜은 어두운 분위기가 견디기 힘들었을 것이다.

"어떤 분이신가요? 아가씨는 그분을 뵈었어요?"

이미 비공식적으로는 만났다. 아델은 잠시 망설이다가 고개를 저었다.

"멜이 알아보고 말해 줘."

"제가요?"

눈을 동그랗게 뜨는 멜은 자신에게 맡겨진 임무가 몹시 마음에 드는 것 같았다.

"다녀와. 난 잠시 낮잠을 잘 테니까."

"그럼…… 금방 다녀올게요. 아가씨."

멜은 헤헤 웃더니 신나는 기색을 감추지 못하고 금방 사라졌다. 다른 고용인들을 만나서 새로운 정보를 듣기 위해 중앙탑으로 가는 것일 게다.

소냐와 달리 멜은 온종일 아델의 곁에 붙어 있는 성실한 하녀는 아니었다. 특별히 할 일이 없으면 아델의 허락을 얻어 자리를 비웠다. 가끔은 허락도 없이 사라지기도 했다.

그렇게 수집한 온갖 이야기와 소문을 아델에게 들려주었다. 아델이 정보를 듣기 위해 멜에게 시킨 일이 아니었다. 그저 들쑤시고 다니기 좋아하며 수다를 즐기는 멜의 성향이었다.

멜의 친화력은 발군이었다. 성의 이곳저곳에 나이와 상관없이 친하게 지내는 하녀들이 많았다.

해야 할 일마저 팽개치고 다니는 건 아니라서 아델은 눈감아 주었다. 그리고 이야기를 듣는 재미도 좋았다.

침대에 앉아 있다가 아델은 침실에서 나왔다. 원래 조용한 남쪽 탑이 오늘따라 더 인적이 없었다. 그녀는 복도를 걷고 계단을 올라서 방문 앞에 도착했다.

문을 열고 응접실로 들어갔다.

침실 문을 두드렸으나 대답이 없었다. 다시 두드려도 답이 없었다. 조심스럽게 침실 안으로 들어가 텅 빈 방을 보다가 그녀는 짧게 탄식했다.

"이젠 없지. 난 바보인가 봐. 있을 리가 없는데."

남쪽 탑은 손님이 머무는 곳이다. 그는 할머니의 손자였다. 성주의 가족은 동쪽 탑에서 지내는 관습에 따라 그도 동쪽 탑으로 침실을 옮겼을 것이다.

이미 침실은 사람이 지낸 흔적 없이 잘 정돈되어 있었다. 아델은 말끔한 침실을 둘러보다가 소파에 앉았다. 다리를 올리고 무릎을 두 팔로 감쌌다.

'난 이제 어쩌지.'

막막했다. 할머니의 한마디가 끊임없이 머릿속에서 재생되었다.

「이제는 할머니 대신에 네 곁에 있어 줄 거야.」

"할머니를 대신할 사람이 있을 리가 없잖아요……."

그녀는 울적하게 중얼거렸다.

불과 몇 개월 사이에 익숙한 사람을 계속 잃었다. 오랫동안 그녀의 시중을 들었던 하녀는 성을 나갔고, 파울이 죽고, 할머니마저도 그녀의 곁을 떠날 것 같다.

'날 귀찮아할 거야.'

아델은 자신을 바라보던 그의 보라색 눈을 떠올렸다. 할머니와 닮은 눈이 건조하게 자신을 바라보는 것이 괴로웠다. 그의 눈에는 할머니처럼 따뜻한 애정이 없었다.

그녀가 자라지 않는다는 사실을 알면 그는 더 냉담하게 그녀를 볼 것이다. 언제까지 보살펴 주어야 할지 기약이 없었다. 그녀는 성가신 짐이었다. 정상적으로 자라면 나이가 찼을 때 적당한 혼처를 잡아 결혼이라도 시킨다지만, 아델에게는 해당 없는 일이었다.

'……그러고 보니 난 어떤 이유로 할머니와 살기 시작했지?'

고아라는 사실을 알고 그냥 덮었다. 더 알아보려고 하지 않았다. 묻지 않은 일을 할머니도 말해 주지 않았다.

아델의 첫 기억은 할머니와의 만남이었다. 그전에 어디서 살았는지, 어떤 계기로 할머니를 만났는지 기억에 없었다.

'왜 내 부모는 날 버렸을까. 할머니와 살기 전까지는 누구와 함께 살았을까.'

이런저런 생각을 하다 보니 괜히 서러워졌다. 아델은 무릎에 고개를 묻고 훌쩍훌쩍 울다가 소파에 누웠다. 눈을 감고 있다가 어느새 잠이 들었다.

늦은 오후에 접어드는 시간의 흐름에 따라 침실에도 어스름한 어둠이 찾아왔다.

침실 문이 열렸다. 론은 문 앞에 잠시 서 있다가 소파로 다가갔다. 소파에 웅크리고 자는 소녀를 내려다보았다.

아델이 예측한 대로 그는 이제 더는 이 방을 사용하지 않는다. 그가 원해서 방을 바꾼 것은 아니었다.

성주님을 뵙기 위해 방을 나설 때만 해도 방이 바뀔 거라는 사실을 몰랐다. 잠시 시간이 나서 조용히 쉬고 싶다고 했더니 사람들은 그를 낯선 방으로 안내했다.

그가 굳이 다시 온 이유는 이 방에 미련이 있어서가 아니라 그의 물건을 찾기 위해서였다. 그는 레바스 성에 올 때부터 갖고 있었던 중요한 서류를 남의 손이 타지 않도록 침실 안에 숨겨 두었다. 그것만 챙길 생각으로 왔다가 생각지 못하게 아델을 발견했다.

그는 소파 앞에 무릎을 굽히고 앉았다. 새근새근 잠든 소녀의 속눈썹 아래에 물이 고여 있었다. 손으로 살짝 볼을 건드리니 또르륵 굴러떨어졌다.

"매번 울면서 자는 거냐, 넌."

아델을 책임지고 보살피겠다고 시마와 약속은 했으나 그는 어린 여자아이를 어떻게 대해야 하는지 감을 잡을 수 없었다. 나이의 문제가 아니다. 그는 사람과 친해지기 위해 노력해 본 적이 없었다.

그는 시간이 나면 항상 검을 잡았다. 언제 죽을지 모르는 용병에게는 실력만이 생존법이었다. 목숨에 미련이 많아서가 아니라 만일의 경우에 레온을 지키기 위해서였다. 그의 실력이 레온을 뛰어넘기 시작하면서부터 그는 더 검술에 집착했다.

레온은 그와 달랐다. 내일 죽어도 오늘은 즐겨야 한다고 말했다. 녀석의 이상형은 왜 그렇게 매번 바뀌는지. 들르는 영지의 마을마다 한눈에 반하는 여자가 생겼다.

'녀석이라면 아이를 대하는 요령이 있었을 텐데.'

론은 이곳에 와서 어떤 상황과 마주칠 때마다 생각했다. 레온이라면 어떻게 했을까.

뒤끝이 없는 녀석이었다. 자신과 어머니를 버린 아버지에게 분노하고 있기는 했으나 깊은 원한을 품을 성격은 아니었다. 여기 와서 할머니를 뵙고 아델을 만난 후에는 누이동생이 생겼다며 기뻐했을 것이다.

'누이. 레온의 누이동생……'

레온의 누이동생이라고 생각하니까 아델이 남다르게 느껴졌다.

론은 일어나서 벽에 걸린 그림으로 다가갔다. 액자를 들추어 뒤에 끼워 둔 봉투를 꺼냈다. 다시 아델의 앞에 몸을 굽히고 두 팔을 아이의 목과 다리 아래에 넣어 안아 들었다. 닫힌 침실 문 앞에서 그는 고민했다.

한쪽 팔로 아델의 등을 받치면서 품으로 당겨 안았다. 덕분에 나머지 한쪽 손이 여유가 생겨서 문고리를 잡았다.

잠투정처럼 작은 소리를 내면서 아델이 그의 품으로 파고들었다. 가슴에 고개를 묻은 작은 얼굴에는 솜털이 보송보송했다. 아이의 얼굴을 보면서 그는 기분이 묘했다.

레온은 덜렁대는 편이었다. 보고 있으면 가끔 아슬아슬했다. 론은 어느새 자기도 모르게 레온의 보호자 역할을 자처하고 있었다. 그래도 어쨌든 레온은 건장한 사내 녀석이었다. 못 미더운 녀석이니 챙겨 줘야지, 생각했지만 내가 지키지 않으면 이놈은 죽어, 정도는 아니었다.

그런데 품에 안긴 소녀는 지켜 줘야 할 것 같았다. 가벼운 무게의 아이는 작고 약해 보였다. 무방비하고 어딜 봐도 빈틈투성이였다.

「지켜다오.」

시마가 부탁한 말이 가슴에 와 닿았다. 시마가 아델을 걱정하는 마음이 무엇인지 알 것도 같았다.

응접실로 나오니 그를 기다리고 있던 기사들의 눈이 휘둥그레졌다가 표정을 수습했다. 살짝 눈빛만 흔들린 앨런이 물었다.

"의사를 불러야 합니까?"

"아니. 잠든 것뿐이야."

"하녀를 불러 오겠습니다."

기사 한 명이 즉시 움직였다. '그럴 필요 없다.'라는 론의 말에 기사는 다시 제자리로 돌아갔다.

"아델의 방이 어디지? 알고 있나?"

"예."

앨런은 아델의 방으로 론을 안내했다. 조금 전에 돌아온 멜이 아델을 찾고 있었다. 도통 찾을 수가 없어서 정원을 둘러보려던 참이었다.

갑자기 나타난 기사들과 처음 보는 남자가 아델을 안고 오자 멜은 놀라서 고개만 푹 숙였다.

론은 침실로 들어가 아델을 침대에 눕혔다. 일어나려다가 다시 침대에 앉아서 아이를 들여다보았다. 얼굴을 덮은 잔머리카락이 신경 쓰였다. 그는 손을 든 채 머뭇거렸다. 조심스럽게 아델의 이마를 쓸어 올려서 머리카락을 정리했다.

아델을 보고 있으니 그의 마음 한구석에 안도감이 들었다. 붕 떠 있다가 발을 디딜 부분을 찾은 기분이었다. 아델을 지키고 보호해야 하는 일은 그에게 뚜렷하게 주어진 임무이자 면죄부였다.

'비겁한 변명이야.'

그는 쓴웃음을 지었다.

*　　*　　*

작고 허름한 방이었다. 낡은 침대 위에 소녀가 앉아 있었다. 금발의 푸른 눈동자를 가진 소녀의 모습이 익숙하다.

'나잖아……'

틀림없는 자신의 모습이었다. 정작 아델은 공기가 된 것처럼 실체가 없이 자신의 모습을 한 소녀의 주변을 떠다니고 있었다.

소녀는 혼자가 아니었다. 흰색 로브를 입은 노부인이 소녀와 눈높이를 맞추기 위해 침대 앞에 몸을 숙이고 앉았다. 아델은 노부인이 누군지 알고 있었다.

'대현자님.'

백탑의 대현자, 데보라가 틀림없었다. 데보라는 가끔 레바스성에 오곤 했다. 자주는 아니었고 일 년에 한 번 정도, 할머니를 만나러 왔다.

"이름이 뭐니?"

데보라의 물음에 소녀는 대답했다.

"아델 스톤."

"나이는?"

데보라의 물음에 소녀는 대답이 없었다.

"어제 무슨 일이 있었는지 생각나니? 뭐가 생각나는지 아무거나 말해 볼래?"

데보라가 이것저것 질문을 던졌으나 소녀는 전혀 반응하지 않았다. 아델은 자신이되 자신이 아닌 소녀의 표정을 자세히 들여다보았다. 소녀의 눈빛은 흐릿하고 초점이 없었다.

"이름이 뭐지?"

"아델 스톤."

데보라가 이름을 묻자 소녀는 대답했다. 오직 이 질문에만 대답할 수 있는 인형처럼.

"소리를 못 듣는 것도, 말을 못 하는 것도 아닌데……."

방에는 다른 사람이 더 있었다. 데보라처럼 흰색의 로브를 입은 남자 마법사였다. 그가 대답했다.

"아이가 어제 일로 충격을 많이 받은 모양입니다."

데보라가 혀를 찼다.

"왜 안 그렇겠나. 몹쓸 인간들 같으니라고."

"전 이런 곳에 사는 사람들은 더 순박한 줄 알았습니다."

"살다 보면 꼭 그렇지는 않더군."

"아이는 제가 데려갈까요?"

"어쩔 생각인가?"

"마탑에서 운영하는 고아원에 맡길까 합니다."

"하란으로?"

"대륙에 제대로 된 고아원이 있는지나 모르겠습니다. 그리고 아이가 워낙······."

로브의 남자는 소녀를 보며 말끝을 흐렸다.

"눈에 띄는 외모라서 어제와 같은 일은 반복될 겁니다. 마탑의 고아원이라면 최소한 이 아이가 성인이 될 때까지는 보호해 줄 테니까요."

"그건 그렇지."

아델은 마치 옆에서 들려오는 것처럼 생생한 두 사람의 대화를 들었다.

분명히 이것은 과거의 기억이었다. 지금 멍하게 앉아 있는 저 소녀는 자신이었다. 자신이 겪었던 일이다.

"아이는 당분간 내가 데리고 있지."

"대현자님께서요?"

"아이가 좀 정신을 차리면 차분하게 설명해서 충격을 조금이라도 덜 받도록 하고 싶군."

"혹시 제자로 거둘 생각이신지······?"

"아니야. 이 아이는 재능이 없어."

"설마. 그런 것도 보이십니까?"

"느낌이지. 하지만 틀린 적이 없는 느낌이라네. 자네도 나 정도가 되면 어떤 감각인지 알게 될 거야."

"그런 꿈같은 날이 오기나 할는지 모르겠습니다."

"왜. 자네 정도면 가능성이 충분하지."

두 사람이 주거니 받거니 말을 주고받는 동안에도 소녀는 눈만 깜빡이며 가만히 앉아 있었다.

"그럼 뒤처리는 자네에게 맡기지."

"예. 대현자님."

데보라는 아이의 작은 손을 쥐며 이름을 불렀다.

"아델."

그들을 지켜보던 아델은 갑자기 거센 힘에 빨려 들어갔다. 저항할 수 없는 강력한 힘이었다.

'꺄악, 뭐야!'

잠시 어지러웠다. 정신을 차려 보니까 눈앞에 초록색의 눈동자가 다가와 있었다. 데보라가 아델을 바라보는 시선이었다. 멍하게 앉아 있는 소녀의 몸 안에 자신이 들어와 있었다.

본능적으로 깨달았다. 원래 그녀의 몸이었다. 무슨 이유에서인지 그녀의 의식이 잠시 몸 밖을 빠져나갔다가 다시 제자리를 찾았다.

"나와 가자꾸나."

─해롭지 않아.

아델의 머릿속에서 울린 소리였다. 다른 누군가의 소리인지,

그녀의 내면에서 들린 소리인지 확실하지 않았다. 아델은 데보라를 한참 바라보다가 천천히 고개를 끄덕였다.

아델은 눈을 떴다.

'내 방.'

눈동자를 굴려서 익숙한 침실의 모습을 확인했다. 가슴이 쿵쿵 뛰어서 아델은 가만히 누워서 천장을 바라보았다.

'꿈……? 아니, 과거의 기억.'

조금씩 기억이 살아나기 시작했다. 그 방에서 데보라의 손을 잡고 나온 이후에 아델은 데보라와 한동안 여행을 했다. 조용하고 평온한 여행이었다.

데보라와 여행하는 내내 여전히 아델은 반응이 없는 백치 상태나 다름없었다.

그때의 자신의 상태가 어렴풋이 기억났다. 보이고 들리는 모든 것들이 그녀가 겪는 경험이 아닌 것처럼 가슴속에 와 닿지 않았다. 머릿속에 지독한 안개가 낀 듯 제대로 생각을 할 수가 없었다.

여행의 끝자락에 데보라는 아델을 데리고 레바스 성으로 갔다. 그리고 아델은 할머니를 만났다.

'날 이곳에 데려온 사람은 대현자님이었어.'

아델은 꿈에서 들은, 데보라가 다른 마법사와 나누던 대화를 곱씹었다.

'난 원래 대륙 사람이었구나.'

아무래도 아델은 뭔가 좋지 못한 일을 겪었다. 데보라는 우연히 아델을 도와준 것 같았다.

'무슨 일이었을까. 그때의 충격으로 기억을 잃은 걸까?'

여전히 아델은 더 어릴 때의 기억은 전혀 떠오르지 않았다.

'대현자님이라면 뭔가를 아실 거야. 그분께 여쭈어 보면 진짜 내 부모님과 내가 어디서 태어났는지 알 수 있을지도 몰라.'

아델은 일어나 앉아서 곰곰이 생각에 빠졌다.

"아가씨!"

아델은 흠칫 놀라며 고개를 들었다. 큰 소리로 아델을 부른 멜이 쪼르르 침대 곁에 다가왔다.

"아가씨. 대체 어떻게 된 일이에요?"

"뭐가?"

"기억나지 않으세요? 처음 뵙는 분이 아가씨를 침실로 데려오셨어요."

"아……."

"푸른 머리카락에 굉장히 근사한 분이었어요."

"그 사람이 날 데려다주었다고?"

"네. 근데요, 아가씨. 그분이 성주님이 찾으셨다는 새 후계자가 맞지요?"

아델이 고개를 끄덕이자 멜은 '역시!' 하고 소리치며 감격에 겨운 표정을 지었다. 그리고 호기심이 잔뜩 담긴 눈으로 아델을 바라보았다. 어떻게 된 일인지 자세한 이야기를 듣고 싶은 눈치였다. 아델은 슬그머니 멜의 눈빛을 외면했다.

'딱히 말해 줄 건 없는걸.'

아델은 그저 민망해서 얼굴이 화끈거렸다.

'날 한심하게 생각할 것 같아.'

난데없이 그 방에서 자고 있는 자신을 보고 그가 얼마나 어이가 없었을까.

"전 아가씨가 기뻐하실 소식을 가져왔는데 아가씨는 저한테 비밀이나 만드시고."

멜이 서운하다며 종알거렸다.

"기쁜 소식?"

"성주님께서 전언을 보내셨어요. 아가씨와 저녁을 함께 들자고 하세요. 둘이서 오붓하게, 라고 말을 붙이셨어요."

"진짜?"

아델이 활짝 웃다가 멜을 확 끌어안았다. 멜의 몸이 순간적으로 경직했다.

"우리 아가씨. 정말 좋으신가 보네."

멜도 웃으면서 마주 안아 주었다. 새침한 작은 주인은 이런 식으로 친근한 접촉을 하는 일이 거의 없었다. 아가씨가 자신에게 조금 더 마음을 열었다고 생각하니까 감격스러웠다.

처음에 멜은 아델의 전속 하녀가 되어 남쪽 탑에 올 때 걱정이 많았다. 성주님의 애정을 한 몸에 받는 데다가 알 수 없는 병에 걸려서 자라지 않는다고 했다. 오만하고 까다로울 거라고 편견을 가졌다.

하지만 막상 와서는 정말 외모만 보고 첫눈에 반했다. 이렇게 예쁜 아가씨라면 성격이 나빠도 용서할 수 있었다. 성격이라도 나빠야 한다고 생각했다.

하지만 아가씨는 성격도 좋았다. 친절하고 어른스러웠다. 괜한 변덕으로 속을 뒤집는 일도 없었다. 성격이 독립적이라서 소소한 일은 남의 손을 빌리지 않고 혼자 알아서 했다. 시간이 더 지나면서 멜은 작은 주인이 점점 더 좋아졌다.

'아가씨가 매일 매일 웃었으면 좋겠어요.'

멜의 소박한 소원이었다.

*   *   *

흰색 로브를 입은 나이가 지긋한 여인이 거무튀튀한 돌을 들고 유심히 바라보았다.

"어떻습니까? 대현자님."

"이게 어디서 나왔다고?"

"사울 왕국의 백작령에서 영지전이 있었다고 합니다. 상당히 많은 사람이 죽었다는데 그곳을 뒷정리하던 중에 나온 것을 빼내 왔습니다."

데보라는 다시 돌을 들여다보고 이리저리 돌려 보다가 고개를 내저었다.

"애매해. 어둠의 힘이 느껴지는 것 같기도 하고 아닌 것 같기도 하고. 본디 자연 상태에서도 어둠의 힘은 어느 정도 있기 마련이거든. 사람이 많이 죽었다니 더 그렇겠지."

"그럼 아닌 걸까요?"

데보라는 생각에 잠겼다. 흑마법으로 의심되는 흔적이 대륙에서 발견되었다는 소식이 전해진 후, 마탑은 지속해서 마법사들을 대륙으로 내보내 은밀한 조사를 이어 왔다.

데보라가 지닌 마력이 흑마법에 가장 민감하게 반응하기 때문에 조사단의 대표가 되어 많은 시간을 대륙에서 보냈다. 10년이 넘도록 개인적인 연구를 미루어 두고 조사에 참여하고 있으나 얼마나 중요한 일인지 알기에 불만은 없었다.

많은 돈과 시간을 투자했다. 그런데 결정적으로 뭔가 잡히는 것은 없었다. 미심쩍은 부분이 간혹 발견되니 손을 뗄 수도 없었다.

가장 좋은 것은 과민 반응으로 결론이 나는 것이고, 최악은 흑마법이 흔적을 남기지 않을 정도로 새로운 발전을 이루었다는 가정이다.

"이건 내가 가져가서 면밀하게 살펴봐야겠네."

"아, 그럼 마탑으로 귀환하십니까?"

"그럴 생각이야. 오랜만에 하란으로 돌아가는군."

데보라는 근 1여 년 만에 고국으로 돌아왔다.

하란에는 총 여섯 개의 마탑이 있다. 데보라는 그중 백탑에 소속된 마법사 중에 최고의 마법사를 뜻하는 대현자였다. 대현자는 보통 마탑의 대표자의 역할을 한다. 권력적인 지위가 아니라 일종의 상징과 같았다.

데보라는 오랜만에 마탑의 꼭대기에 위치한 자신의 연구실로 들어갔다. 안쪽에 중요한 서적이나 연구 자료를 모아 둔 작은 방은 굳건히 잠긴 채였다. 오직 그녀의 마력으로만 잠금을 풀 수 있으니 누군가 침입할 걱정은 없었다.

그녀는 소파에 앉아서 테이블 위의 바구니를 끌어당겼다. 쌓여 있는 부재중에 도착한 서신을 살피기 시작했다.

"흠. 지난달에 전당에서 학술회를 열었군. 주제가 흥미로운데……."

아무래도 발표 자료를 받아야겠다고 생각했다.

대충 발신인만 확인하면서 봉투를 넘기다가 데보라의 손이 멈추었다. 봉투의 상단에 찍힌 가문의 인장은 레바스 대가문의 것이었다.

"레바스에서 무슨 일이지."

봉투를 개봉해서 안에 든 서신을 꺼냈다. 서신을 읽는 데보라의 안색이 굳어졌다.

"이럴 수가."

데보라는 벌떡 일어났다. 그녀는 손끝에 마력을 집중했다. 주문을 외우는 동시에 빛이 흘러나오는 손으로 특정한 패턴을 공중에 그렸다. 그녀의 몸이 환한 빛으로 감싸이면서 이윽고 빛에 삼켜졌다. 소리 없이 폭발하는 강한 빛이 사라진 자리에는 아무것도 남지 않았다.

*　　*　　*

깊은 잠에 들지 못한 상태였다. 그래서 부름 소리를 듣고 론은 바로 잠에서 깨어났다. 침실 문이 반쯤 열려 있었다. 밖에서 새어 들어오는 빛이 어두운 침실로 쏟아져 들어왔다. 문 앞에 서 있는 사람이 그림자처럼 보였다.

"무슨 일이지?"

"도련님. 성주님께서……."

남자의 말이 채 끝나기도 전에 론은 벌떡 일어나 침대에서 내려왔다. 빠른 걸음으로 남자를 지나쳐 침실을 나갔다. 잠옷 차림인 것도 맨발인 것도 개의치 않고 그는 성주의 침실로 달려갔다.

성주의 침실 앞에는 고용인들이 모여 있었다. 그들이 열어 주는 문 안쪽으로 그는 천천히 걸어 들어갔다. 숨 막히게 조용했다. 침대 맡에는 병시중을 드는 간병인과 주치의가 숙연하게 두 손을 앞으로 모으고 서 있고, 흰색 로브를 입은 마법사가 시마의 손을 잡고 앉아 있었다.

마법사가 고개를 돌려서 론과 시선이 마주친 순간에 두 사람은 동시에 놀랐다.

"자네……."

데보라는 하고 싶은 말이 많은 표정으로 입술을 달싹이다가 일어났다. 지금은 우연한 재회에 놀라움을 표할 때가 아니었다. 론은 자리를 비켜 주는 데보라에게 고개를 숙인 후 침대로 다가갔다.

눈을 감고 누워 있는 시마는 힘겹게 호흡했다. 불과 오늘 낮에 흐트러짐 없이 호령하던 사람으로 보이지 않았다. 론은 의자에 앉아서 그녀의 주름진 손을 잡았다. 한참을 말없이 손을 잡고 있었다.

시마가 천천히 눈을 떴다. 보라색의 눈동자 속에 현기는 오간데 없고 초점이 흐릿했다.

시마의 입술이 작게 달싹거렸다. 론은 일어나 천천히 고개를 숙여 귀를 가까이 댔다.

"아델…… 부탁…… 행복……."

단어가 드문드문 이어졌으나 무슨 말을 하고 싶은지 충분히 알아들었다. 대답의 뜻으로 시선을 맞추고 잡은 손에 더 힘을 주었다.

시마의 입술이 부드럽게 휘어졌다. 크게 숨을 한 번 내쉬더니 허공을 응시했다.

"쉬고 싶구나."

방 안에 있던 모두에게 들릴 정도의 선명한 음성이었다.

론의 손을 쥐고 있는 미미한 힘이 갑자기 사라졌다. 영혼이 빠져나가는 순간이 이런 것일까. 론은 떠나는 사람을 붙잡는 것처럼 더 꽉 손을 잡았다. 아마 평생 이 느낌을 잊을 수 없을 것이다.

눈을 감은 시마는 아주 편안한 미소를 짓고 있었다.

이상했다. 오늘 처음 뵌 분이었다. 어떤 분인지도 모른다. 그런데 론은 자신을 지탱하던 기둥을 잃은 상실감을 느꼈다. 현기증이 날 것 같아서 그는 눈을 감았다.

어쩌면 그는, 레온의 흉내를 내면서 자신이 레온이라는 말도 안 되는 착각에 잠시 빠졌는지도 모르겠다. 잃어버렸던 진짜 자신을 찾고 존재하는지 몰랐던 가족을 만나서 쌓였던 앙금을 풀었다는 그러한 착각.

그는 침대 아래에 무릎을 꿇고 두 손으로 시마의 손을 잡았다. 침대에 고개를 묻은 채 그는 격렬하게 휘몰아치는 자신의 마음을 다스렸다.

'죄송합니다.'

마지막까지 진실을 알릴 수 없었다. 이분은 끝내 거짓을 진실로 알고 떠나가셨다.

'절 용서하지 마십시오.'

작은 흐느낌이 그를 깊은 상념에서 깨어나게 했다. 시간이 꽤 흐른 모양이었다. 고개를 들고 주변을 둘러보니 어느새 소식을 듣고 달려온 사람들이 열린 침실 문 밖에 모였다. 고개를 숙이고 침통하게 서 있는 자들이 소리를 죽여 울었다.

그는 일어나면서 잠시 비틀거렸다. 상당히 오래 무릎을 꿇고 있었는지 다리에 감각이 없었다. 주변에서 재빠르게 부축하려는 것을 그는 손을 들어 거부했다.

"아델을 데려오시오."

집사가 대답하더니 하인에게 귀엣말을 건네어 내보냈다.

론은 시마의 손을 내려놓으면서 그녀를 덮은 이불을 정돈했다. 두 팔을 가지런히 옆으로 둔 상태로 눈을 감고 누워 있는 모습은 잠든 사람처럼 평온했다.

"바실 수장. 자리에 있소?"

"예."

루터는 오늘 귀가하지 않고 성에 있었던 터라 소식을 듣자마자 빠르게 올 수 있었다. 론의 곁으로 다가오는 그의 눈이 붉게 충혈되었다.

"장례식의 절차는 어찌 되오?"

"국장으로 치름이 어떠신지요?"

질문으로 되돌리는 루터의 대답이 의아했다.

"난 전례를 묻는 거요."

"……레바스의 전통에 따르면 닷새의 가족장으로 치러집니다. 하지만 다른 대가문은 모두 국장의 형식을 택합니다."

가주의 죽음은 비극이면서 동시에 새 주인을 맞기 위한 준비이기도 했다. 장례식에는 고인과 관련 있는 대부분 사람이 참석한다. 관련 없는 사람에게도 부고장을 보내서 만남의 기회로 삼을 수 있었다.

대가문이면서 가족장을 치르는 레바스가 이례적이었다. 모든 대가문은 대단히 성대하게 장례식을 진행했다. 후계는 장례식에 들이는 정성으로 선대 성주에 대한 존경심을 나타내면서 많은 사람과 인사를 나누는 자리로 이용했다.

"자연스럽게 도련님을 드러낼 수 있습니다."

하루아침에 나타난 후계자였다. 승계 절차가 끝났다는 사실은커녕 그의 존재조차 모르는 사람이 대다수였다. 법에 따라 가주의 자리를 받기는 했으나 그는 가진 기반이 전혀 없었다. 루터는 장례식을 기회로 삼으라고 조언하고 있었다.

론은 고인을 바라보다가 잠시 후에 대답했다.

"전통을 깰 생각은 없소."

가신 분을 애도하는 자리까지 정치적으로 이용하고 싶지 않았다. 위선이라고 할지라도 지금은 위선자가 되겠다.

"가족장으로, 외부의 조문객도 받지 않겠소. 절차의 진행은 바실 수장이 맡아 주시오."

"예…… 성주님."

론의 손끝이 움찔했다. 두 사람의 대화를 귀 기울여 듣고 있던 자들의 표정도 변했다. 이미 론은 승계 절차를 마쳤지만, 주변에서는 그를 계속 도련님이라고 부르고 있었다. 엄연히 성주가 생존해 있기 때문에, 일종의 예우였다.

대가문은 대개 가주가 생존 중에 승계 절차를 진행했다. 독특한 절차의 방식 때문이었다. 그러면 호칭의 변동은 가장 나중이었다. 선대 가주가 공식적인 자리에서 선언하고 나서야 호칭까지 이어받는, 완벽한 승계가 이루어졌다.

시마의 죽음으로 그는 이제 완전한 대가문의 주인이 되었다.

새 주인을 맞는 새로운 시대가 열렸다. 한창 혈기 넘치는 나이의 젊은 새 주인은 과연 레바스를 어떤 모습으로 이끌어 갈 것인가. 주인의 죽음을 슬퍼하는 마음과는 별개로 모여든 사람들의 가슴속에 기대감이 싹트고 있었다.

론은 장례 절차에 관하여 몇 가지 질문을 하고 루터는 대답했다. 대화를 나누던 론이 말을 멈추고 고개를 돌렸다. 두 사람을 지켜보던 다른 사람들의 시선이 자연스럽게 론의 시선을 따라갔다.

막 침실로 들어선 아델이 하얗게 질려 있었다.

아델은 오도카니 서서 움직이지 못했다. 발걸음이 떨어지지 않았다. 온몸이 마구 떨리기 시작했다.

누군가 손을 잡는 느낌에 아델은 고개를 돌렸다. 어느새 다가온 론이 아델의 손을 잡아끌었다. 아델은 멍한 표정으로 이끄는 대로 겨우 걸었다. 침대까지 몇 걸음의 거리가 대단히 멀었다.

침대 곁에 서서 잠든 것처럼 누워 있는 시마를 내려다보았다.

'주무시는 게 아니야.'

"……할머니?"

아델은 두 손으로 할머니의 손을 잡아서 들어 올렸다. 손이 떨려서 놓치고 말았다. 할머니의 손이 힘없이 툭 떨어지는 모습을 보면서 아델은 공포에 질렸다.

"안 돼. 안 돼……."

할머니의 얼굴을 두 손으로 감싸 쥐었다. 어떤 반응도 없었다. 불과 반나절 전에 할머니와 마주 앉아서 저녁을 먹었다. 두 사람은 식사를 마치고 꽤 한참 동안 지나간 추억을 이야기하며 웃었다. 할머니는 조금 쉬면 곧 자리를 털고 일어날 것 같았다.

"안 돼요. 할머니. 제발…… 이러지 마요. 할머니!"

비명 같은 울음이 터졌다.

어쩌면 아델은 지금 이 자리에 모인 사람 중에서 시마의 죽음 자체를 애통해하는 거의 유일한 사람이었다. 시마의 죽음이 미치는 영향이나 레바스 가문이 어찌 되든 그것들은 전혀 아델의 관심사가 아니었다.

아델은 시마의 몸을 붙들고 엉엉 울었다.

서러운 아이의 통곡은 사람들의 심금을 건드렸다. 숙연한 분위기 속에서 흐르는 눈물만 닦아 내던 사람들이 점점 소리를 내어 울기 시작했다. 곧 침실 안이 사람들의 울음소리로 가득 찼다.

시간이 어느 정도 흐른 후에 론은 루터에게 나직하게 말을 건넸다. 루터는 고개를 끄덕이고 모여든 사람들을 모두 침실 밖으로 데리고 나갔다. 이제 침실에는 아델의 흐느낌 소리만 외롭게 울렸다.

*　　*　　*

얼마나 울었는지 모르겠다. 아델은 머리가 지끈지끈 아팠다. 더는 소리도 나오지 않아서 침대에 엎드려 고개를 기댄 채 넋이 나갔다. 눈물샘이 고장이 났는지 계속 눈에서 물이 흘렀다.

다가올 미래라고 어렴풋이 생각은 하고 있었다. 하지만 너무 갑작스러웠다. 아직 마음의 준비를 하지 못했다. 그녀는 이제 완전히 혼자가 되었다.

"……탈진할…… 진정이 필요……."

누군가가 하는 말이 제대로 귀에 들어오지 않았다.

뒤에서 누군가 그녀의 어깨를 잡아 일으켰다. 모든 게 귀찮아서 만지지 말라고 하고 싶은데 그런 말도 나오지 않았다. 몸에 힘이 전혀 들어가지 않았다. 일어나면서 동시에 바닥으로 몸이 쓰러졌다.

바닥에 부딪치면 아플까? 아델은 멍하게 생각했다. 그런데 바닥에 닿기 전에 강한 힘이 아델의 몸을 붙들었다. 그리고 눈앞이 까맣게 어두워졌다.

론은 축 늘어지는 아델을 안아 들었다. 소파에 눕히고 주치의가 즉시 살피도록 했다.

"탈진해서 정신을 잃으셨습니다."

"충격이 큰 모양이군. 가엾게도."

계속 함께 있었던 데보라가 다가와서 아델의 가슴 위에 손을 올렸다. 데보라의 손에서 은은한 빛이 흘러나와 아델의 몸을 부드럽게 감싸다가 사라졌다.

"푹 잘 수 있도록 약간의 도움을 주었소."

"감사합니다."

"이 아이는 나와도 인연이 있으니……."

데보라는 애잔한 눈으로 아델을 보았다.

"잠시 시간을 내어 주지 않겠소? 오래 걸릴 이야기는 아니오."

데보라는 자신을 바라보는 보라색 눈동자를 보면서 용병이었던 청년과의 인연을 떠올렸다. 레바스 가문의 혈족이 보라색 눈을 지닌다는 사실을 알면서도 청년과 연결 짓지 못했다. 대륙에서 만난 용병이 레바스 가문과 관계가 있을 거라고 짐작하기는 무리였다.

"예. 대현자님."

론은 집사에게 일러서 아델을 방에 데려다 눕히라고 명한 후에 자리를 옮겼다. 두 사람만 대화를 나눌 수 있도록 모두 자리를 피해 주었다.

성주가 다른 사람과 독대하는 일은 민감한 사안이지만, 마법사는 제외였다. 하란에서 마법사는 철저하게 중립의 위치를 지켜야 하며 대가문의 정치에 관여할 수 없었다. 건국 이래로 그러한 원칙은 깨어진 적이 없었기에 하란의 마법사들은 객관적인 자신들의 위치를 구축할 수 있었다.

"오랜만일세. 이런 자리에서 만나게 될 줄은 몰랐군."

"……예."

"자네 조모와 나는 막역한 친구 사이였네. 말을 편히 한다고 불쾌하게 생각하지 말게."

"괜찮습니다. 편히 하십시오."

"자네의 과거는 비밀인가? 그러기를 바라면 대륙에서 자네를 만난 일을 잊겠네."

데보라가 사람들이 있는 자리에서 아는 척을 하지 않은 이유였다.

"용병이었던 과거가 그다지 자네에게 도움이 되지는 않을 거야. 하란에는 용병이 없네. 그리고 사람들이 대륙의 용병에게 갖는 선입견이 있지."

하란이 대륙과 교류를 시작한 수십 년 전에 하란의 백성들은 대륙의 용병을 번듯한 직업의 하나로 생각했다. 하지만 사실 용병은 근거지 없이 떠돌아다니는 바닥 계층이었다. 대륙에 진출한 하란의 백성들은 그들과 엮이며 사기, 강도 등의 범죄를 겪었다. 지금 와서 대륙의 용병은 상종 못할 범죄자 정도로 인식되었다.

"아닙니다. 용병으로 살면서 부끄러운 짓은 한 적이 없습니다. 부정할 생각은 없습니다."

"올바른 생각이네."

사람됨이 나쁘지 않은 것 같아서 데보라는 적잖이 안심이 되었다.

"자네가 시마의 손자였다니. 세상일은 참 알 수가 없어."

대륙에 나가 있는 1년 사이에 친구에게 큰일이 일어난 줄을 모르고 있었다. 두 사람의 우정은 상당히 오래되었으나 외부에 알려지지는 않았다. 한 사람은 대가문의 주인, 한 사람은 대현자였다. 워낙 민감한 자리이다 보니까 사적인 관계를 드러내기 어려웠다.

친구라고는 해도 두 사람은 여느 사람들과는 달랐다. 마음으로 서로에게 의지할 뿐 만나는 일은 많지 않았다. 특히 데보라가 대륙에 오래 나가 있으면서 두 사람의 만남은 더욱 뜸해졌다.

시마는 친구를 배려해서 평소에 따로 연락을 시도하지 않았다. 그래서 시마에게 일어난 일들을 알리는 서신이 다른 평범한 편지들과 섞여서 데보라의 연구실에 그저 방치되어 있었다.

늦었지만, 친구와 마지막으로 짧은 대화라도 나누고 임종을 지킬 수 있어서 다행이었다.

"자네를 따로 보자고 한 이유는 아델 때문이네."

친구가 죽음을 앞두고 마지막으로 걱정한 것은 가문이 아니었다.

"아델을 어쩔 셈인가?"

"질문하시는 뜻을 모르겠습니다."

"아델은 성주의 손녀가 아니네. 알고 있는가?"

"알고 있습니다."

"자네가 보살필 의무는 없어. 내키지 않으면 내가 데려갈까 해서 말이네."

"성주님께서는 제게 아델을 부탁하셨습니다."

"하지만 아델에 대해 자세한 이야기를 들을 시간은 없었겠지. 아델은 올해로 열아홉 살이네. 이것도 알고 있나?"

"……열아홉 살……이라고요?"

담담하게 대답하던 론이 처음으로 동요했다.

"그 아이는 자라지 않는 병에 걸렸어."

론은 아델의 아이답지 않은 말투나 표정이 이제 이해가 되었다.

"지속적인 보살핌이 필요하다는 말이네. 먹고 입히는 물질적인 풍요를 제공하는 것만으로는 안 돼. 자네의 조모는 아델을 딸처럼 아끼고 보살폈지. 자네가 할 수 있을까?"

"제가 그분을 완전히 대신할 수는 없겠지만 최선을 다할 겁니다. 하지만 대현자님께서는 제게 자격이 없다고 생각하시는 것 같습니다."

데보라는 론을 잠시 바라보다가 작은 한숨을 내쉬었다.

"자네는 젊어."

데보라는 친구의 걱정이 이해되었다. 청년은 젊고 미혼이었으며 매력적이었다. 젊고 잘난 권력자를 동부의 사교계에서는 가만두지 않을 것이다.

"머지않은 장래에 결혼하고 가족을 갖게 되겠지. 그러면 아델의 위치가 상당히 모호해. 자네는 언젠가 아델이 부담스러워질 거야."

"일어나지 않은 미래의 일로 저를 재단하려 하시는군요."

론은 조금씩 언짢아졌다. 그는 시마와 약속했다. 약속을 충실히 지키는 일은 그가 가진 죄책감을 조금이라도 덜어 낼 수 있는 방법이었다. 그에게 약속이라는 명분은 매우 중요했다.

"저는 그분과 약속했습니다. 제가 약속을 깨는 일은 없을 겁니다."

데보라는 심란한 표정이었다. 확고한 론의 태도가 미더워 보이면서도 솔직히 그를 믿을 수 없었다.

"아델에게 직접 묻는 것은 어떻습니까?"

"아델이 원하는 대로 하자는 거군."

"본인의 의사가 가장 중요합니다."

"하긴, 아델의 말을 듣지 않고 우리끼리 왈가왈부할 수는 없지. 나도 아델을 데려가려면 준비가 필요하니까. 그럼 당분간 아델을 잘 부탁하네."

'당분간'이 아니라 '영원히'라고 론은 속으로만 생각했다.

"제가 당연히 해야 할 일입니다."

"내가 지나치게 관여한다고 불쾌해하지는 말게. 아델이 나와 무관하지 않으니 모른 척할 수가 없어서 그런다네. 아델을 레바스 성에 데려온 사람이 나거든. 하지만 아델은 그걸 기억 못 하지."

"아델은 자신이 성주님의 손녀가 아니라는 사실을 알고 있었습니다."

"그것도 사건이 얽혀서 알게 된 일이고……. 아델에 대해서는 자네도 다 알아 두는 편이 좋겠지. 아델은 원래 대륙 출신이네. 내가 대륙에서 우연히 그 아이를 구했네."

데보라는 오래전에 겪었으나 여전히 기억이 생생한 그때 그 일을 떠올렸다. 그건 그녀가 대륙에서 최초로 접한 야만적인 사건이었다.

당시에 데보라는 대륙의 이곳저곳을 답사하던 중이었다. 우연히 산속 깊은 곳에 위치한 마을에서 귀한 약초를 대량으로 거래한다는 정보를 얻었다.

마침 약초가 필요하기도 하고 자생 조건이 극히 까다로운 약초가 대량 서식하는 마을의 생태가 궁금해서 직접 찾아갔다. 그리고 생각지 못했던 범죄 현장을 목격했다.

"그자들은 본래 마을 주민이 아니었네. 마을과 거래하는 상단 마차를 호위하던 용병이었지. 그들은 우연히 아델을 보고 납치를 계획했다고 말했네."

"……인신매매범이었군요."

충분히 벌어질 만한 일이었다. 론은 아델을 처음 봤을 때 그런 위험의 가능성을 떠올렸다.

"자네도 알지? 대륙에서는 아동을 납치해서 매매하는 일이 빈번하게 벌어진다네."

"예. 압니다."

용병에도 급이 있다. 론이 몸담았던 용병대는 적어도 그런 쓰레기는 아니었다.

"아델은 홀어머니와 살던 아이였지. 그런데 아이 어머니가 아이를 빼앗기지 않으려고 격렬하게 거부하다가 그들에게 얻어맞고 죽었어. 아이의 눈앞에서 말이야."

론의 눈이 서늘하게 가라앉았다.

"더 끔찍했던 건 마을 주민들이 그걸 용인했다는 거야. 왜냐하면 아이의 어머니가 정신이 살짝 이상했거든. 인간은 끔찍한 구석이 있어. 약자를 보호하지 않고 짓밟으려 들지. 모든 인간이 그런 것은 아니지만."

데보라는 당시에 충격을 많이 받았다. 그녀는 한 번도 약자의 위치에 서 본 적도 없고 주변에서 약자를 억압하는 현장을 본 적도 없었다. 어려서부터 천재적인 자질을 지니고 마법사의 길로 들어선 이후로 좌절을 모르고 승승장구했다. 주변 사람은 모두 이성적이고 합리적인 마법사들이었다. 그녀는 자신이 인간이라는 사실이 항상 자랑스러웠다. 당시의 사건은 그녀가 인간을 다시 보고 다시 생각하게 하는 계기가 되었다.

"아델은 그 일로 한동안 정상이 아니었네. 자폐 증상을 보였지. 레바스 성으로 데려올 때만 해도 무슨 말을 해도 반응이 없고 전혀 말을 하지 않았어. 아델이 보통의 아이처럼 웃고 말하기 시작한 것은 레바스 성에서 지낸 지 일 년 정도 지난 후부터였다네. 시마가 사랑으로 아델을 보살핀 덕분이었지."

"아델이 대현자님을 기억하지 못한다는 말씀은……."

"아델이 당시의 끔찍한 사건을 아직 기억하지 못한다는 것이지. 난 그 아이가 영원히 기억하지 않기를 바라."

데보라는 아이의 기억을 자극하지 않으려고 아델과 친분을 만들지 않았다. 간단한 인사로 안면만 익히고 가끔 레바스 성에 올 때마다 친구로부터 아델의 소식을 전해 들었다.

"하지만 무의식중에 아델에게 영향을 미치는지도 몰라. 아델이 자라지 않는 것이 그래서가 아닐까 생각하네."

론의 생각은 달랐다.

'병이 아니야.'

불분명한 출생 신분, 사람을 매혹시키는 외모, 나이를 먹지 않는 이상 현상과 주변에 나타난 빛무리.

그는 비슷한 사람을 알고 있었다. 빛무리를 봤을 때만 해도 설마 했지만 데보라의 말을 듣고 나니 틀림없었다.

'고약한 장난질이다.'

세상의 섭리에 간섭하는 절대적인 힘이 존재한다면 묻고 싶었다.

대체 내게 왜 이러냐고.

아델은 그가 가장 잊고 싶어 하는 기억과 맞닿은 존재였다. 아름다웠고 그만큼 불행했던, 그의 친어머니를 지나치게 닮았다.

"그때 자네와 함께 있었던 마법사 말이네. 안부를 물어도 되겠나?"

데보라는 대륙에서 만났던 인상적인 천재 마법사를 그 후에도 종종 생각했다.

"……모르겠습니다. 헤어진 뒤에는 소식을 모릅니다."

론은 줄리오와 사울 왕국의 백작령을 도망치듯 떠나서 도시국가 덴버로 갔다. 덴버의 유명한 정보 상인에게 그간 벌었던 돈을 모두 쏟아부어서 백작령에서 일어난 사건의 진상을 의뢰했다.

두 사람은 헤어질 때 서로의 행선지를 묻지 않았다. 혹시 모를 추격자가 있을 가능성 때문이었다.

「살아 있으면 언젠가는 만나겠지. 살아라. 악착같이 살아, 론.」

줄리오는 값비싼 정보 의뢰비를 보태 주었다. 줄리오가 아니었으면 론은 정보를 사는 일조차 할 수 없었다.

"그런가. 한 번 더 만나서 이야기를 나눠 보고 싶었는데."

데보라는 아쉬워했다.

"그때 조사하신다는 일은 잘 해결되었습니까?"

"음…… 결과적으로는 잘 되었지. 대륙에서 국경을 넘나들며 인신매매를 일삼았던 거대 조직이 괴멸되었으니까."

"그런 일이 있었습니까?"

"아주 떠들썩했는데 몰랐나?"

"예……."

론과 줄리오는 사람의 눈을 피해서 이동했다. 그리고 론은 오직 덴버에서 정보를 얻을 목적만 머리에 꽉 차서 다른 일에 관심이 없었다.

"하시던 일에는 도움이 되었나 봅니다."

"꼭 그렇지는 않았네. 그런 방식의 해결을 바랐던 것이 아니어서……. 내 말은 많은 사람들에게 잘 되었다는 뜻이라네. 더는 무고한 희생자가 나오지 않을 테니까. 난 사실 그 일보다는 다른 사건에 더 관심이 있었지. 백작령에서 사람이 많이 죽었는데 좀 이상했거든."

론의 눈에 날카로운 빛이 스쳐 지나갔다.

"바쁜 자네를 붙들고 내가 말이 많았군. 친구를 보내서 마음이 헛헛해서 그런가."

이야기를 끝내려고 하자 론이 다급히 물었다.

"대현자님. 말씀하신 백작령에서 일어난 사건에 대해 듣고 싶습니다."

데보라는 의아한 표정을 지었다.

"제가 몸담았던 용병대가 백작령에서 많이 죽었습니다. 혹시 사울 왕국 아닙니까?"

"맞네. 도대체 거기서 무슨 일이 있었던 건가?"

"제가 여쭙고 싶은 겁니다."

론은 허탈하게 대답했다.

"내가 얻은 건 현장에서 나온 증거물뿐이네."

"증거물이요?"

"지금은 뭐라고 말해 줄 수가 없군. 조사를 끝내지 않은 물건이라."

"조사가 끝나면 그 증거물을 제게 보여 주실 수 있겠습니까?"

데보라는 즉시 대답하지 못하고 주저했다. 증거물은 엄격히 관리했다. 그녀의 권한으로 처리하기 어렵지는 않지만, 그녀는 권한을 남용하는 사람이 아니었다.

"자네가 본다고 도움이 될 만한 증거는 아닌데……."

"부탁드립니다. 아주 작은 단서라도 얻고 싶습니다. 그 일로 많은 사람이 죽었습니다."

친구의 손자가 간절히 청하는 부탁을 거절할 수 없었다. 그녀도 사사로운 인연에 얽매일 수밖에 없다. 아무리 객관적인 위치를 고수해도 마법사 역시 '사람'이었다.

"알겠네. 조사가 끝나면 자네에게 보내 주지."

"감사합니다. 대현자님."

*   *   *

아델이 잠에서 깨어났을 때 이미 날이 환하게 밝아 있었다.

'인제 할머니가 내 곁에 없어.'

의식이 없는 할머니를 뵙지 못해도 씩씩하게 오랜 시간을 견뎠다. 하지만 영영 할머니를 볼 수 없게 된다는 것과는 완전히 의미가 달랐다.

다시 눈물이 흘렀다. 아델은 침대에 누워서 베갯잇이 축축해지도록 계속 울었다.

"아가씨."

침대로 다가온 멜의 눈은 퉁퉁 부어 있었다. 멜은 웃음도 눈물도 많았다. 아델의 일로도 자신의 일인 것처럼 심각해지고 대신 화를 냈다. 멜이 스텔라의 욕을 늘어놓으면 아델은 말조심해야 한다고 말하면서도 속으로는 후련했다. 하지만 지금은 멜의 눈물이 전혀 위로가 되지 않았다.

'멜은 몰라.'

그녀의 고통을 멜이 알 리가 없었다. 소중한 사람을 잃었다는 슬픔과 더불어 낯선 세상에 혼자 떨어진 것 같은 아득한 공포였다. 그녀의 외로움을 누구도 모를 것이다.

아델은 멜이 다시 한 번 부르는 말에도 대답하지 않고 외면하듯 눈을 감았다.

멜은 곁에서 훌쩍거렸다. 잠시 후에는 침실을 나갔는지 조용해졌다. 하지만 얼마 후 다시 들어온 멜이 다시 조용히 아델을 불렀다. 눈을 감고 있으니 자고 있다고 생각하는 것 같았다.

멜은 수시로 나갔다가 들어오기를 반복했다. 아델은 계속 멜의 부름에 대답하지 않았다. 모든 게 귀찮았다.

"아가씨. 뭘 좀 드셔야 해요."

시간이 지날수록 멜은 초조해졌다. 저녁이 다 되어 가는데 아델은 물 한 모금도 입에 대지 않았다.

멜은 오전에 집사인 마틸다 고모에게 불려 가서 의사의 주의 사항을 듣고 왔다. 큰 충격을 감당하기에는 아델의 몸이 어리기 때문에 이상한 증상을 보이면 즉시 알려야 한다고 말했다.

"아가씨. 주무세요? 눈 좀 떠 보세요. 배고프지 않으세요? 제가 우유를 넣은 수프를 끓였어요. 제가 끓인 우유 수프를 좋아하시잖아요."

아델은 반응하지 않았다. 듣고 있으나 대답하고 싶지도, 뭔가 먹고 싶지도 않았다. 몸이 나른하게 처졌다.

곁에서 계속 떠들던 멜이 사라지고 다시 조용해졌다. 아델은 '드디어 멜이 포기했나 보다.'라고 생각했다.

"아델."

나직한 저음이었다. 아델은 놀라서 눈을 떴다. 푸른 머리의 남자가 침대 맡에서 그녀를 내려다보다가 침대에 걸터앉았다. 보라색 눈동자를 보니까 겨우 진정되었던 서글픈 감정이 다시 요동쳤다. 눈시울이 뜨거워지고 눈물이 흘렀다. 아델은 베개에 고개를 묻었다.

"뭘 좀 먹어야지."

"……."

"물이라도 마셔."

"……먹고 싶지 않아요."

멜에게 하듯 무시할 수 없었다. 그는 이제 레바스 성에서 가장 높은 사람이었다.

"오늘 아무것도 먹지 않았다며. 일어나 봐."

"싫어요."

"억지 부리지 말고."

"억지 부리든 말든 내버려 둬요. 상관없잖아요."

"상관없지는 않아. 네 법적보호자로서의 위치를 내가 이어받았으니까."

아델은 눈을 크게 떴다가 허탈한 한숨을 쉬었다. 언제나 모든 일이 그녀의 의지와는 상관없이 돌아갔다.

"죄송해요. 제 법적보호자께 나중에 예의를 갖추고 인사드릴게요."

'법적보호자라고?'

딱딱하고 차가운 호칭이었다. 그런 단어로 할머니와 자신의 관계를 정의할 수 없었다. 심사가 뾰족해졌다.

아델은 그를 등지고 돌아누웠다.

론은 아델의 작은 등을 멀뚱히 보다가 피식 웃었다. 자라지 않는 병에 걸렸다는 데보라의 말처럼 제대로 빈정댈 줄 아는 것을 보니까 확실히 어린아이는 아니었다.

"일어나. 세 번은 말 안 해."

아델은 고집스럽게 등을 보인 자세로 꼼짝하지 않았다.

그는 아델의 억지 고집까지 들어주고 맞추어 줄 생각은 없었다. 반항하듯 돌아누운 아델의 어깨를 잡아 돌리면서 몸의 아래에 팔을 넣어 일으켰다.

"뭐예요? 하지 마요!"

아델은 강제로 힘이 가해지는 방향과 반대로 몸을 비틀었다. 있는 힘껏 거부하는데도 그녀의 허리를 감은 팔에 힘이 전혀 줄어들지 않았다.

"하지 말라고요. 만지지 마!"

그녀는 있는 힘껏 발버둥 쳤다. 힘으로 당해 낼 수 없는 무력감이 싫었다. 그녀는 약했다. 아이니까. 그래서 그녀는 힘으로 자신을 제압하는 행위를 끔찍하게 싫어했다.

자신의 거부 의사를 무시하는 그에 대한 분노와 아무것도 못 하는 자신에 대한 짜증이 그녀를 예민한 상태로 몰아갔다.

"놔! 싫어!"

소리치고 고개를 흔들고 되는 대로 주먹으로 때리면서 발길질했다. 그녀의 거센 반항은 사실 큰 효과는 없었다. 론은 기어코 아델을 억지로 앉히면서 차갑게 윽박질렀다.

"어린애처럼 떼쓰지 마. 지금 네가 얼마나 유치한 줄 알아?"

자신의 허리를 감은 팔을 때리고 꼬집다가 아델은 고개를 들어서 그를 노려보았다. 푸른 눈동자에 가득한 분노를 차갑게 가라앉은 보라색 눈동자가 응시했다.

"네가 일곱 살처럼 굴면 일곱 살 아이로 대우해 주지."

아델의 꼭 다문 입술이 파르르 떨렸다. 이 사람이 나에 대해 알았구나. 가슴이 덜컹하면서 수치스러웠다. 성년을 앞둔 나이에 어린아이의 몸을 한 자신을, 얼마나 이상하게 생각할까.

"어린애는 제 생각을 말로 못 하니까 울고 고집부리는 거야. 너는 어떻지?"

아델은 그에게서 고개를 돌렸다. 약이 바짝 올랐다. 주먹을 꼭 쥐었더니 손가락 끝이 차가웠다. 그가 틀린 말을 한 것은 아니었다. 하지만 진실이 더 사람의 속을 뒤집을 때가 있다.

아델이 얌전해지자 론은 붙들고 있는 손을 놓았다. 그러자 아델이 끔찍한 것을 피하듯 그에게서 떨어져 앉았다.

론은 쓴웃음을 짓고 저만치 떨어져 서 있는 하녀에게 손짓했다.

멜은 종종걸음으로 와서 쟁반을 든 손을 앞으로 내밀고 고개를 숙였다. 안 보는 척 눈동자만 굴리면서 아델을 곁눈질했다. 처음 보는 아델의 감정적인 모습이었다. 항상 상냥하고 얌전한 아가씨의 안에 저런 날카로움이 숨어 있는 줄 몰랐다.

은근슬쩍 론의 눈치도 살폈다.

'왠지 무서운 분 같아.'

젊고 잘생긴 새 주인님의 얼굴을 흘끔거리며 히죽대던 기분이 푹 가라앉았다.

쟁반에는 수프를 담은 접시와 물컵이 놓여 있었다. 론은 유리 컵을 들어서 아델의 손에 쥐여 주었다.

아델은 물을 마셨다. 바짝 마른 입 안을 적시는 물맛이 썼다.

'내가 왜 이걸 먹고 있지.'

다 마신 빈 컵을 보니까 짜증이 확 치밀었다. 아델은 컵을 있는 힘껏 던져 버렸다. 바닥에 떨어지는 유리컵이 요란한 소리를 내며 산산조각 났다.

'아…… . 내가 지금…… .'

자신이 한 짓이 놀라워서 손이 떨렸다.

그녀는 착한 아이였다. 아델에게 늘 예쁘다고 하시는 할머니께 정말 예쁜 행동만 보여 드리고 싶었다. 억지로 꾸민 행동은 아니었다. 할머니를 사랑했고 할머니가 웃으면 기뻤다. 뭐든 아델에게 해 주고 싶어 하는 할머니께 불만을 가진 적이 없었다.

그런데 가끔은, 그녀도 슬플 때가 있었다. 자라지 않는 자신의 처지를 비관하며 그게 누구의 탓이 아니라는 것을 알면서도 누군가를 원망하고 싶을 때가 있었다. 하지만 드러낸 적은 없었다. 항상 홀로 삼켰다.

'나한테 실망했을 거야.'

그가 자신을 비난할 거라고 생각했다.

"잘했어."

아델은 그가 비꼬는 줄 알았다.

론은 하녀를 내보냈다. 멜이 나가고 나자 수프 그릇을 올린 쟁반을 아델의 앞에 내렸다.

"이것도 다 먹으면 던져도 돼."

아델은 어이가 없어서 고개를 돌렸다. 자신을 바라보는 그의 표정에는 빈정대는 기색이 없었다.

"진심이에요?"

"던질 거 더 갖다 줘?"

"지금…… 화내는 건가요?"

"아니. 내가 왜?"

"……죄송해요. 괜한 화풀이였어요. 한심한 짓을 했어요."

론은 풀이 죽은 아델을 묘한 눈으로 보았다.

극한의 감정은 사람을 움직이는 동기가 될 수 있다. 타인을 향한 증오는 실의에 빠진 사람에게 의욕을 준다. 론이 형제의 목숨 값을 갚겠다는 각오로 딛고 일어날 수 있었던 것처럼. 그는 악역을 맡을 생각이었다.

곱게 자란 아가씨의 화를 돋우는 일은 간단했다. 자존심을 건드리면 된다. 조금 전까지 분명히 아델은 화가 단단히 났다. 그런데 패악을 부리기보다는 오히려 독기가 빠지는 모습을 보면서 그는 작전을 변경했다.

채찍이 필요하지 않다면 당근이다.

"장례식 마지막 날에 제례가 있어."

그의 표정이 좀 더 부드러워졌다.

"……알아요."

아델은 고개를 끄덕였다. 제례는 마지막 날에 고인의 혼을 위로하는 예식이었다.

수개월 전에 상을 치르면서 아델은 장례식 절차를 알게 되었다. 후계자였던 파울의 장례식이었다. 산사태에 휘말렸기 때문에 흙과 바위에 파묻힌 시체를 파내는 데 시간이 꽤 걸렸다. 파울의 시신이 성에 도착했을 때 시마는 혼수상태였다.

어머니가 참석하지 못한 아들의 장례식은 조용히 치러졌다. 역시 전통에 따라 가족장이었고 관습에 따라 가장 가깝고도 유일한 친척인 멀론이 장례를 주관했다.

"제례에 네가 참석할 수 있도록 말해 둘게."

"정말요?"

아델은 눈을 동그랗게 떴다.

파울의 제례에는 참석하지 못했다. 원래 제례는 가족과 가신만 참석이 가능했다. 아델은 꼭 제례에 참석해서 파울의 마지막을 배웅하고 싶었으나 멀론에게 요청했더니 거절의 답변이 돌아왔다.

분명 스텔라가 훼방을 놓았을 것이다. 속상했지만 당시에 아델이 할 수 있는 일이 없었다.

"제례는 거의 반나절에 걸쳐 한다더군. 체력이 없으면 못 버텨."

아델은 수프 그릇을 내려다보다가 그를 쳐다보았다.

"약속한 거예요. 나중에 말 바꾸면 안 돼요."

"이런 일로 거짓말 안 해."

아델은 숟가락을 들었다. 식어서 미지근한 수프를 한 숟가락씩 입 안으로 넣었다. 오전부터 계속 비어 있었던 위장이 음식물이 들어오자 반응했다.

허기가 느껴지면서 입 안에 침이 돌았다. 그녀가 원래 좋아하는 우유를 넣은 수프는 정말 맛이 있었다.

바닥이 드러난 접시에 숟가락을 내려놓으면서 아델은 기가 막혔다.

툭, 툭, 눈물이 접시 안으로 떨어졌다.

"……맛있어요."

"더 가져오라고 할까?"

아델은 고개를 좌우로 흔들다가 그를 보았다. 눈에 눈물이 그렁그렁했다.

"왜 맛있을까요?"

본능에 충실한 자신의 몸이 한심했다.

아델이 던진 질문의 뜻을 론은 누구보다 잘 알았다. 그가 이미 느껴 본 적이 있는 자괴감이었다. 형제를 잃고서 죽을 것처럼 힘들어도 죽지는 않았다. 때가 되면 먹고 날이 저물면 잤다.

그는 한쪽 손을 뻗어서 아델의 볼을 감싸 쥐었다. 흘러내리는 눈물을 손가락으로 닦아 냈다. 소중한 사람을 잃은 상실감, 혼자가 되었다는 두려움, 다시는 보고 싶은 사람의 얼굴을 볼 수 없다는 절망. 론은 아델의 슬픔에서 자신을 겹쳐 보았다.

충동적인 행동이었다. 그는 아델의 어깨를 감싸 안으며 끌어당겼다. 아델은 순순히 그의 품에 기댔다.

'딱딱해.'

부드러운 할머니의 품과 달랐다. 훨씬 단단하고 넓었다.

'좋은 냄새.'

청량한 가을바람처럼 시원한 향이었다.

할머니한테서는 부드럽고 달콤한 꽃 향이 났다. 파울 아저씨한테서는 은은한 나무 냄새가 났다. 그런데 그에게서도 향이 났다.

'정말…… 할머니의 가족이구나.'

울렁거리던 불안이 조금씩 가라앉았다.

론은 팔 안에 쏙 들어오는 작은 어깨를 차마 힘주지 못하고 조심스럽게 안았다. 아델을 위로해 주려는 행동이었으나 그는 오히려 자신이 위로받는 것 같았다.

형제를 잃은 후 그의 가슴 안에 차가운 바람이 불었다. 텅 빈 자리를 어쩌지 못하고 방황하고 있었다. 품 안의 작은 몸에서 느껴지는 체온이 그를 채워 주었다.

"아델. 성주님께서 마지막 유언으로 네 이야기를 하셨어."

아델은 놀라서 고개를 들었다.

"그분께 너보다 소중한 사람은 없었던 거지."

"아, 아니에요. 할머니는 그런 뜻이 아니었을 거예요."

당황하는 아델을 보며 론은 가볍게 웃었다.

"당연한 거야."

"……."

아델은 그를 빤히 보며 표정을 가늠하려 했다. 그는 할머니의
손자였다. 어떤 이유로 오랫동안 할머니가 찾지 않았는지 모르
지만, 지금껏 잊혀 지냈다. 그런데 겨우 만난 할머니는 끝까지
다른 사람만 걱정했다. 기분이 상하지 않았을까?

"당연하다고…… 생각하세요?"

"그분의 곁에 있던 사람은 너니까."

"하지만 할머니는 성……주님을 찾아서 무척 기뻐하셨어요.
저녁에 할머니와 식사를 하고……."

말을 하다가 아델은 파랗게 질렸다.

"제 탓일지도 몰라요. 푹 쉬셨어야 하는데 할머니는 나 때문
에 무리해서……."

"아니야."

론은 고개를 떨어뜨리는 아델의 턱을 잡아 들었다.

"확실하지 않은 일로 네 탓을 하지 마. 그분께는 그 순간이 최
고의 추억이었을 테니까."

"……네."

살가운 말투나 태도는 아니었지만 그가 자신을 위로해 주려
고 애쓰는 마음을 느꼈다. 그의 보라색 눈이 처음 봤을 때처럼
차갑지 않게 느껴졌다.

"너는 내가 돌아가신 분의 자리를 빼앗았다고 생각해?"

"아니요."

아델은 즉시 고개를 저었다.

"그런 생각은 한 적 없어요."

"그럼 내가 싫은 이유는?"

"싫지…… 않아요."

"그래."

그가 아델의 머리 위를 가볍게 톡톡 두드렸다.

"식사는 꼭 챙겨. 나중에 확인할 테니까."

"저기!"

아델은 일어나려는 그를 다급히 불렀다.

"백탑의 대현자님은…… 가셨어요?"

"아직. 왜?"

"그분을 뵐 수 있을까요?"

"대현자님께 전해 드릴게."

론은 대수롭지 않게 대답했다가 문득 떠오른 생각이 있었다. 데보라와 나누었던 아델에 관한 이야기가 왠지 마음에 걸렸다.

"그분은 왜 뵈려고?"

"여쭈어 볼 게 있어서……. 뭔지 말해야 돼요?"

"중요한 일이 아니면 대현자님께 시간을 내어 달라고 하기가 어려워. 바쁘신 분이니까."

그의 말은 사실이 아니었다. 데보라는 장례식이 모두 끝날 때까지 성에 있겠다고 했다. 시간은 많을 것이다. 그의 거짓말을 간파하지 못한 아델은 잠시 망설이다가 답했다.

"기억이 난 게 있어서 그분께 여쭙고 싶은 일이 있어요."

"무슨 기억?"

그가 자꾸 캐묻자 아델은 어쩔 수 없이 털어놓았다. 데보라가 자신을 데리고 레바스 성에 왔던 날의 기억이 났다고, 어쩌면 자신이 살던 곳이나 진짜 부모님에 대해서 그분은 알지도 모른다고 말했다.

"대현자님은 대륙에 자주 나가신대요. 가능하다면 대현자님과 함께 내가 태어난 곳을 가 보고 싶어요."

그는 잠시 생각하다가 알았다고 말했다. 그가 돌아가고 나서 오후에는 데보라가 아델의 방에 찾아왔다. 아델은 데보라에게 깊이 허리를 숙여서 인사했다.

"감사합니다. 제가 대현자님의 은혜를 잊고 있었어요."

"양쪽에서 인사를 받는구나. 네 할머니도 널 데려와 줘서 내게 고맙다고 했지."

할머니의 이야기가 나오자 아델의 눈시울이 붉어졌다.

"나도 고맙다. 아델. 네 덕분에 내 친구가 많이 행복했단다."

데보라는 울음을 터뜨리는 아델을 끌어안았다. 품에서 우는 아이의 등을 부드럽게 쓸어내렸다. 데보라의 눈에서도 눈물이 맺혀 흘러내렸다.

서로를 위로해 주면서 두 사람의 거리감이 부쩍 줄어들었다.

"대현자님을 처음 뵌 날의 기억이 났어요."

"그랬구나. 어디까지 기억하니?"

"제게 이름을 물어보시던 대현자님이 기억나요. 전 대륙에서 왔지요? 혹시 제 부모님을 아는 다른 가족은 없었나요?"

데보라는 아델이 일부의 기억을 찾았다는 말을 론에게 전해 들었다. 그리고 그는 아델에게 사실을 알리지 말라고 부탁했 다.

『거짓말을 하라는 건가?』

『아델이 차라리 기억하지 못하기를 바란다고 말씀하신 분이 대현자님입니다.』

『하지만 이미 아델이 기억했다면서…….』

『일부의 기억입니다. 대현자님께서 더 기억을 자극해서 되살릴 필요는 없습니다. 아델이 알아서 이롭지 않은 진실 입니다. 성주님께서 살아 계셨다면 저와 같은 결론을 내리 셨을 겁니다.』

거짓말은 내키지 않지만, 아델에게 일어난 끔찍한 일을 차라 리 아델이 모르는 편이 나을 거라는 말에는 동감했다.

"아델. 나도 네 부모님이 누구인지 몰라. 널 만났을 때 너는 혼자였거든. 자폐 증상을 보이는 널 차마 모른 척할 수가 없어 서 데려온 거란다."

"그렇군요. 그럼 저는 왜 그런 병에 걸렸어요?"

"글쎄. 나도 그건 모르겠다."

"그럼 제가 살았던 곳이 어딘지는 아시지요?"

"음……. 워낙 오래전 일이라서 말이야. 제대로 된 마을이 아니라 산속에 사람들이 모여 살던 곳이었지. 지금도 과연 거기에 사람이 살고 있을지 모르겠구나."

"네……."

아델은 데보라와의 대화에서 아무것도 얻을 수 없었다.

'대현자님은 내게 사실을 감추고 계셔.'

데보라가 돌아가고 아델이 생각 끝에 내린 결론이었다.

'당시에 내게 무슨 일이 벌어졌어. 대현자님은 알고 계신 것이 분명해. 왜 말씀해 주지 않으실까.'

아델이 당장 할 수 있는 일이 없었다. 도움을 청할 사람으로 떠오른 사람은 론이었다. 기회가 되면 그에게 말을 해 봐야겠다고 생각했다.

*　　　*　　　*

마지막 날, 이른 아침부터 제례가 시작되었다.

검은 모자를 쓰고 베일로 얼굴을 가린 아델은 유일한 어린 참석자였다. 조용히 끄트머리에 섰지만, 작은 키는 아무래도 눈에 띄었다.

"네가 여기 어떻게 왔어?"

스텔라가 다가와서 목소리를 낮추며 쏘아붙였다. 베일로 가렸으나 아델을 못마땅하게 쳐다보는 눈초리는 선명하게 잘 보였다.

"참석해도 된다고 허락받았으니까."

"너 정말 웃긴다. 네가 뭔데 여길 와? 모든 일에는 정해진 원칙이 있는 거야. 넌 지금 원칙을 깼다고."

아델은 스텔라를 물끄러미 쳐다보았다. 키 차이 때문에 올려 봐야 했다. 신장의 차이 때문에 어쩔 수 없을 뿐인데 스텔라는 마치 자신이 우월한 위치가 된 것처럼 내려다보는 시선이 의기양양했다.

아델은 원칙을 거론하는 스텔라가 우스웠다.

"빌려 간 내 목걸이나 돌려 줘."

"뭐…… 뭐? 그 얘기가 왜……."

"그리고 너 살쪘다. 배 나왔어."

이유 없이 심술을 부리는 상대에게 논리적으로 대꾸해 줄 필요가 없었다. 스텔라는 아마 자신이 할머니를 잃고 의기소침해서 한마디 하면 기가 죽어서 대답도 못 할 거라고 단정하는 것 같았다.

'네 생각대로 해 줄 줄 알아?'

의지하던 대상을 잃고 겁을 먹은 것은 사실이다. 하지만 그걸 스텔라에게 드러낼 생각은 전혀 없었다.

아델이 코웃음 치며 고개를 휙 돌려 버리자 스텔라는 자신의 배를 팔로 감추며 사납게 입술을 물었다. 아델이 아주 예민한 문제를 지적했다.

요즘은 사람들이 화려한 모임을 자제하는 분위기였다. 한동안 파티가 열리지 않아서 스텔라는 방심하고 먹는 걸로 스트레스를 풀었다. 아버지를 닮아서 금방 살이 찌는 체질이었다. 오늘 아침에 검은 드레스를 입고 깜짝 놀랐다. 수개월 전에 파울의 장례식 때 입었던 드레스가 흉할 정도로 꽉 끼었던 것이다.

"너……."

부들부들하며 한마디 하려던 스텔라는 분위기가 술렁이자 고개를 들었다. 오늘 진행할 제례의 가장 핵심이자 마지막 참석자들이 들어오고 있었다. 스텔라는 얼른 가족들이 모인 곳으로 갔다.

'가족…….'

멀론의 가족들을 보는 아델의 눈에 부러움이 스쳤다. 스텔라와 체이스가 아무리 서로를 물고 뜯어도 아델은 그런 모습마저 좋아 보였다.

그녀는 작은 한숨을 내쉬었다. 그리고 고개를 돌렸다. 일곱 가문의 수장들을 이끌고 푸른 머리의 남자가 들어오는 모습을 보았다.

'와…….'

검은 상복을 입고 흰 장갑을 낀 그는 정말 근사했다.

아델은 사람들이 자신을 훑어보는 시선이 불편했기 때문에 다른 사람의 외모를 의식적으로 자세히 보지 않는 편이었다. 처음으로 사람들과 함께 있는 그를 제대로 보았다. 그동안 관중이 되어서 그를 볼 기회가 없었다.

아델은 살짝 벌어지는 입을 얼른 다물었다. 부끄러워서 얼굴이 화끈거렸다. 잠깐이지만, 지금 뭘 하기 위해 여기 있는지 깜빡 잊었다.

'죄송해요. 할머니.'

"아델."

고개를 숙이며 할머니께 용서를 구하다가 놀라서 고개를 번쩍 들었다. 그가 정확히 아델을 보고 있었다. 아델은 주변의 시선이 자신에게 확 몰리는 것을 느꼈다.

"네…… 네?"

얼굴을 베일로 가려서 다행이다. 지금 자신의 표정이 꽤 바보 같을 것이다.

"이리 와. 내 옆에 서야지."

아델은 앞으로 나가면서 자기도 모르게 스텔라가 있던 방향을 슬쩍 보았다. 잠깐 눈이 마주친 스텔라의 표정에 경악과 분노가 가득했다.

'나 정말 못됐나 봐.'

기분이 좋았다.

아델은 할머니의 진짜 손녀가 된 것처럼 제례를 주관하는 내

내 그의 옆에 있었다. 누구도 문제를 제기하지 않았다.

제례는 오후가 되어 끝났다. 고인의 관이 레바스 가문의 가족 묘지에 안장되는 마지막 과정을 지켜보면서 아델은 눈물을 흘렸다.

'안녕⋯⋯. 할머니.'

반나절 동안 고인을 위로하고 작별을 고하는 의식을 계속 지켜본 덕분일까. 아델은 비로소 할머니와 이별할 수 있었다.

제례가 끝나자마자 사람들이 삼삼오오 모였다. 론의 주변에는 가문의 수장들이 모여들었다. 아델은 그가 다른 사람의 이야기를 듣다가 간혹 고개를 끄덕이는 모습을 지켜보았다. 그가 무척 멀게 느껴졌다.

'성주님이구나⋯⋯.'

그가 있던 자리에는 원래 할머니가 있었다. 이제는 그의 자리였다. 처음부터 그의 것이었던 것처럼 어색하지 않았다.

'이제 나는 어쩌지.'

그녀가 돌아갈 곳은 남쪽 탑뿐이었다. 기다리는 사람도 없고, 그녀가 언제까지 그곳에서 지내도 되는지 말해 주는 사람도 없었다.

아델은 자신에게 다가오는 스텔라를 보면서 미간을 찡그렸다.

스텔라는 다짜고짜 따지고 들었다.

"진짜 재주 좋다? 무슨 수로 새로운 성주님까지 구워삶았니?"

스텔라는 말로만 듣던 백모님의 손자를 보자마자 가슴이 뛰었다. 많은 사교 파티에 나갔지만 보지 못했던 완벽한 남자의 등장이었다. 젊고 잘생기고 대가문의 주인이다.

'저분이 파티에 날 에스코트해 준다면.'

그와 친해질 수 있으면 그녀는 단번에 사교계의 중심이 될 수 있었다. 어떻게 해서든 그와 대화할 기회를 잡으려고 노리는 중인데 아델과 친밀해 보이니까 속이 뒤집혔다.

백모님의 애정을 아델에게 빼앗겼다. 또 그럴 수는 없었다.

스텔라가 잔뜩 독이 올라 있거나 말거나 아델은 그저 귀찮을 뿐이었다.

'성가시다, 정말.'

왜 자신만 보면 날을 세우는지 모르겠다. 이유 따위는 없다는 걸 옛날부터 알고 있었지만, 이해할 수 없었다. 자신이 스텔라의 입장이었다면 자라지 못하고 밖에도 나가지 못하는 애는 안중에도 두지 않을 거다.

무시하는 아델의 반응은 스텔라를 더 자극했다.

"내가 이런 말까지는 안 하려 했지만, 네가 돌아가신 백부님의 사생아가 낳은 핏줄이라고 소문난 거 모르지?"

아델의 눈빛이 흔들렸다.

"그래서 백모님께서 널 밖에 내보이지 못하고 꼭 숨겨 두고 있다고들 했지. 그분이 사교 활동을 거의 하지 않으신 이유도 그것 때문이라고 다들 말했어."

소문이 많으면 근거 없이 악의적인 말이 끼어 있기 마련이다. 이른바 삼류 가십이었다. 백모님이 살아생전에는 하지 못했던 말이지만 스텔라는 이제 거침이 없었다.

"네가 그분의 명예를 얼마나 더럽혔는 줄 알아? 그런데 이제는 새로운 성주님의 명예마저도 더럽힐 참이니?"

파리하게 질린 아델을 보며 잔인하게 웃던 스텔라가 애매한 표정을 짓더니 몸을 돌렸다. 아델은 도망치듯 사라지는 스텔라를 멍하게 보고 있었다.

"괜찮아?"

어느새 다가온 그가 몸을 낮추어 앉아 아델과 눈높이를 맞추었다. 아델은 왜 스텔라가 가 버렸는지 이유를 알았다.

"무슨 일이야? 얼굴이 안 좋아."

론은 아델이 누군가와 있는 모습을 보았다. 론이 서 있는 방향에서는 아델의 표정이 보이지 않았지만, 뒷모습이 어쩐지 불안해 보였다.

'내 존재만으로…… 해가 된다고……?'

아델은 그를 보다가 고개를 저었다.

"아무 일도 아니에요. 좀…… 힘들어서요."

"그래. 힘들겠지."

제례가 시작한 이른 아침부터 오후까지 계속 서 있어야 했고 참석자들 모두 물 한 모금조차 입에 댈 수 없었다. 성인도 지칠 강행군인데 아이의 몸으로는 버틴 것만으로도 대견했다.

"조금 더 버틸 수 있겠어? 곧 유언장을 공개할 거야."

"유언장……이요? 저와 상관이 있어요?"

"당연히 상관있지. 네가 힘들면 내일로 미루고."

"아니에요. 괜찮아요."

지친 아델의 눈에 생기가 돌았다. 할머니가 남긴 마지막 말씀이 무엇인지 궁금했다.

유언장을 공개하기 위해서 수도에서 법무관이 파견 나왔다.

수도에 있는 중앙법원에서는 대가문 내부의 재산 분쟁이나, 후계권 다툼, 대가문끼리의 분쟁 조정 등 논란의 여지가 크고 높은 객관성이 필요한 사건을 담당했다.

법무관은 봉인해서 보관하고 있던 유언장을 가지고 왔다. 잠금 마법이 걸려 있음을 확인하고 봉인을 해제하는 일은 데보라가 맡았다.

유언장을 공개하는 장소에 참석 가능한 사람은 유언의 집행 대상자와 유언자가 지정한 참관인이었다. 시마는 참관인으로 바실 수장과 코우 수장을 지정했다. 특별 참관인으로서 데보라가 동석했다.

유언의 집행 대상자는 레바스 가문의 새 주인과 아델, 멀론 가족이었다.

"첫 번째 유언장을 공개하겠습니다. 최초 작성일 후 한 번의 최종 수정이 있었습니다."

법무관은 유언장이 작성된 날짜를 알렸다. 약 반년 전에 최초로 작성된 유언이었다. 날짜가 의미하는 바를 깨닫고 멀론의 안색이 핼쑥해졌다. 파울이 죽고 시마가 쓰러진 날 즈음이었다. 처음부터 형수가 빈틈없이 준비해 두었음을 알았다.

수정된 날짜는 시마가 깨어난 날이었다. 멀론의 미간은 더 심각하게 일그러졌다.

"멀론 브로디."

"……예."

"시가지에 있는 삼 층 규모의 저택과 금화 다섯 상자를 증여합니다. 두 자녀의 혼인 지원 비용으로 각각 금화 한 상자, 총 두 상자를 증여합니다. 다만, 혼인 지원비는 중앙법원에 공탁하여 혼인 성립 시에 두 자녀가 직접 수령할 수 있습니다."

유언을 듣는 멀론 가족의 표정이 시시각각으로 변했다. 금화한 상자는 중산층 일가족이 10년은 넉넉히 쓸 정도의 금액이었다. 그러나 상류층의 화려한 생활을 누리기 위한 비용으로는 터무니없이 부족했다. 그동안 멀론 가족은 일 년에 금화 한 상자의 돈을 썼다. 물론 전부 시마의 사재에서 나온 돈이었다.

"아델 스톤."

"자…… 잠깐!"

법무관이 아델의 이름을 부르자 멀론이 다급히 끼어들었다.

"전부요? 이게 전부요?"

"유언장에 따르면 그렇습니다."

멀론의 안색이 꺼멓게 죽었다. 한 푼도 못 받고 쫓겨날 수도 있는데 그나마 시마가 마지막 관대함을 베풀었다는 사실은 생각하지 않았다. 푼돈을 쥐고 버려졌다는 억울함만 속에 가득했다.

심각한 부모를 보고 남매도 안색이 굳었다. 스텔라는 금화 한 상자의 돈이 어느 정도인지 몰라서 체이스에게 귓말로 물었다. 체이스는 혀를 차며 답을 해 주었다. 잠시 계산한 스텔라는 울상을 지었다. 먹고 쓰는 생활비의 규모는 몰라도 드레스 한 벌이 얼마인지는 알고 있었다. 드레스로 계산해 보니까 넉넉하지 않은 돈이었다.

"아델 스톤."

"네."

긴장하고 있던 아델이 대답했다.

"시가지에 있는 오 층 규모의 저택, 수도에 있는 삼 층 규모의 저택…… 연 금화 일곱 상자의 수익이 발생하는 광산의 소유권과……."

법무관이 나열하는 내용이 좀처럼 끝날 기색을 보이지 않았다. 아델이 기대한 할머니의 유언은 재산이 아니었다. 당부의 말씀이나 마지막으로 남기신 속마음을 듣기를 기다리다가 그녀는 당황했다. 얼핏 들어도 어마어마한 규모의 재산이 그녀의 것이 되었다.

"……상단의 지분을 증여합니다."

법무관의 긴 낭독이 끝났다.

"이럴 수는 없어!"

멀론이 벌떡 일어나 소리쳤다.

"내 형님께서 그분의 부군이었다. 난 그분의 유일한 인척이야! 저기에 엄연히 피를 나눈 손자가 있는데 근본 모르는 계집애에게 재산을 다 퍼 준다고?"

멀론은 아델과 론을 번갈아 손가락질하며 악악거렸다.

"종손님! 말씀해 보시게. 마땅히 종손님의 상속분이 되어야할 재산이네!"

론은 멀론의 작태를 보며 픽 웃었다. 혈육으로 인정할 수 없다고 방방 뛸 때는 언제고 그를 끌고 들어가려는 속셈이 빤했다.

멀론에게는 안 된 일이지만, 얼마나 많은 재산이 아델의 몫으로 가든 상관없었다. 그가 바라는 것은 처음부터 재물이 아니었다.

론은 멀론을 외면하고 법무관에게 물었다.

"내게도 유언으로 상속되는 부분이 있소?"

"성주께서는 고인의 유일한 법적 상속인으로서 따로 언급이 없다면 당연 상속합니다. 앞서 증여된 부분을 제외한 나머지는 성주께 상속됩니다."

"그럼 유언장 공개는 끝난 거요?"

"두 번째 유언장이 있습니다. 다만, 비밀을 요하는 내용이라 관계자에게만 공개됩니다."

"이 자리에 관계없는 자가 있소?"

"예. 멀론 브로디 공을 비롯한 가족은 관계자가 아닙니다."

론은 멀론을 보며 말했다.

"들으셨지요? 자리를 피해 주서야겠습니다."

"종손님!"

"끌어내라고 할까요?"

멀론은 움찔했다. 서늘하게 바라보는 보라색 눈동자에는 한 점의 온기도 없었다. 멀론은 이를 악물고 가족들에게 일어나라고 손짓했다.

나가면서 스텔라는 몇 번이고 뒤돌아보았다. 아버지에게 싸늘한 젊은 성주의 태도가 충격이었다. 세상을 떠난 백모님과 아버지 사이에 무슨 일이 있었는지 전혀 모르는 스텔라는 생각지 못한 거리감에 당황했다.

멀론 가족이 나가고 법무관은 유언장을 데보라에게 건넸다.

"두 번째 유언장의 공개는 비밀을 요하는 내용이므로 유언인의 뜻에 따라 대현자님께서 맡아 주시겠습니다. 공개가 끝나면 불러 주십시오."

법무관이 나가고 데보라가 유언장을 폈다.

"아델 스톤."

"네."

"상속 가능한 티움의 판매 배당금에서 오 할의 지분권을 증여한다."

바실 수장과 코우 수장이 순간적으로 시선을 마주쳤다.

공개가 끝나고 다시 들어온 법무관이 후속 조치를 낭독했다.

"상속인 아델 스톤이 성년이 될 때까지 재산권의 관리는 중앙 법원에서 지정하는 재산관리인이……."

법무관의 말을 한 귀로 듣고 한 귀로 흘리면서 아델은 얼이 나갔다.

'할머니……. 대체 왜 그러셨어요.'

아델은 하루아침에 엄청난 부를 가진 상속녀가 되었다. 실감이 나지 않고 기쁘지도 않았다. 그녀에게 주어진 재산은 마치 그녀가 혼자가 된 대가인 것 같았다.

멍하게 있던 아델은 문득 멀론이 한 말이 떠올랐다. 마땅히 원래 주인이 되어야 할 사람이 따로 있는데 엉뚱한 사람이 중간에서 가로챘다는 말은 전혀 억지가 아니었다. 그녀의 심장이 불안하게 두근거렸다. 할머니는 마지막 유언에서도 그녀를 언급했고, 그녀만을 위한 유언장을 남겼다.

아델은 그를 유심히 보았지만, 속마음이 어떤지 짐작할 수 없었다. 화가 난 기색은 없었다. 그는 법무관과 몇 마디 나누다가 아델과 눈이 마주치자 말했다.

"중요한 일은 다 끝났어. 가서 한숨 자. 이따가 같이 저녁 먹자."

여상한 표정으로 그가 말했다. 말투는 건조했지만, 내용은 친절했다.

"……네."

"데려다줄까?"

"아니에요. 혼자 갈 수 있어요."

론은 기사를 불렀다.

"방문 앞까지 데려다 주어라."

"예. 성주님."

'혼자 갈 수 있는데…….'

아델은 기사와 함께 홀을 지나가다가 서성대고 있는 스텔라와 시선이 마주쳤다. 스텔라의 눈이 샐쭉하게 올라갔다. 기사가 옆에 있어서 다행이라고 생각했다. 아니면 분명히 스텔라는 쫓아와서 또 못된 말로 그녀를 괴롭혔을 것이다.

아델은 계속 스텔라가 했던 말을 곱씹었다. 없는 말을 거짓으로 꾸미지는 않았을 것이다.

'생각해 보면 스텔라의 말대로 그런 소문이 날 만해.'

남이라고 믿어지지 않을 만큼 할머니의 애정은 무조건적이었다. 그래서 아델도 자신이 할머니의 손녀라는 걸 의심하지 않았던 것이다.

'할머니는 이상한 소문이 나는 것을 알고 계셨을 거야.'

할머니가 자신을 소문 때문에 감추려 했다고는 생각하지 않는다. 할머니는 자라지 않는 아델을 부끄러워하지 않았다. 아델이 열다섯 살 생일이 되는 해에 성대한 사교 데뷔 파티를 성의 홀에서 열 계획이었다.

정작 도망친 사람은 아델이었다. 아델은 그때 자라지 않는 자신의 몸 상태에 극도로 예민한 상태였다. 그녀의 예민함은 시간이 지날수록 심해졌다. 사람을 만나기를 거부하면서 아델을 가르치던 가정교사들도 그때 전부 그만두었다.

시마는 아델을 억지로 끌어내려고 하지 않았다. 그저 넓은 사랑으로 감싸 안아 주었다. 할머니의 사랑을 한 번도 의심한 적 없다.

하지만 스텔라가 한 말은 꽤 아팠다. 너는 고아라고, 아델의 착각을 잔인하게 깨뜨린 그날만큼은 아니어도 많이 아팠다.

*　　*　　*

두 번째 유언장의 내용이 얼마나 놀라운 것인지, 자세한 사정을 알지 못하는 론에게 루터가 설명했다.

"티움을 레바스 가문에서 만들었다는 거요?"

"레바스 가문의 설립 가주께서는 마공학자셨다고 합니다. 티움을 개발했고, 마탑에 권리를 넘기는 대신 발생하는 수익의 반을 배당받기로 했습니다. 티움을 개발한 당시에는 진귀한 발명품에 불과했지만."

"지금은 돈을 쏟아 내는 화수분인가……."

대륙에서 마법 물품은 대륙인의 일상에 깊이 파고들었다. 그들이 소비하는 마법 물품과 티움의 양은 어마어마했다.

"이 사실은 극비입니다. 티옴의 판매 수익의 반이 마탑에 들어갑니다. 중립을 지켜야 하는 마탑이 특정한 대가문과 관련이 있다는 의혹이 제기되면 마탑에게는 치명적입니다."

"레바스 가문에도 치명적이겠지. 마탑은 최악의 경우에는 자신을 보호하기 위해서 레바스 가문을 매장하려 할 테니까."

"……그렇습니다."

"돌아가신 성주님께서는 위험한 비밀을 아델에게 알려 주셨군. 두 번째 유언장의 진정한 의도는 그것이겠지."

마탑은 아델을 감시하고 그만큼 보호할 것이다. 아델이 가진 재산은 양날의 검이었다. 부유한 재물이 아델을 지키는 만큼 노리며 접근하는 위험도 있을 것이다. 마탑만큼 완벽하게 아델을 지켜 줄 수 있는 힘은 없었다. 레바스 가문의 주인이라고 해도 마탑을 적으로 돌릴 수는 없을 테니까.

"그럼 수익 배당의 반은 아델의 것이 된 거요?"

"배당받는 수익의 칠 할은 가문으로 들어옵니다. 삼 할은 가주가 받는데 이것만 자유롭게 상속 가능합니다. 유언장에 따르면 이것의 반입니다."

루터는 론의 안색을 살폈다.

생각하기에 따라서는 대단히 불쾌한 내용이 가득한 유언장이었다. 시마는 아델의 주변에 있는 사람 모두가 위험하다는 전제에서 아델을 위해 할 수 있는 최강의 방어막을 쳤다.

상속된 사재는 그렇다 쳐도 배당 지분권의 증여는 원래의 법적상속권자가 취득 가능한 미래의 수익마저 빼앗는 조치였다.

"흠……. 대단하군."

론은 루터가 건넨 자료를 보면서 중얼거렸다.

매년 들어오는 수익 배당금을 정리한 표를 보면 아델이 앞으로 받게 될 금액을 대강 추측할 수 있었다.

"브로디 공 문제는 뭐요?"

론이 대수롭지 않게 화제를 전환하자 조마조마하게 반응을 살피던 루터는 당황했다.

'재물에 초연하신 건가, 속을 드러내지 않으시는 건가.'

루터가 보고서를 올렸다. 멀론의 문제를 다루고 있었다.

론은 빠르게 내용을 살펴서 문제점을 파악했다.

"브로디 공을 족보에서 뺄 수 없다는 거군."

"미리 파악했어야 하는 일인데, 미처 생각하지 못했습니다."

"아니오. 장례식을 진행하느라 겨를이 없었겠지."

"가법에 의하면 항렬이 높은 사람만이 아랫사람의 이름을 지울 수 있습니다."

"그분의 뜻이 확고했소. 마법사가 증인이 될 수도 없는 거요?"

"문서가 증거가 되어야 합니다."

시마는 멀론을 족보에서 뺀다는 문서를 작성할 틈도 없이 세상을 떠나 버렸다. 시마의 죽음은 예측했던 것보다 너무 급작스러웠다. 유언장을 수정하고 추가하는 일을 잊지 않은 것만으로도 대단했다.

"마법의 잠이라고 했던가?"

"예. 성주님."

"마법사의 말에 따르면 그분은 며칠은 더 생존하셨어야 할 텐데 그러지 못한 이유를 알아냈소?"

"마법사도 정확한 이유는 알지 못했습니다. 마법의 잠으로 반년 가까이 잠들어 있었던 예가 없었다고 합니다. 아마 일어나시자마자 너무 많은 기력을 쓰신 탓이 아닌가 합니다."

시마가 일백이 넘는 가신들을 모두 호명하며 마지막 당부의 말을 건넨 시간이 거의 두 시간이었다. 건강한 사람이라도 지쳤을 강행군이었다.

「제 탓일지도 몰라요.」

론은 자책하던 아델을 생각하며 눈을 가늘게 좁혔다.

'그날 저녁이 무리가 되었을까?'

시마는 아델과 저녁을 먹고 두어 시간을 함께 보냈다. 두 사람은 모르는 일이지만, 그때 론이 시마를 만나기 위해 들렀다. 그는 문밖으로 흘러나오는 웃음소리를 들으며 잠시 서 있었다. 자신이 왔다는 말을 전하지 말라고 하며 돌아섰다. 다정한 그들의 시간을 방해하고 싶지 않았다.

'아니야. 그분께는 행복한 마지막 식사였을 거다.'

하지만 아델이 알면 자신을 탓할 것이다.

"확실하지 않은 일이니 공식화하지는 마시오."

"예. 성주님."

"브로디 공 문제는, 방법이 전혀 없소?"

"브로디 공이 가문에 해를 끼친 사유가 존재한다면 가능합니다만……."

"그 정도까지는 아니라는 거군."

론은 벌게진 눈으로 소리치던 멀론을 떠올렸다. 제례에 가족을 모두 데리고 참석한 것이나 유언장이 공개될 때의 태도만 봐도 뻔뻔한 자였다. 족보에서 빼내려 하면 꽤 시끄러울 것이다. 눈에 거슬리지만, 소란을 일으키면서 치울 필요는 없다.

"성에서 내보내는 문제는?"

"성주님의 결정으로 가능합니다."

"그럼 내보내는 걸로 브로디 공 문제는 마무리 짓겠소. 저택을 증여받았으니 맨몸으로 쫓겨났다는 말은 못 하겠지."

"예. 조치하겠습니다."

론은 루터가 건넨 보고서의 다른 내용을 읽으며 지나가듯 말했다.

"사람 하나 붙여 두시오."

"……브로디 공에게 말씀입니까?"

"만나는 사람 정도만 파악하면 될 것 같소."

"무엇을 알고자 하시는지요."

"작은 구멍으로 둑이 터질 수도 있지."

론은 루터가 묘하게 바라보는 시선을 알아차리지 못했다.

"예. 적당한 자를 붙여 두겠습니다."

'대체 대륙에서 어떤 삶을 살아오셨나.'

루터가 요 며칠 새 주인을 대하면서 줄곧 떠오르는 의문이었다.

"용병……이셨다고 들었습니다."

론이 고개를 들었다.

"맞소."

루터는 도통 알 수 없었다. 일개 용병이 전문 용어로 적힌 문서를 읽고, 법률 조항을 이해하고 아랫사람을 부리는 일에 능숙하단 말인가.

"그렇게 볼 것 없소. 하란에서 대륙의 용병을 어떻게 생각하는지 대충 들었지만, 생각하는 것처럼 막돼먹게 살지는 않았소."

"아, 아닙니다. 그런 생각은 하지 않았습니다만, 언짢으셨다면 송구합니다. 다만, 좀 놀라서 그렇습니다."

"뭐가 말이오?"

"제 생각보다 빠르게 적응하셔서 말입니다."

아무것도 모르는 새 주인을 가르치려면 까마득하다고 생각했다. 가르치는 대로 잘 따라와 주면 10년 정도면 대가문을 이끌 만하지 않을까 싶었는데 예측한 시간이 굉장히 단축될 것 같은 예감이 들었다.

"무엇보다도 글을 알고 계셔서 다행입니다."

"……용병이라고 다 까막눈은 아니오."

"그렇습니까? 대륙의 평민은 대부분 문맹이라고 들었는데 제가 잘못 알고 있었나 봅니다."

"……오늘 고생이 많았소. 다른 복잡한 문제들은 내일 이야기합시다."

"예. 성주님. 푹 쉬십시오."

루터가 나가자 론은 들고 있던 보고서를 책상 위로 던지면서 한숨을 내쉬었다.

'좀 허술한 척을 했어야 했나.'

어설픈 흉내를 내기에는 이미 늦었다.

'레온이었어도 잘했을 거다. 친화력이 좋으니 나보다 나았겠지.'

레온도 읽고 쓸 줄 알았다. 그가 레온에게 글을 가르쳤다. 비교적 빠르게 습득한 걸 보면 레온은 꽤 머리가 좋았다. 평소에도 하는 짓을 보면 아둔하지 않다. 좋은 머리를 자꾸 잔머리를 굴리는 데에 써서 그렇지.

아련하게 형제 생각에 잠겨 있던 그는 집사 제드가 집무실로 들어오자 표정이 사라졌다.

"성주님. 아가씨께서 방에 계시지 않는다고 합니다."

론은 저녁을 먹을 시간에 맞추어 아델을 불러오라고 지시해 두었다.

"방에 없다니? 아델의 하녀도 없다던가?"

"아가씨의 시중을 드는 하녀가 아가씨가 방에 계시지 않다고 말했다고 합니다. 그래서 하녀에게 성주님께서 찾으신다는 말을 전했다고 했습니다."

론은 제드를 잠시 바라보다가 말했다.

"전에는 이런 식이었나 보군."

"예……?"

"타계하신 성주님께서 아델을 부르러 사람을 보낸 적이 있었겠지."

"예."

"아델을 만나지 못하면 말을 전하기만 했을 테고."

"예."

대답하면서 제드는 성주의 눈치를 살폈다.

"내 방식은 달라. 데려오라고 했으면 데려와. 하녀가 모시는 주인의 행방을 모른다는 건가?"

"아가씨를 모셔 오겠습니다."

제드가 재빠르게 대답하고 물러갔다.

'문제가 있어.'

아델은 늦은 밤에 그의 방에 들어왔다. 한밤중에 아이가 사라지는데 아무도 모른다는 것은 고용인의 직무 유기였다. 그는 이 문제를 그대로 지나칠 생각이 없었다.

시간이 꽤 지났다. 제드는 난처한 안색으로 들어와서 쩔쩔맸다.

"아가씨를 꼭 모셔 오라고 하녀를 여러 번 보냈으나 아직 아가씨의 행방을 찾고 있다는 답변만 가져왔습니다."

"전에도 아델이 없어져서 찾는 일이 종종 있었나?"

"없었습니다."

론의 생각은 달랐다. 있어도 몰랐을 테고 그러니 찾지도 않았겠지.

"없던 일이면 심각하게 생각해야지. 사람 풀어서 아델이 다니던 곳을 다 뒤져라."

"예. 성주님."

론은 급히 나가려는 제드를 다시 불렀다.

"아까 아델을 데려다주라고 지시한 기사가 있다. 오라고 해."

기사를 불러서 아까의 일을 물었다. 기사는 정자세를 한 채 딱딱한 음성으로 고했다.

"틀림없이 방 앞까지 모셔다 드리고 하녀가 아가씨를 모시고 안으로 들어가는 것까지 확인했습니다. 성주님."

기사를 내보내고 론은 집사가 소식을 가져오기를 기다렸다. 책상에 앉아서 손가락 끝으로 책상을 두드렸다. 그의 손끝이 공중에서 멈칫했다.

'설마.'

남쪽 탑의 정원에서 봤던 아델을 에워싸고 있던 빛이 불현듯 떠올랐다. 그는 벌떡 일어났다.

바로 남쪽 탑으로 갔다. 아델의 방문 앞에서 사람들이 우왕좌왕하고 있었다. 아델이 갈 만한 곳이 없기 때문에 오히려 찾을 길이 막막했다.

"정원은?"

"이미 찾아보았지만 안 계십니다."

"성 안 전부를 뒤져서라도 찾아."

아델을 찾기 위해서 성에 비상이 걸렸다. 모든 고용인들은 물론이고 경비를 서는 기사들까지 동원되었다.

론은 아델의 방 응접실에 앉아서 아델을 찾았다는 말이 들려오기를 기다렸다. 날은 이제 완전히 어두워졌다. 시간이 지날수록 그의 표정은 점점 굳었다.

그는 정원으로 나갔다. 어둠에 잠긴 정원은 낮에 보던 것과는 전혀 달랐다. 빽빽하게 솟은 나무들 사이로 부는 바람이 스산한 소리를 냈다.

그네를 매단 나무가 나올 때까지 계속 깊이 들어갔다. 탁 트인 중앙에 우뚝 서 있는 거대한 나무가 보였다. 가지에 매달린 그네는 비어 있었다. 사방이 어두웠다. 아델은 없다. 작은 빛무리도 보이지 않았다.

'아니겠지……'

그의 친어머니가 그랬던 것처럼, 아델도 그 빛과 함께 사라진 것은 아니겠지. 그는 막혔던 숨을 길게 내쉬며 거칠게 머리를 쓸어 넘겼다.

'아델이 사라지는 게 싫은가? 왜?'

아델이 곁에 있으면 그는 자꾸 떠오르는 과거의 기억을 떨쳐 내지 못해서 괴로울 것이다. 알면서도 그 아이를 곁에 두고 싶다. 명확하게 설명할 수 없는 이끌림이었다.

문득 떠오르는 곳이 있었다. 그는 즉시 몸을 돌렸다. 정원을 나와 남쪽 탑으로 들어갔다. 거침없이 계단을 올라서 그가 며칠 지냈던 방 앞에 섰다.

따라온 자들은 문 밖에 세워 두고 안으로 들어갔다. 응접실에는 아무도 없었다. 그는 침실 안으로 들어갔다. 어두운 침실의 소파 위에 둥글게 몸을 말고 앉아 있는 소녀를 보자마자 그는 안도의 숨을 내쉬었다.

론은 약하게 불을 밝히고 조용히 다가가 곁에 앉았다.

"널 찾느라 성을 다 뒤졌어."

무릎에 고개를 묻고 있던 아델이 고개를 들어 그를 보고 놀란 눈을 했다. 그리고 주변을 돌아보며 작게 탄식했다. 날이 저무는 줄도 모르고 생각에 빠져 있었다.

"죄송해요. 저녁을 먹기로 약속했었죠."

아델은 그가 자신의 얼굴을 만지자 흠칫 놀랐다. 그가 손끝으로 아델의 눈 밑을 쓸었다.

'아……. 내가 울었는지 확인하는구나.'

아델의 눈 밑이 건조한 것을 확인했는지 그가 손을 뗐다.

'모르겠어. 정말 날 걱정하는 걸까, 의무감일까.'

그런데 아무리 생각해도 그가 자신을 걱정할 이유를 모르겠다.

"죄송해요."

"저녁은 지금이라도 먹으러 가면 돼."

"그거 말고, 할머니의 유언장이요."

"그게 왜?"

"할머니는 왜 제게 유산을 남기신 걸까요."

론은 알 것 같았다. 시마는 손자를 믿지 못했다. 홀로 남은 아델이 핍박을 받을 가능성을 생각했다. 막대한 유산은 시마가 아델을 지키고자 하는 최후의 의지였다.

그가 시마의 친손자였다면 그녀의 결정이 서운했을까. 그건 모르겠지만, 론은 그녀의 결정을 이해했다.

"원래 성주님의 것인데 엉뚱하게 제가 가로챘어요. 전 필요하지 않아요. 성주님께 되돌려 드릴 방법을 찾아볼게요."

"아델."

그는 한숨처럼 웃었다.

"그건 네 것이야. 내게 미안해할 필요가 전혀 없어."

"하지만 너무 많아요. 성주님이 저보다 가난하다는 건 말이 안 되잖아요."

론은 나직이 웃음을 터뜨렸다.

"가난해? 내가? 너는 레바스 가문을 뭐라고 생각하는 거야.

가주가 한 해에 운용할 수 있는 자금에 비하면 그분이 유산으로 남긴 사재는 푼돈에 불과해."

말문이 막혀서 아델은 눈만 끔벅거렸다. 좀처럼 상상이 가지 않는 규모였다.

"네가 받은 유산을 폄하하려는 뜻은 아니야. 단위가 아예 다르니까 비교하기가 적절하지 않아서 그렇지 네가 상속받은 재산이 상당한 규모인 것은 맞아. 그런데 그분이 네게 남긴 건 재산이 아니라 힘이야."

"힘……?"

"세상을 살아가는 데에 재물만큼 강력한 힘은 없어. 돈이 세상의 모든 것은 아니지만, 매우 많은 일을 할 수 있지."

상속받은 재산에 놀라서 그것까지는 생각하지 못했다.

'이런 사랑을 받아도 되는 걸까.'

당연하다고 생각했던 할머니의 애정이 벅차다 못해 버거웠다.

"네가 갖게 된 힘을 다루는 법을 배워야 할 거야."

'대현자님도 비슷한 말씀을 하셨는데…….'

"아, 참. 대현자님께서 가셨어요. 알려 드린다는 걸 깜빡했어요."

데보라는 갑자기 나타난 것처럼 간다는 말도 없이 사라졌다. 그녀는 레바스 성에 올 때마다 항상 그런 식이었다. 익숙한 사람들은 데보라가 갑자기 나타나도, 하루아침에 보이지 않아도 대수롭지 않게 생각했다.

"네게 무슨 말씀을 하셨지?"

아델이 혼자 깊이 생각에 잠겨 있었던 이유가 대현자와 무관하지 않은 것 같다. 그의 예측이 적중했는지 아델은 머뭇거렸다. 어두워서 표정이 제대로 보이지 않아 답답했다.

"같이…… 가지 않겠느냐고 하셨어요."

아델은 데보라의 제안이 얼마나 고마웠는지 모른다. 그녀에게 선택지가 생긴 것이다. 레바스 성을 떠나더라도 갈 곳이 있다는 안정감이 그녀를 안심시켰다.

"대현자님께 가고 싶어?"

"……모르겠어요."

아마 데보라가 어제 그런 말을 했다면 제안은 감사하지만 거절했을 것이다. 레바스 성은 아델이 할머니와 함께한 모든 추억이 가득한 곳이었다. 계속 여기 머물러도 된다면 그녀는 떠나고 싶지 않았다.

하지만 스텔라의 말을 듣고 나서 아델은 갈등했다. 자신이 성에 머무는 일이 그에게 해가 된다면 마땅히 떠나야 했다. 할머니를 불미스러운 소문의 중심에 있게 한 것만으로도 죄스러웠다. 할머니의 뒤를 이은 그에게까지 불편을 끼치고 싶지 않았다. 그래서 데보라에게 거절의 답이 아니라 생각해 보겠다는 유보의 대답을 했다.

그가 아델의 손을 잡았다. 아델은 놀라서 손을 움찔했는데 그걸 빼내려는 줄 알았는지 더 꽉 잡혔다.

"가지 마."

아델은 그의 표정을 보고 싶었다. 달빛에 드러나는 일부의 모습만으로는 그림자가 짙게 져서 제대로 볼 수 없었다.

"네가 가지 않았으면 좋겠다."

론은 복잡한 자신의 심경을 뭐라고 설명해야 할지 알 수 없었다.

처음에는 분명 시마와의 약속 때문이었다. 하지만 지금은 이유가 더 많아졌다.

넓은 레바스 성에 원래 그의 것은 하나도 없었다. 딱히 이곳에 애정도 없었다. 그에게 레바스 가문은 목적 달성을 위해 이용하려는 수단에 불과했다.

하지만 아델은 그가 어떤 목적이나 이득을 생각하지 않고 곁에 둘 수 있는 유일한 사람이었다. 아델이 사라질지도 모른다고 생각하니까 레바스 성에 혼자 남을 일이 막막했다.

그리고 아델이 그가 가장 잊고 싶어 하는 옛 기억을 떠올리게 한다는 점이 단순한 우연이 아닐지도 모른다는 생각이 들었다. 과거에서 도망치지 말고 맞서라는 의미 같았다.

그가 삶의 기로에서 레온을 만나 새 삶을 시작한 것처럼 다시 맞닥뜨린 갈림길에서 아델을 만났다. 그가 선택한 길의 끝에 무엇이 있을지 알 수 없다. 어쩌면 과거의 선택을 죽도록 후회할지도 모른다.

하지만 최소한 아델만큼은, 레온처럼 허무하게 잃어버리지 않는다면 어떤 미래가 닥치든 감수할 수 있을 것 같다.

"성주님께 절 보살필 의무는 없어요."

"의무는 있지. 네가 내년에 성년이 될 때까지는 내가 네 보호자이니까."

"혹시…… 할머니께서 절 부탁하셨어요?"

"그래. 그분께 약속했어."

기대감으로 부풀어 오른 감정이 풀썩 꺼졌다. 그럼 그렇지. 아델은 쓸쓸하게 웃었다.

"좀 전에 말씀하신 힘을 다루는 방법이요. 가르쳐 주실 수 있어요?"

"가르쳐 줄게."

"할머니가 주신 힘을 다룰 수 있게 되면, 뭘 할 수 있어요?"

누구에게도 기대지 않고 홀로 설 수 있을까. 지금은 도저히 성을 떠날 용기가 나지 않았다.

"……글쎄. 네가 하고 싶은 일은 대부분 할 수 있겠지."

"하고 싶은 일……. 그것도 찾아봐야겠어요. 한 번도 내가 뭘 하고 싶은지 진지하게 생각해 보지 않았거든요."

아델은 그를 보며 생긋 웃었다.

"그럼 잘 부탁드려요. 법적보호자님."

그는 이상하게 기분이 불편했다. 둥지를 떠나려는 새끼 새가 처음으로 날개를 펼치는 순간을 목격한 것 같다고 해야 할까.

"날 그렇게 부를 셈은 아니겠지?"

"에이, 설마요. 성주님께 당치 않은 무례죠."

"성주님이라고 부르는 것도 그만두지? 네가 내 가신은 아니잖아."

아델은 고민하다가 조심스럽게 말했다.

"아저씨……?"

"왜 하필 아저씨야?"

"파울 아저씨라고 불렀거든요. 파울 아저씨는 할머니의……."

"누군지 알아. 그냥 이름으로 불러."

"하지만……."

성주님인데. 성주님을 이름으로 불러도 되는 걸까?

"처음엔 잘 부르더니 왜."

"그때는 성주님이 아니었으니까……."

"나도 널 아가씨라고 불러 줄까?"

아델은 고개를 빠르게 내저었다. 그리고 망설이다가 작은 목소리로 불렀다.

"레온."

"응."

아델은 짧게 대답하는 그가 어쩐지 웃는 것 같다고 생각했다.

"잊지 마. 아델. 우리는 서로에게 유일한 가족이야."

우리가 어째서 가족이냐고, 아델은 묻지 못했다. 그가 말하는 가족은 '한집에 같이 사는 사람' 정도일지도 모른다. 하지만 가

족의 범위에 자신이 포함된 사실이 그저 벅차서 떨리는 목소리
로 간신히 대답했다.

"……네."

6장
가문의 방

석 달이 지났다.

주인이 바뀌고 조용했던 성이 부산스러워졌다. 성주의 침실을 재단장하느라 끊임없이 사람들이 오갔다. 가구를 바꾸고 말끔하게 수선하는 과정을 고용인들이 삼삼오오 모여서 구경했다.

적막했던 중앙탑은 이제 가장 번잡한 곳이 되었다. 일곱 가문의 수장들과 관리들이 항상 손에 서류를 들고 성주의 집무실을 드나들었다.

론은 보던 서류를 툭 던지고 의자에 등을 기댔다.

'끝. 아니, 이제 시작인가.'

시간은 순식간에 지나갔다. 그는 아주 정신없이 바빴다. 일곱 가문의 수장들이 번갈아 드나들며 온갖 서류와 통계자료, 기록 등을 가져와서 론의 머릿속에 쑤셔 넣으려고 했다.

석 달 동안 겨우 가문의 현 상태를 파악하는 데에 그쳤다. 재산의 규모, 돌아가는 구조, 가법, 가문과 긴밀한 유대를 가지는 많은 사람들에 관한 정보 등등.

론은 대단히 빠른 속도로 많은 정보를 흡수했다. 하지만 능구렁이 수장들은 절대 감탄하는 속내를 드러내지 않고 더 각박하게 몰아붙였다. 그래서 론은 자신이 얼마나 잘하고 있는지 객관적으로 알 수 없었다.

'까마득하네.'

그저 한숨을 내쉴 뿐이었다.

당장 다음 주부터는 교수들로부터 경제, 정치, 행정 등 지혜의 기반이 될 지식을 배우기로 했다. 수업이 추가된 그의 일정은 더 빡빡해졌다.

책상 오른쪽에 쌓인 책이 그의 시선 끝에 닿았다. 그는 맨 위의 것을 들어서 펼쳤다. 다음 주부터 배울 수업의 기초적인 원론서였다.

'이걸 다시 볼 일은 없을 줄 알았는데.'

기초적이지만 결코 쉽지는 않은 내용이 드문드문 눈으로 읽힐 때마다 다음 내용이 떠올랐다. 아주 오래전에 익혔던 내용이 여전히 기억 속에 생생했다.

지금 그가 들고 있는 책은 대륙에서 가장 널리 읽히는 정치 입

문서였다.

그는 이 책을 여덟 살에 뗐다. 그의 눈이 깊게 가라앉았다. 책을 덮어 던지듯 제자리에 내려놓았다.

문을 두드리는 소리가 들리고 제드가 들어왔다.

"성주님. 아가씨께서 오셨습니다."

론이 따로 허락하지 않았는데 바로 아델이 들어왔다. 늘 있는 일이었다.

아델은 들어와서 치맛자락을 들고 정중히 인사했다. 하지만 고개를 든 그녀의 눈동자는 유난히 파랗게 화가 나 있었다.

"나가 봐. 제드."

집사가 나가자마자 아델은 바짝 다가와서 두 손으로 책상을 디디고 고개를 앞으로 내밀었다. 그리고 이를 악물며 말했다.

"정말 이럴 거예요?"

론은 피식 웃었다. 다른 사람이 있는 곳에서는 성주님의 권위를 손상하지 않으려고 애쓰는 노력이 가상하면서도 재미있었다.

"약속했잖아요."

"무슨 약속?"

"하녀들 말이에요. 분명히 알았다고 했어요."

론은 어깨를 으쓱했다.

"알았다고 했지. 무슨 말을 하는지 알았다는 뜻이었어."

"레온!"

"뭐가 문제야?"

"대체 왜 날 감시하는 거냐고요!"

"감시라니. 네가 어딜 가는지 행방을 아는 일은 당연한 거야."

아델을 찾으려고 성을 한바탕 뒤집었던 석 달 전 이후에 론은 아델의 시중을 드는 하녀의 수를 대폭 늘렸다. 전에는 아델의 하녀는 멜 한 명뿐이었다.

시마는 낯을 많이 가리고 사람을 꺼리는 아델을 배려해서 아델의 시중인을 최소한으로 배치했다. 어차피 아델의 활동 반경이 아주 제한적이라서 문제가 있을 여지도 없었기 때문이다.

현실적으로 한 명의 하녀가 아델의 곁에 온종일 붙어 있기란 불가능했다. 그래서 멜은 소소한 심부름이나 꼭 필요한 일만 시중을 들어서 한가한 편이었고, 아델도 자유롭게 움직였다.

그런데 이제는 아니었다.

남쪽 탑에 배정된 하녀의 수가 부쩍 늘자 이젠 아델이 어디를 가든 항상 하녀가 따라다녔다.

"사람이 많은 건 불편하단 말이에요."

"신경 쓰지 마."

"어떻게 신경을 안 써요? 계속 따라다니는데."

"네가 어디를 가든 막는 건 아니잖아."

"왜 내가 어디를 가는지 알아야 하는데요?"

"아가씨가 밤중에 자다가 침실을 빠져나오는 것을 아무도 모르면 문제가 있지."

아델은 입술을 깨물었다. 그가 남쪽 탑에 머물 때 아델이 밤에 몰래 들어왔던 일을 말하고 있었다.

"다시는 안 그럴게요."

"그래야지."

"행선지는 꼭 미리 하녀에게 말해 둘게요."

"당연한 거고."

아델은 그가 도무지 물러설 기색을 보이지 않아서 타협안을 제시했다.

"그럼 정원 안까지 따라 들어오지 않게만 해 줘요."

"안 돼."

론이 생각하기에는 정원이 가장 위험했다. 그날 봤던 빛무리가 다시 나타나지 않게 하려면 아델을 혼자 두어서는 안 된다. 정확하게 빛의 정체가 무엇인지는 모르지만, 그건 다른 사람 앞에서는 모습을 드러내지 않았다.

어릴 때 봤던 빛무리가 그랬다. 정원 가득한 꽃 위로 날아다니던 빛이 순식간에 사라지면 꼭 사람이 나타났다.

"할머니는 날 언제나 자유롭게 해 주셨단 말이에요!"

말을 해 놓고 아델은 아차 싶어서 그의 눈치를 살폈다. 비교해서 그를 비난하려던 것은 아니었다.

"그분은 그분이고."

전혀 마음 쓰지 않는다는 듯 대답하는 그를 보면서 아델은 더 약이 올랐다. 잠깐이라도 말실수를 한 것일까 봐 걱정했던 자신이 바보 같았다.

씩씩대는 아델의 모습은 터지기 일보 직전이었다. 론은 이쯤에서 달콤한 미끼를 들이밀기로 했다. 그는 책상의 가장 아래 서랍을 열어서 낡은 표지의 책을 꺼냈다. 시큰둥하게 책을 보던 아델의 눈이 커졌다. 아델이 책으로 손을 뻗어 잡으려던 순간에 론이 싹 책을 빼냈다.

"하녀 문제를 다시 따지지 않겠다고 하면 줄게."

"진짜 교활해요. 그건 원래 내 것이라고요."

"거래 안 해?"

"해요. 한다고요!"

론이 싱긋 웃으면서 책을 내주었다. 아델은 얼른 그의 손에서 책을 빼앗아 들고 감격 가득한 표정으로 낡은 표지를 어루만졌다.

그리운 추억이 가득한 동화책이었다. 아델이 무척 좋아했던 이 책을 할머니는 수없이 반복해서 읽어 주었다.

"어디 있었어요? 서재에서 아무리 찾아도 없던데. 할머니도 어디 두셨는지 기억을 못 하셨거든요."

"평소 잘 안 쓰는 책장 서랍에 있었어. 아마 그분께서 잘 둔다고 하셨다가 잊으신 모양이야."

그는 집무실을 사용하면서 전에 있던 물건을 가능하면 건드리지 않았다. 다른 물건을 찾느라 우연히 책장을 뒤지다가 동화책을 발견했다. 집사가 마침 동화책을 기억하고 있었다. 아델이 자꾸 하녀 문제를 걸고넘어지지 않았으면 그냥 줬을 것이다.

"어쨌든 고마워요. 원래 내 것이고 그냥 준 것도 아니지만."

아델은 입술을 내밀면서 투덜거렸다. 론은 웃으면서 일어났다.

"그분을 뵈러 가자."

"네?"

*　　*　　*

몇 개의 층계를 내려가자 더 깊이 내려가는 나선형 계단이 이어졌다. 가장 아래가 가문의 불꽃이 있는 밀실이었다.

론이 아델을 데리고 가려는 가문의 방은 그보다는 위에 있었다. 그곳은 성주만 들어가도록 허락된 비밀의 방이었다.

빙글빙글 돌아가는 계단 아래는 어두웠다. 아델은 고개를 빼고 아래를 봤다가 아무것도 보이지 않는 시커먼 어둠이 무서워서 그의 곁에 바짝 붙었다.

"내려갈 수 있겠어?"

"음……. 네."

아델은 그의 손을 잡고 하나씩 계단을 밟았다. 아이의 걸음으로는 계단이 높은 편이라서 아델은 신경을 잔뜩 곤두세우고 발밑에서 시선을 떼지 않았다.

어느 정도 내려가다가 그는 멈추어 서더니 아델을 향해서 무릎을 굽히고 앉아 팔을 뻗었다.

"이게 더 빠르겠다."

아델은 주저하다가 그의 목에 팔을 감았다. 그는 아델을 안고 가뿐히 일어났다.

그가 계단을 내려갈 때마다 몸이 조금씩 흔들리는 기분이 이상했다. 대단히 안정감이 있었다. 그가 자신을 떨어뜨릴지도 모른다는 불안이 전혀 없었다.

그는 나선형 계단 중간에서 이어진 길로 들어갔다. 두 사람이 겨우 왔다 갔다 할 수 있을 정도의 좁은 복도였다. 계단과 마찬가지로 지나갈 때마다 환하게 불이 들어왔다가 지나가면 불빛이 사라졌다.

막다른 복도의 끝에 돌문이 있었다. 지키는 사람은 없었다. 어차피 이곳은 아무나 들어갈 수 없었다.

그는 돌문의 중앙에 박힌 큼직한 수정에 손을 올렸다. 수정에서 붉은빛이 뿜어 나오다가 잠시 후에 푸른빛으로 바뀌었다. 스르룽 소리를 내며 돌문이 옆으로 열렸다.

'와아…….'

아델의 눈이 동그랗게 커지고 입이 살짝 벌어졌다.

돌문을 열고 들어온 곳은 텅 빈 둥근 석실이었다. 그리고 여러 개의 문과 연결되어 있었다. 론은 그중 가장 오른쪽의 문을 열고 안으로 들어갔다. 방은 어두웠지만 들어가서 몇 걸음 걷자마자 환하게 밝아졌다.

아델은 주변이 보이자마자 움찔 놀라서 그를 꽉 잡았다.

"괜찮아. 그림이야."

그는 아델이 왜 그러는지 안다는 듯 말했다.

갑자기 나타난 사람들은 사람이 아니라 커다란 액자에 그려진 사람이었다.

론은 하나의 그림 앞에 멈추어 섰다. 아델은 그 그림을 보자마자 이곳에 있는 그림들이 무엇인지 알았다. 그림은 모두 누군가의 초상화였다. 그리고 지금 아델의 눈앞에도 초상화가 있었다. 부드러운 미소를 짓고 있는 아름다운 노부인의 초상화가.

두 사람은 말이 없었다. 아델이 몸을 조금 비틀자 그는 안고 있던 아델을 내려 주었다.

아델은 북받치는 울음을 참을 수 없었다.

"정말 아름다워요."

시마의 초상화를 바라보는 아델의 눈에서 하염없이 눈물이 흘렀다. 눈앞이 자꾸 흐려지는 바람에 계속 눈을 깜빡여야 했다.

그가 아델을 데리고 들어간 방은 지나온 레바스 가문의 가주들의 초상화를 모아 둔 곳이었다. 보통 가주의 지위를 물려받은 후에 초상화를 그리고 그 뒤로 약 10년을 주기로 추가적인 초상화를 더 그렸다.

그래서 전대 성주였던 시마 역시 여러 개의 초상화를 통해서 세월의 흐름을 볼 수 있었다.

한바탕 울고 난 후에 아델은 시마의 초상화를 찬찬히 구경했다. 아델이 모르는 할머니의 젊은 시절은 싱그럽고 아름다웠다.

'저분이 할머니의 부군이셨구나.'

젊은 시마의 곁에는 처음 보는 남자가 있었다. 초상화 속의 시마는 무척 행복해 보였다.

'파울 아저씨를 닮았어.'

아델이 보고 있는 전 성주 부부의 초상화를 론 역시 보고 있었다. 그는 전 성주의 부군 얼굴에서 레온의 모습을 찾아냈다.

시마의 마지막 초상화가 두 사람이 기억하는 시마의 모습에 가장 가까웠다. 옆자리는 비어 있었다.

"레온의 초상화도 곧 여기 들어오겠네요."

론은 대답 없이 살짝 웃기만 했다. 어딘지 모르게 씁쓸한 웃음이었다.

'정말 전부 다 보라색이구나.'

아델은 모든 초상화에서 하나의 공통점을 찾아냈다. 성별, 나이, 외모가 모두 다른 수많은 초상화 속의 사람들은 하나같이 모두 눈동자 색이 같았다.

"그만 나갈까?"

방을 나서면서 아델은 마지막으로 뒤돌아보았다. 초상화 속의 할머니가 자신을 보며 미소 짓는 것 같다고 생각했다. 아델도 초상화를 향해 활짝 미소 지었다.

"다른 방은 뭐예요?"

그저 호기심이었다. 안에 무엇이 들었다는 대답 정도만 기대했다.

"들어가 볼래?"

그런데 그가 흔쾌히 말했다.

"그래도 돼요?"

"안 될 것도 없지."

"괜찮은데……."

"이리 와."

그는 아델의 손을 잡아끌며 옆의 문을 열었다.

아델은 그가 보여 주는 대로 하나씩 방에 들어갔다. 어떤 방은 고서가 잔뜩 있고, 어떤 방은 눈부시게 화려한 보석이 잔뜩 있었다. 어떤 방은 귀한 마법 물품이 잔뜩 있기도 했다. 아델은 그저 신기하다고 구경만 했지만, 가치를 아는 자들이 봤다면 놀라 뒤로 넘어갈 귀물들이었다.

그리고 마지막 방문 앞에서 론은 말했다.

"이 방은 잠겨 있어. 나도 들어가 보지 못했지."

"레온도? 그럼 누가 들어갈 수 있어요?"

"아무도."

"뭐가 들어 있는지도 몰라요?"

그는 고개를 저었다.

"특정한 조건이 있어야만 문을 열 수 있다고 들었어. 지금껏 열린 적이 없었다고 해. 그리고 나 역시 못 열어."

다른 문은 그저 아무 잠금쇠도 없는 나무문이었다. 오직 봉인되었다는 문만 짙은 보라색으로 칠해져 있고, 들어왔을 때 봤던 돌문처럼 수정이 박혀 있었다.

'저 수정에 손을 대면 어떻게 되는 걸까?'

다시 돌문을 열고 가문의 방에서 나오면서 아델은 문득 궁금했다.

론은 당연하다는 듯 아델에게 두 팔을 벌렸다. 아델도 자연스럽게 그의 목을 안았다. 그렇게 다시 론은 아델을 안고 계단을 올라갔다.

사람의 기척을 감지한 마법돌이 계단을 오를 때마다 차례로 빛을 내어 어둠을 밝혔다. 아델은 뒤에서 까맣게 어두워지는 계단 아래를 응시했다.

'정말 어린아이가 된 것 같아.'

옛날 생각이 났다. 시마는 무릎에 무리가 간다는 주변의 만류에도 자주 아델을 안고 다녔다. 예닐곱 살 체구의 소녀는 절대 가볍지 않았다. 아무리 자라지 않는다고 해도 세월이 흘러 기력이 떨어지는 노부인이 감당하기에는 벅찼다.

언젠가부터 시마는 아델을 안지 못했다. 작년 즈음부터는 아델이 무릎에 앉는 것도 힘에 부쳐 했다.

'아이의 몸이 좋을 때도 있구나.'

가파른 계단을 걸어 올라가는 수고를 하지 않아도 되었다. 안겨서 걸을 때마다 흔들리는 느낌이 좋았다.

계단을 다 오른 론이 아델을 내려 주고 철창문을 닫았다.

"할머니는 가문의 방에 오랫동안 가시지 않은 것 같아요."

"가문의 방에 대해 들어 본 적도 없어?"

"없어요. 가끔 할머니의 초상화를 보러 올 수 있을까요?"

"오고 싶으면 언제든지 말해."

"네."

론은 아델을 잠시 바라보다가 셔츠 안쪽에 감추어 걸고 있던 목걸이를 풀었다. 잠시 앨런이 가져갔을 때를 제외하고는 한시도 몸에서 떼지 않았다.

그는 금줄에 꿴 까만 반지를 아델에게 내밀었다. 아델이 얼결에 손을 펴자 손바닥에 올렸다.

"이게 뭐예요?"

"돌아가신 성주님께서 생전에 장남에게 물려주었던 가문의 신물."

아델은 투박한 반지를 들여다보았다. 도무지 그런 보물로는 보이지 않았다.

"혈족이 아닌 사람이 가문의 방을 열 수 있는 유일한 열쇠지."

"아, 그래서……."

할머니가 왜 가문의 방을 외면했는지 깨달았다. 반지는 가문의 방과 필연적으로 관련된 물건이었다. 할머니는 가문의 방을 보면 반지가 떠오르고 그러면 잃은 아들이 생각나서 괴로웠던 것이다.

"네가 갖고 있어. 그게 있으면 가문의 방에 들어갈 수 있으니까."

"레온은요?"

"난…… 반지가 없어도 돼."

가문의 방은 특수한 마법으로 봉인되어 있었다. 레바스의 혈족만이 문을 여닫을 수 있었다. 론은 자신이 가문의 방을 열 수 있다는 사실이 새삼 놀랍지도 않았다.

"초상화가 보고 싶으면 언제든 가서 봐."

"받을 수 없어요."

아델은 그에게 반지를 쥔 손을 내밀었다.

"이런 귀한 물건을 아무에게나 주면 어떡해요."

"넌 아무나가 아니잖아."

"원래 레온만 들어갈 수 있는 방이잖아요. 엄청난 보물이 잔뜩 있는데 내가 몰래 가져가면 어쩌려고 그래요?"

심각한 아델을 보며 그는 오히려 재미있다는 듯이 웃었다.

"갖고 싶은 게 있었어?"

"……아뇨."

"다른 건 모르겠지만, 보석의 방에 있던 건 가져도 돼."

아델은 이마를 찡그리며 그에게 소리쳤다.

"가문의 보물이에요. 레온이 성주님이라도 마음대로 처분하면 안 된다고요!"

아델은 시마의 엄청난 유산을 물려받은 이후로 그에게 부채

의식이 있었다. 그는 미안해할 필요가 없다고 했지만, 그가 아무렇지 않아 하니까 오히려 더 미안했다.

그는 할머니의 손자였다. 그녀가 할머니로부터 받은 사랑과 유산은 마땅히 그의 것이 돼야 했었다. 전혀 욕심내지 않는 그가 조금은 원망스러웠다.

'왜 한 번도. 할머니라고 부르지 않아요?'

그는 언제나 할머니를 타인처럼 호칭했다. 자신의 아버지를 부르는 것조차 '그분의 장남'이라고 했다.

부대껴 함께 살지 않았으니 정이 없는 건 이해한다. 하지만 핏줄을 향한 최소한의 애정조차도 느낄 수가 없었다. 그녀에게는 가장 소중한 할머니가 그에게는 아무 의미가 없는 사람인 것 같아서 슬프고 무서웠다.

'차라리 할머니를 미워하기라도 해요.'

무관심보다는 증오가 낫겠다.

"보석의 방에 있는 건 괜찮아. 그건 돈으로 살 수 있는 물건일 뿐이니까. 정 신경 쓰이면 다시 내려갈까? 갖고 싶은 게 있으면 고르든지."

아델은 그를 물끄러미 보다가 고개를 저었다.

그는 친절했다. 하지만 속을 모르겠다.

'할머니의 부탁으로 내 후견인이 되었다고 했지만.'

그래서 더 모르겠다. 그가 정말 할머니에게 작은 애정조차 없다면 할머니의 부탁에 얽매일 이유가 없었다.

아델은 반지를 보며 갈등했다. 솔직히 욕심이 났다. 언제든 할머니의 초상화를 볼 수 있다.

그의 손이 아델의 손바닥에서 반지를 집어 들었다. 그리고 아델의 목에 걸어 주면서 그녀의 갈등을 끝냈다.

"레온."

"괜찮다니까."

"잃어버리면 어떡해요. 줄이 끊어지면……."

"특수 제작해서 네 힘으로는 잡아당겨도 안 끊어져."

아델은 옷 안쪽으로 목걸이를 숨겼다. 목덜미에 살짝 보이는 가느다란 금줄은 값비싸거나 특별해 보이지 않았다.

"잃어버리지 않게 조심히 보관할게요. 고마워요."

"그래."

'그분도 네가 갖고 있기를 바라실 거야.'

론에게 반지는 형제와 추억이 깃든 보물이면서 동시에 무거운 족쇄였다. 도저히 손가락에 낄 수가 없었다. 목에 걸고 있으려니 쇠사슬을 걸친 것처럼 늘 묵직했다.

'한심하구나.'

고작 반지 하나의 무게조차 감당하지 못하고 아델에게 넘겼다.

론은 아델의 머리를 가볍게 툭툭 두드렸다.

자신의 형편없이 약한 부분을 발견할 때마다 자괴감이 든다. 그리고 아델을 보면 위로를 받았다. 아델은 그에게 주어진 기회

같았다. 후회하지 않을 마지막 기회.

*   *   *

사울 왕국.

3왕자 베르토의 궁에 손님이 찾아왔다.

베르토는 유력한 왕위 계승권자였다. 문이 닳도록 그를 만나려는 사람들이 드나들었다. 그런데 늦은 시각, 남의 눈을 피해 은밀하게 찾아온다면 아무래도 범상한 손님은 아니었다.

조심을 기하기 위해 이중 삼중으로 방어막을 쳤다. 겉보기에는 베르토의 모친인 궁비의 처소에 찾아온 손님이었다.

점술에 깊이 빠진 궁비는 종종 외부에서 유명한 점술사를 불러오곤 했다. 미신은 배척해야 함이 마땅하지만, 궁비가 왕의 총애를 받고 있어서 눈감아 주는 분위기였다.

시종이 점술사를 따라 함께 들어온 조수에게 접근했다. 시종과 조수는 조용히 사라져 베르토 왕자의 궁에 나타났다.

사실 궁비가 점술에 빠졌다는 것은 대외적으로 보이기 위한 눈속임이었다. 베르토는 은밀히 손님을 만나야 할 일이 있을 때 모친을 이용했다.

"왕자님께 인사 올립니다."

"어서 오시오. 귀한 분이 어려운 발걸음을 하였소."

손님의 얼굴을 확인하고 베르토는 비죽 웃었다. 하찮은 점술사의 조수 신분으로 위장했으나 오늘 만나는 손님은 대단한 사람이었다.

"환대로 맞아 주시어 감사합니다."

색이 바랜 낡은 옷을 걸친 중년인이 정중히 인사했다.

대륙의 거상으로 불리는 말콤 그랜트.

베르토는 극적인 사건으로 말콤과 인연이 닿았다.

얼마 전 인신매매 범죄 조직이 깊이 관여한 비밀 노예 경매가 발각된 사건이 있었다. 국적을 불문하고 어지간한 왕족이나 고위 귀족은 관련하지 않은 자가 없어서 대륙을 뒤흔들 정도였다.

아무래도 높은 분들이 관련되어 있다 보니까 자신들의 치부를 감추기 위해 범죄 조직은 철저하게 박멸되었다. 다만, 이름이 드러난 관련자는 크건 적건 불이익을 감수해야 했다.

베르토 역시 관련자였다. 변태적인 취미를 가진 것도 아닌데 더러운 곳에 발을 담근 이유는 간단했다. 돈이 되기 때문이었다. 이복형과 왕위를 둔 치열한 싸움에서 승기를 잡기 위해 가장 필요한 것이 재물이었다.

이복형도 같이 손댔다면 둘이 서로 눈감아 주자며 덮자고 할 수 있었을 것이다. 하지만 베르토는 혼자 독식했다. 그동안 재미를 보았으니 그만한 대가가 그를 기다리고 있었다.

이복형인 1왕자는 베르토가 관련되었다고 의심했다. 치밀한 추적이 베르토의 뒤를 바로 쫓고 있었다. 죄상이 드러나면 한순간에 추락이었다. 왕위계승권의 유지는커녕 왕족의 신분을 박탈당할 수도 있었다.

목이 바짝 타들어 가는 위기에서 그를 건져 준 사람이 그랜트 상단의 주인, 말콤이었다. 도대체 무슨 재주를 부렸는지 1왕자가 그토록 뒤졌는데도 베르토의 이름은 나오지 않았다. 오히려 1왕자의 측근이 걸려들면서 수사는 흐지부지 끝나고 말았다.

베르토는 말콤에게 빚을 졌다. 하지만 개인적인 호감은 둘째 문제이고, 베르토는 이미 그 빚을 갚았다고 생각했다.

외숙의 영지를 사적으로 이용하겠다는 요청을 받아 줬고 그곳에서 무엇을 했는지 묻지도 않았다. 차 교역권까지 포기했다. 베르토의 입장에서는 막대한 손해를 감수한 양보였다.

오늘의 만남은 옛일을 기억하기 위해서가 아니라 말콤이 은밀히 제안한 거래 때문이었다.

"상단주가 직접 올 줄은 몰랐소."

"물건이 물건이다 보니 아무나 보낼 수는 없었습니다."

"그렇게 대단한 물건이라니. 기대가 많소."

비밀 경매가 사라지면서 베르토에게는 현실적인 타격이 컸다. 돈줄이 사라진 것이다. 1왕자와 다르게 베르토는 외가에 힘이 없었다.

말콤이 그때의 이득 이상을 얻을 수 있는 거래라고 운을 띄우자 덥석 물지 않을 수 없었다.

말콤이 품에서 주머니를 꺼내 테이블에 올렸다.

베르토는 작은 주머니 안에 도통 무엇이 들었을지 짐작이 가지 않았다.

"이것이 거래할 물건이오? 대체 뭐요?"

"일단 확인해 보시지요."

베르토는 주머니를 풀었다. 안에는 가루가 들어 있었다. 보라색의 아주 고운 입자의 가루는 빛의 방향에 따라 오묘한 색을 띠었다.

정체불명의 가루를 유심히 들여다보던 베르토의 미간이 굳었다.

"설마…… 마약인가?"

말콤은 대답하지 않았다. 대답이나 마찬가지였다.

쾅! 베르토가 주먹으로 테이블을 내리쳤다.

"제정신인가!"

조금 전까지 호의적이었던 눈빛이 차갑게 식었다.

"날 잘못 봤군."

베르토는 사납게 뇌까리며 주머니를 던졌다. 안에 들어 있던 가루가 쏟아져 테이블 위에 흩어졌다.

마약이 돈이 된다는 걸 모르는 사람은 없다. 그러나 이것은 사람을 좀먹는 괴물이었다. 아무리 돈이 좋아도 나라의 백성들을 마약에 찌들게 할 생각은 전혀 없었다.

베르토는 왕이 되고 싶었다. 멍청한 이복형보다 훨씬 위대한 통치를 할 자신이 있었다. 그가 원하는 건 온전한 왕국이었다. 마약 소굴이 아니라.

"과거의 인연을 생각해서 죄를 묻지는 않겠소. 당장 이 더러운 걸 갖고 꺼지시오. 혹시라도 마약을 왕국에 풀 생각은 하지 않는 게 좋을 거요. 내가 절대 두고 보지 않을 것이니."

베르토의 차가운 축객령에도 말콤의 표정은 느긋했다. 말콤을 아는 사람은 '그랜트 상단주는 웃는 얼굴로 상대에게 비수를 들이대는 사람'이라고 평했다. 그만큼 말콤은 언제 어느 상황에서도 여유를 잃지 않으며 언성도 높이지 않는 사람으로 알려져 있었다.

"끝까지 들어 주시지요. 설마 왕자님께 해가 될 물건을 가져왔겠습니까?"

"이게 마약이 아니라는 거요?"

"짐작하시는 물건은 맞습니다."

순간 누그러졌던 베르토의 음성이 다시 날카로워졌다.

"찾아보면 이용할 곳은 많겠지. 하지만 지금의 내게는 소용없소. 난 뒤탈 없는 재물이 필요하오."

"어찌 모르겠습니까."

고귀한 신분을 지닌 자는 제 입으로 재물에 관해 논하는 일을 천하다고 여기는 경우가 많았다. 하지만 베르토는 돈의 위력을 솔직히 인정하는 권력자였다.

말콤은 대륙을 누비며 셀 수 없이 많은 왕족과 귀족을 상대로 거래했다. 그중 관심을 두고 특별한 거래를 하는 자들은 극히 적었다. 베르토가 그중에 속했다.

"이 물건을 구매할 계층을 달리 생각하시면 됩니다. 부작용이 전혀 없다고 하면 어떻습니까?"

"부작용이 없다……?"

불쾌해하던 베르토의 눈에 흥미가 감돌았다.

마약의 가장 큰 문제는 중독성이었다. 사람을 순식간에 폐인으로 만든다.

"물건의 이름은 희락."

"희락……?"

"극상의 쾌락을 가져다주지만, 어떤 부작용도 없습니다."

"그게 가능한가?"

"곧 드러날 거짓을 고할 이유가 없지요."

베르토의 머릿속이 빠르게 회전했다.

대륙에 평화가 오래 지속되고 있었다. 어딘가에서는 국지전이 벌어지고 반란이 일어나는 곳도 있을 터다. 외교 분쟁은 끊임없지만, 국운을 건 국가 간 전쟁이 사라진 지는 꽤 되었다.

평화 속에서 귀족 대부분이 온종일 하는 일은 사교 활동을 통한 인맥 다지기였다. 매일 비슷한 일정, 비슷한 사람들을 만나비슷한 대화를 나눈다. 고만고만한 나날은 괴로울 정도로 무료했다.

그들은 자극을 원했다. 극소수의 변태들이나 관심을 가질 노예 경매가 대륙에 광범위하게 퍼진 이유는 그래서였다.

'부작용이 없는 극상의 쾌락이라…….'

그랜트 상단주의 말이 사실이라면 이건 어마어마하게 돈이 되는 사업이었다. 무료함에 몸부림쳐도 귀족 중에 마약을 하는 자는 드물었다. 제 몸을 끔찍이 여겨서 해로운 것에는 손대지 않기 때문이었다.

"상단주의 말만 듣고 결정하기는 어렵소."

"제가 드린 물건으로 충분히 검증하실 수 있을 겁니다."

테이블에 흩어진 보라색 가루를 보는 베르토의 눈에 욕망이 감돌았다. 악마의 가루가 누런 황금 가루로 보였다.

"내키지 않으시면 오늘 저는 왕자님을 뵌 적이 없는 것입니다. 그랜트 상단은 고객의 뜻에 반하는 일은 하지 않습니다."

베르토의 눈이 번뜩였다.

"내게만 제안한 것이 아니로군."

말콤은 대답 없이 엷게 미소만 지었다.

"거래하기로 한 사람이 있소?"

"왕자님. 고객의 정보는 비밀입니다."

"질문을 바꾸지. 내가 몇 번째요? 이 정도는 답해 줄 수 있지 않소?"

"북대륙에서는 왕자님이 첫 거래입니다."

"시간을 주시오. 물건을 검증할 때까지 다른 고객은 찾지 마시오."

"독점 거래를 제안하시는 겁니까?"

"위험한 물건이오. 상단주도 확실히 믿을 만한 사람과 고정적인 거래가 나을 거요. 아무나 다룰 물건이 아니오. 나라면 완벽하게 통제할 수 있소."

말콤의 눈빛에 차가운 비웃음이 스쳐 지나갔다. 하지만 아주 짧은 순간이라 베르토는 알아차리지 못했다.

"왕자님이라면 믿을 만한 고객이지요. 하지만 독점은 상인에게 위험 부담이 있습니다."

"상단주에게 손해 없는 거래를 약속하리다."

대화의 우선권을 쥔 사람이 바뀌었다.

어느새 말콤이 우월한 입장이 되어 베르토가 끌려가고 있었다. 예민한 사람이 아니라면 모를 정도로 무게 중심이 옮겨 가는 과정이 교묘했다.

"거래를 논하기에는 아직 이릅니다. 물건을 확인하시고, 확신이 서시면 연락 주십시오."

"우리는 이미 신뢰를 나누었지 않소."

베르토는 끈질기게 요구했다. 말콤은 못 이기는 척 항복했다.

"왕자님을 당해 낼 수가 없군요. 알겠습니다. 왕자님의 답을 우선 기다리겠다고 약속드리지요."

끝내 원하는 답을 얻은 베르토는 만족했다. 하지만 모두 말콤의 계산 안에 들어 있다고는 생각하지 못했다.

어차피 말콤은 물건을 직접 거래할 상대를 아주 소수의 몇 사람만으로 계획하고 있었다. 많은 거래 상대방과의 직접 거래가 큰 이득을 줄 수 있으나 이 물건은 위험했다. 말콤에게는 이득보다 중요한 것이 자신의 안전이었다.

"점술사가 연락책을 가지고 있습니다."

"알겠소. 기다리겠다는 약속을 잊지 마시오."

말콤이 돌아가고 베르토는 측근 시종을 불러 테이블에 쏟아진 가루를 한 톨도 남김없이 주머니에 담으라고 지시했다. 시종이 일을 마칠 때까지 아예 곁에 지키고 섰다.

'내가 독점하면 더는 자금 부족으로 골치 썩을 일이 없어.'

말콤의 말이 사실이라는 전제 하에서지만 거짓은 아닐 것이다. 그랜트 상단의 주인이 사기를 쳐서 이득을 볼 일이 없었다.

'물건의 용도를 다른 곳에 쓸 수 있을지도 모른다.'

베르토는 머리가 좋은 편이었다. 좀 더 멀리 보았다. 마약을 단지 쾌락을 위해서가 아닌, 다른 이용의 가능성을 생각했다. 부작용이 없는 마약을 사용할 곳이 분명 있을 것이다.

마음이 조급해졌다. 어서 빨리 물건의 효능을 알아보고 싶었다.

'양은 얼마나 사용해야 하지? 직접 섭취하는 건가? 물에 녹을까? 품위 있는 사용법이 있어야 귀족들이 좋아하겠지. 물담배를 이용하면 괜찮겠군.'

베르토가 분주하게 머리를 굴리고 있을 때 말콤을 태운 마차는 궁을 빠져나와 어두운 거리를 달려갔다.

'완벽한 통제?'

말콤의 한쪽 입술 끝이 위로 올라갔다. 그는 어리석은 애송이의 만용을 비웃었다.

'같잖기는.'

아무리 제 잘난 맛으로 날뛰어 봤자 화병의 꽃이었다. 왕자로 태어나 주변에서 떠받들어 주기만 했을 텐데 고통이 뭔지 절망이 뭔지 알기나 할까. 기껏해야 제 형과 엎치락뒤치락하는 우물 안의 개구리일 뿐.

물론 정말 생각 없는 바보라면 말콤이 거래 상대로 낙점하지는 않았을 것이다.

베르토 왕자는 머리가 좋고 제법 넓은 시야로 볼 줄 알았다. 그러니 막강한 외가를 가진 1왕자를 상태로 팽팽한 줄다리기를 하고 있을 터였다.

하지만 말콤이 보기엔 그놈이 그놈이었다. 개선의 여지가 없는 구더기 같은 귀족들보다 그나마 나을 뿐이었다.

'완벽한 통제. 어디 해 보라지. 네 오만함이 네 목을 조를 것이니.'

말콤이 물건의 판매권을 넘기는 이유는 물건을 통제할 자신이 없기 때문이다.

사물에도 의지가 있다. 누군가는 비웃을 말이었다. 하지만 수십 년 동안 거친 상계에서 돈 되는 일이라면 안 해 본 것이 없는 말콤은 완벽한 계획이 어그러지는 일을 수없이 겪었다.

어떤 물건이 사람의 손을 타다 보면 마치 생명체처럼 예측 못하는 방향으로 튀곤 했다. 그래서 말콤은 절대 장담은 하지 않았다. 서른 살도 안 된 애송이 왕자의 자신감이 가소로웠다.

'어쨌든 가능한 한 오래 제 역할을 해 주는 것이 내게도 좋은 일이지.'

뒤통수를 칠 의도로 희락을 건네준 것은 아니었다.

말콤은 대륙을 지역별로 나누어서 대략 열 명 정도를 뽑았다. 그들에게만 희락을 공급할 것이다. 그러면 그들은 자발적인 중간 유통상이 되어 희락을 주변에 퍼트릴 것이다.

후보는 아주 신중하게 골랐다. 어느 정도 머리는 있고 욕심도 있고 양심은 희미하고 자신의 것을 쉽게 남에게 빼앗기지는 않을 정도의 신분과 지위가 있어야 했다.

고심해서 고른 후보들이지만 그들이 희락을 감당하는 시간은 대략 오 년에서 길어 봤자 십 년으로 보았다.

열 명을 직접 만나는 데에 많은 시간이 걸렸다. 베르토가 마지막이었다. 낚싯대는 모두 던졌다. 느긋하게 기다리면 되었다. 고기들은 남김없이 미끼를 물 것이다.

'희락은 노예 경매와는 비교할 수 없을 파급력을 가질 것이다.'

그는 품 안에서 작은 주머니를 꺼내 손바닥에 털었다. 주머니에서 손가락 한 마디 크기의 돌이 나왔다.

위와 아래가 뾰족한, 마치 아몬드와 비슷한 형태의 돌은 수정을 깎아 만든 것처럼 보였다.

'처음 의도했던 것과 전혀 다른 용도가 되었지만, 오히려 잘되

었어.'

그의 손바닥에 놓인 작은 돌은 마석이었다. 공식적인 명칭은 티움이다. 마법 물품이 작동하기 위해서는 티움이 필요했다. 티움은 오직 하란에서만 생산해서 공급했다.

그러나 말콤이 들고 있는 티움은 하란에서 나온 것이 아니었다.

마스터가 티움의 제작에 들어가자 말콤은 기대가 컸다. 대륙에서 거래되는 티움의 양은 어마어마했다. 일부 국가에서는 화폐 대신 사용하기도 했다.

그런데 막상 제작된 티움은 예상하지 못한 문제를 갖고 있었다. 색깔이 달랐다. 시중에 팔리는 티움은 모두 파란색. 그러나 마스터가 제작한 티움은 보라색이었다.

색이 다르니 밀거래를 할 수가 없다. 물건의 출처가 금방 들키게 될 것이다. 물건을 풀면 그랜트 상단이 위험했다. 티움을 제작할 수 있다고 알려지면 제조법을 노리는 국가들이 그랜트 상단을 가만히 둘 리가 없었다.

말콤은 보라색 티움을 사용할 방법을 찾느라 고심했다. 이대로 포기하기엔 너무 아까웠다.

마침내 찾아낸 것이 '희락'이었다. 보라색 티움을 곱게 갈아 섭취하면 마약과 유사한 효과를 보인다는 사실을 알아냈다. 판매되는 파란색 티움에서는 나타나지 않는 효능이었다.

보통 마약이 아니었다. 복용하는 양이나 흡입 방법에 따라서 나타나는 효과도 다양했다.

훌륭한 수면제가 될 수도 있고 환상적인 꿈을 꾸게 해 주기도 했다. 고통을 느끼지 못하게 할 수도 있고 정사 시에 섭취하면 극도의 쾌락을 느끼게 해 주었다.

희락. 붙여진 이름이 과분하지 않았다.

쾌락을 얻을 수 있으나 대가가 없다. 어떤 부작용도 없었다. 희락의 가치는 상상도 할 수 없었다.

'후후후. 마음껏 즐겨라.'

부작용이 없는 마약에 귀족들은 안심하고 빠져들 것이다. 그들이 이상을 느꼈을 때는 이미 늦었다.

말콤은 거짓을 말하지 않았다.

분명히 부작용이 없다. 희락은 아무리 오래 복용하다가 중단해도 금단 증상이 없었다.

그러나 맛본 쾌락을 인간이 포기할 수 있을까. 이미 벗어날 수 없는 중독의 시작이었다. 그들이 헤어날 수 없는 늪으로 걸어 들어가는 모습을 지켜볼 것이다.

이 세상에 희락을 줄 수 있는 사람은 오직 자신뿐이다. 그들의 모가지를 틀어쥘 날이 얼마 남지 않았다.

'천하가 내 앞에 엎드릴 것이다.'

말콤의 눈이 이글거렸다. 욕망, 그리고 세상에 대한 증오가 넘실거렸다.

＊　　　＊　　　＊

카발은 어둠 속에서 눈을 떴다.

그는 묘한 감각의 여운을 곱씹었다. 무력함과는 달랐다. 그것
보다는 아늑한, 마치 그리운 꿈을 꾼 것 같은.

—꿈이라니, 우습군.

부질없는 인간의 감정 따위는 그를 흔들 수 없었다. 더구나
그는 잠이 든 것이 아니다. 그는 인간이 느끼는 모든 육신의 감
각을 알지 못했다. 먹지 않고 잠도 자지 않는다. 피곤함을 모르
며 고통 또한 느끼지 않는다.

그는 단지 현재 완전하지 않은 후유증을 겪고 있었다. 불안정
한 힘은 가끔 제멋대로 날뛰었고 부지불식간에 그를 깊은 어둠
의 심연 속으로 끌고 들어갔다.

모르는 사이에 갑자기 시간이 지나가 버리는 때가 있었다. 때
로는 몇 시간 정도이지만 때로는 몇 개월이 넘곤 했다.

그의 세상은 암흑이지만, 시간의 흐름은 언제나 선명하게 느
껴졌다. 이번에는 꽤 오래 침잠해 있었던 모양이다.

힘의 일부를 심어 권속으로 부리는 인간의 기척이 매우 멀리
있었다.

—오너라.

그는 권속을 불렀다. 부름에 답해서 이곳에 도착하기까지는 아무래도 꽤 기다려야 할 것 같다. 쓸 만한 흑마법사가 한 명이라도 있었다면 느려 터진 인간을 거둬서 부릴 필요가 없었을 것을.

힘만 온전했다면. 아니, 최소한 완전히 자신을 통제할 수만 있었어도.

언제 발작할지 모르는 불완전한 힘은 그의 활동을 실질적으로 구속했다. 직접 움직일 수 없으니 수족이 필요했다.

심연 속을 헤매다가 돌아오면 그의 기운이 한결 안정되는 것이 그나마 좋은 점이었다.

그리고 힘이 안정되어 고요한 호수처럼 잔잔하면 그는 알 수 없는 의문에 시달렸다.

—나는 누구인가. 내가 어둠이 된 것인가, 어둠이 나를 삼킨 것인가.

고뇌의 결론은 항상 같았다. 힘을 되찾아야 한다. 완전하지 못하기에 의문이 생기는 것이다.

왼손 안에 단단한 것이 있었다. 카발은 주먹을 쥐고 있는 왼손을 폈다. 후드 아래에서 붉은 안광이 빛을 발하자 손바닥의 작은 돌이 시선 높이까지 허공에 둥둥 떠올랐다.

　—마석.

　그가 최근 제작한 물건이었다.

　말콤은 마석이 대단한 재물이 된다고 했다. 금붙이 따위는 관심 없었다. 하지만 인간을 부리기 위해서는 매우 유용했다.

　대륙은 넓고 카발은 불완전한 몸으로 혼자 대륙을 전부 뒤질 수가 없었다. 그리고 대륙에는 인간이 개미처럼 많았다.

　—재밌는 물건이야. 이런 걸 만들다니.

　작은 수정 속에 마력을 집약해 놓았다. 인간의 솜씨치고는 제법이었다. 그래 봤자 어둠의 힘에 비하면 조잡한 마력일 뿐이지만.

　하루, 이틀 시간이 흘렀다. 창문조차 없는 어두운 방에는 밤낮의 경계가 없었다.

　카발은 여전히 테이블 앞에 앉아서 허공에 떠올라 빙글빙글 돌고 있는 마석을 응시하고 있었다.

　「티움…… 마석을 제작할 수 있으시다니. 마스터께서는 역시 전능하십니다.」

카발은 마석을 보자마자 제작하는 방법을 알았다. 자연스럽게 제작법이 떠올랐다. 만들 수 있다고 했더니 말콤은 카발의 발치에 엎드려 주인의 위대함을 칭송했다. 하찮은 종의 찬사에 우쭐할 일은 아니었다.

그런데 마석을 바라보며 하릴없이 시간을 보내다 보니까 문득 의문이 생겼다.

─나는 마석의 제작법을 어찌 안 것인가.

직접 제작했기에 알고 있다. 마석은 어둠의 힘과 아무 관련이 없었다. 마법 시약을 배합하고 수정에 마력을 응집하는 주문을 새기는, 지극히 인간이 생각해 낼 법한 지식의 산물이었다.

마석의 제작법에는 일부 흑마법의 수법이 사용되었다. 하지만 흑마법은 카발이 지닌 어둠의 힘과 엄연히 달랐다. 흑마법은 어둠의 힘을 흉내 낸 비뚤어진 변종에 불과했다.

카발은 인간의 머리에서 직접 기억을 뽑아낼 수 있었다. 그런 방식으로 어디선가 얻은 지식일지도 모른다.

어렴풋이 뭔가 기억이 날 것도 같았다. 하지만 그의 기억은 온전하지 않았다. 힘의 일부를 잃었을 때 기억의 일부도 날아가 버렸다.

문이 열리면서 말콤이 안으로 들어왔다. 말콤은 들어오자마자 발치에 납작 엎드렸다.

"부르심에 즉시 달려오지 못한 죄를 용서하십시오. 마스터."

—일어나라.

음산하게 울리는 목소리가 평이했다. 말콤은 안도의 숨을 내쉬며 일어났다.

—어찌 되어 가지?

"전력을 다해 찾고 있습니다. 마스터."

말콤은 마른침을 삼켰다. 한동안 마석을 처리하는 일에 골몰하느라 아이를 찾는 일에 신경 쓸 겨를이 없었다. 물론 수하들에게 지시는 내려놓았다. 아예 방치해 두지는 않았으니 거짓말은 아니었다.

말콤의 심장에는 카발이 심어 둔 어둠의 힘 일부가 맴돌고 있었다. 말콤은 감히 카발을 배신할 수 없고, 카발이 소멸하면 말콤 역시도 살아남지 못했다.

그렇지만 속마음까지 읽히는 것은 아니었다. 그간의 경험으로 알고 있기에 말콤은 잔뜩 긴장하면서도 적당히 말을 돌리는 일 정도는 할 수 있게 되었다.

그러나 말콤은 자신의 불안함이 고대로 카발에게 읽히고 있다는 사실을 알지 못했다.

"전에 말씀드린, 마석의 이용에 차질이 생겨 방안을 마련했습니다. 마석을 가공하여……."

—**마석을 어찌 이용하든 알 바 아니다.**

"예?"

—**일을 수행하는 데 재물이 필요하다 하여 방안을 마련해 주었을 뿐.**

"예, 예."

말콤은 어깨를 움츠렸다. 카발의 말대로 카발은 재물의 흐름에 관여한 적이 없었다. 그나마 카발이 인신매매 조직에 관심을 둔 건 아이가 필요했기 때문이었다. 항상 이득을 얻기 위해 골몰하고 작전을 꾸미는 일은 말콤의 적극적인 의지였다.

—**아이를 찾는 일을 최우선으로 두라고 했다.**

"예, 마스터. 명심하고 있습니다."

말콤이 물러갔다. 어두운 방에 거친 음성이 울렸다.

—가증스러운 놈.

인간은 참으로 간사한 족속들이다. 벌레처럼 약한 주제에 빈틈만 생기면 딴생각을 하려고 들었다.

말콤의 생명력 일부는 카발에 종속되었다. 그러나 완전한 지배는 아니었다. 영혼조차 종속되면 말콤은 숨만 쉬는 인형이나 마찬가지다. 의지가 없기에 스스로 생각할 줄도 모르게 된다.

허약한 육체의 인간을 인형으로 만들어 봤자 쓸모가 없다. 카발은 제 욕망에 따라 스스로 일을 꾸미는 충실한 수족이 필요했다.

—아직은 쓸모가 있지.

그러니 적당히 까부는 것은 눈감아 준다.

그러나 놈이 정해진 선을 넘어서 제 욕망을 이루기 위해 움직이는 의지가 강해진다면 폐기할 것이다.

말콤의 생각대로 카발은 말콤의 속마음을 모두 읽지는 못했다. 대신 말콤의 심장에 박힌 어둠의 힘은 말콤이 품은 욕망을 정확히 파악해서 카발에게 전달했다. 그건 말콤의 생각이 읽히는 것보다 정확했다. 자기 자신도 모르는 욕망마저도 철저하게 발가벗겨지는 것이다.

―귀찮은 일이 없으면 좋으련만.

 카발은 혀를 찼다. 수족으로 부릴 쓸 만한 인간을 만드는 일
은 손이 많이 갔다. 귀찮은 건 감수하면 그만이지만, 시간이 많
이 든다는 게 가장 큰 문제였다.
 힘만 되찾는다면!
 너절한 모략 따위를 꾸미지 않아도 된다.

―하란.

 모든 것이 그곳에 있었다.

                    *   *   *

 높은 습도와 한낮의 태양은 몸을 축축 늘어지게 했다. 빽빽하
게 우거진 수풀과 높이 솟은 나무들은 바람의 흐름을 방해했다.
 워낙 깊은 오지의 밀림에 제대로 된 길이 없었다. 낫을 든 길
잡이 서넛이 수풀을 쳐내어 길을 내면 일행이 뒤를 따랐다. 해가
금방 져서 이동할 수 있는 시간이 많지 않았다. 온종일 걸어도
이동 거리에 한계가 있었다.
 식사 시간이 되어 일행은 잠시 쉬기로 했다. 많지 않은 숫자의
일행이 넷으로 갈라져 모여 앉았다. 길잡이로 고용된 원주민, 짐

꾼, 호위로 고용된 용병, 그리고 흰색 로브를 입은 두 명의 마법사였다.

"괜히 날 따라와서 자네도 고생이군."

데보라의 말에 흰색 로브의 중년 마법사, 라만이 고개를 저었다.

"험한 길을 어찌 대현자님 홀로 가시게 하겠습니까."

"자네도 참 고집하고는."

"대현자님의 고집에 비할까요. 굳이 여기까지 직접 오실 이유가 무엇입니까?"

"또 그 잔소리를 하려거든 그만두게."

"탈이 나실까 염려되어 그러지요. 괜한 헛걸음한 것은 아닌지 모르겠습니다."

"세상에 거저 얻는 것은 없어."

데보라는 저만치 떨어져서 식사 중인 길잡이들을 바라보았다. 그들은 저들끼리 웃고 떠들다가 데보라와 시선이 마주치자 움찔하며 고개를 돌렸다. 여정을 함께한 지 꽤 되었는데도 그들은 여전히 마법사를 두려워했다.

길잡이들은 부족민 출신이었다. 세상 밖으로 나와서 바깥사람들과 어울리며 살아가도 좀처럼 바뀌지 않는 점이 있다면 마법에 대한 막연한 두려움이었다. 부족민 출신은 대개가 자연신을 숭상했고 마법은 그들이 보기에 신의 힘과 비슷했다.

대륙의 일부 지역에는 여전히 문명이 닿지 않은 부족민이 존재했다. 공식적으로는 빈 땅이 아니었다. 하지만 그건 인접한 왕국들이 지도를 펼쳐 멋대로 선을 긋고 영토를 분할했을 뿐 정작 살고 있는 부족민의 의사는 물은 적이 없었다.

워낙 험한 오지라서 군대가 접근할 수 없다는 점이 다행이랄까. 사람이 오갈 수 없으니 세금을 걸을 수도 없고 원주민들은 그저 살아온 대로의 삶을 영위할 수 있었다.

하지만 옛날에 비하면 오지는 많이 개발되었다. 밖으로 나오는 부족 원주민의 수도 늘었다. 하란이 대륙에 진출한 이후 서서히 진행된 변화였다.

'모든 일에는 반작용이 있는 법이지.'

하란의 마법 물품은 삶에 편의를 주었고 본의 아니게 오지의 탐험을 돕는 역할을 했다. 데보라는 하란 출신의 마법사로서 원주민의 평온한 삶을 방해한 것에 얼마간은 미안한 마음이 있었다.

데보라가 여기까지 온 것은 밖으로 나온 원주민에게서 우연히 들은 이야기 때문이었다. 아마 원주민의 삶이 변화하지 않았다면 밖으로 나오지 않았을 테고, 데보라가 정보를 얻을 일도 없었을 것이다.

'암흑신의 제단이라⋯⋯.'

흑마법의 흔적을 찾기 위해 대륙을 뒤지고 다니는 데보라의 입장에서는 결코 흘려들을 수 없는 이야기였다.

데보라가 직접 조사하겠다고 나서자 주변에서는 만류했다.

낯선 길을 가다가 무슨 일이 일어날지 알 수 없다는 이유에서였다.

하지만 데보라가 고집을 부리는데 어쩌겠는가. 실력을 갖춘 믿을 만한 호위를 동반하는 것으로 합의를 보았다. 원래 데보라는 사람을 줄줄이 끌고 다니는 일을 싫어했다. 하지만 이번만큼은 한발 물러나서 양보했다.

휴식을 끝내고 일행은 다시 이동을 시작했다. 다음 휴식에 잠시 쉴 때 호위를 이끄는 용병들의 리더가 데보라에게 다가와서 말했다.

"거의 다 왔다고 합니다. 해 질 무렵이면 도착할 거라고 하는군요."

"그러면 조금만 더 이동하다가 적당한 곳에 밤을 지낼 자리를 마련하게. 내일 아침 일찍 도착하는 편이 낫겠네."

"예. 말씀대로 하겠습니다."

용병들의 태도는 아주 정중했다. 함부로 대할 수 없는 마법사들이라는 이유는 부차적이었다. 보수가 크기 때문이다. 용병들 사이에서 마법사의 의뢰는 하는 일에 비해 보수가 후하다고 소문이 나 있었다.

거의 다 왔다는 소리에 힘이 나는지 라만의 표정이 한결 밝았다.

"헛걸음일까 봐 걱정이라고 말씀드렸습니다만, 차라리 헛걸음이었으면 좋겠습니다."

데보라는 웃었다.

"나도 그렇게 생각하네."

흑마법의 흔적을 찾아 헤매지만, 영원히 찾고 싶지 않기도 했다.

다음 날 아침 일찍, 목적지에 도착했다. 데보라는 묘한 표정으로 주변을 둘러보았다.

"제단이 맞기는 맞군."

솜씨 좋은 조각가들이 기둥을 조각한 세련된 신전에 비할 바는 아니었지만 기본적인 모습이 종교적인 느낌을 물씬 풍겼다.

크기와 형태가 제각각인 돌을 이리저리 맞추어 깔아 바닥을 만들고 널찍한 바위를 쌓아 올렸다. 기괴한 형태를 조각한 나무가 주변을 에워싸고 있었다.

"상당히 오랫동안 관리하지 않은 것 같습니다."

라만의 말에 데보라는 고개를 끄덕였다. 버려진 폐허나 다름없었다. 잡풀과 넝쿨이 제멋대로 자라나서 얼핏 보면 제단이라는 사실을 모르고 지나칠 것 같았다.

"저는 딱히 모르겠습니다만, 대현자님께서는 어떠십니까?"

"글쎄. 나도 모르겠네."

그들은 백탑의 마법사였다. 흑마법에 가장 민감하게 반응한다. 하지만 두 사람 모두 이 장소에서 아무 감흥도 느끼지 못했다.

아마 학술적으로는 가치가 있을지도 모른다. 원시적인 종교

제단의 형태일 테니까. 하지만 그들은 그런 쪽의 전문가가 아니었다.

'아무래도 모셨던 신이 악신에 가까운 것 같군.'

나무에 조각된 형태가 정확히 무엇인지 알 수 없지만, 흉포한 느낌을 자아냈다. 제단에 올라선 사람을 마치 위협하는 것 같다.

학자가 아니어도 기본적인 지식은 있었다. 대개 원시 종교는 공포에서 탄생하는 경우가 많았다. 천재지변을 두려워하는 마음에서 자연신을 숭배하게 되는 것이다.

'제단은 왜 버려졌을까.'

이미 이곳에 오기 전에 근처에 살고 있는 부족이 없다는 말을 들었다. 제단을 관리하던 부족민이 무슨 이유인지 모르겠지만, 살던 곳을 버리고 떠난 것이다. 워낙 오래된 일이라 당시의 일을 기억하는 사람을 찾을 수가 없었다.

데보라는 한참 제단 주변을 돌아다녔다. 아무것도 눈에 띄는 것이 없었다. 버려진 종교의 흔적. 그뿐일지도 모른다.

'먼 길을 왔다는 보상을 받고 싶은 건가.'

미진한 무엇인가가 자꾸 데보라를 잡아끌었다. 괜히 이대로 돌아서면 안 될 것 같았다.

"이보게."

"예. 대현자님."

라만은 데보라의 부름에 얼른 다가갔다. 데보라는 불러 놓고 곰곰이 생각에 빠져들었다. 라만은 대현자의 생각을 방해하지 않으려고 조용히 기다렸다.

"자네는 흑마법이 사악하다고 생각하나?"

민감한 질문이었다. 데보라는 이상한 질문으로 괜히 사람의 속을 떠보는 사람이 아니었다. 그걸 아는 라만은 부담 없이 대답했다.

"따지고 들면 마법의 갈래일 뿐이라고 생각합니다."

"호오. 자네는 그쪽 의견인가?"

라만은 어깨를 으쓱했다.

"도구가 무슨 잘못입니까. 사용하는 인간이 문제일 뿐이지요."

데보라는 미소 지으며 고개를 끄덕였다.

"하란께서도 자네와 같은 생각이셨을 거네."

"아, 그 말씀은 좀 위험합니다. 대현자님."

"자네니까 하는 말이지."

두 사람은 마주 보며 웃었다.

"하란에는 흑탑이 있지."

하란의 마탑은 총 여섯. 유일하게 주인 없는 마탑이 있었다. 흑탑이다.

"다들 흑마법에 대처하기 위해 흑탑이 있다고 생각하지만, 난 다르게 보네. 하란께서는 그 흑탑을 누군가에게 주고 싶으셨던 거지. 그분께는 여섯 명의 제자가 있었다고 하지 않던가."

주인이 없는 흑탑을 제외하면 마탑은 다섯. 하란의 제자 중 다섯 명은 다섯 개의 마탑을 나누어 가졌다. 그런데 남는 한 명의 제자가 어찌 되었는지는 기록에 없었다.

라만은 흥미로워했다.

"새로운 이론이군요. 하란의 여섯 제자 중 하나가 흑마법사였다는 말씀입니까?"

"어떤가? 연구해 볼까?"

"그다지 추천하고 싶지 않습니다만."

마법학계가 발칵 뒤집힐 것이다. 마법사들의 공공의 적이 될 각오를 해야 할 것이다. 데보라는 그런 위험을 감수하면서 파고들 생각은 없었다. 그저 평소에 하는 수많은 잡생각 중 하나였다.

"우리는 흑마법의 흔적을 찾고 있지."

"예."

"그런데 말일세. 흑마법이 아니라면…… 우리가 찾을 수 있을까?"

"무슨 말씀이신지요?"

"흑마법보다 더 고차원적인. 이를테면…… 신에 가까운 순수한 어둠이라면."

라만은 도통 이해하지 못하는 표정을 지었다. 데보라는 더 설명하기를 포기했다. 사실, 데보라도 남을 설득할 만큼의 확신은 없었다.

'워낙 오래된 데다가 비논리적인 이야기이니까.'

데보라는 아까부터 거슬리는 나무로 성큼 다가갔다. 제단의 바닥을 뚫고 가슴께 높이의 나무가 자라고 있었다. 엉뚱한 곳에 있는 나무를 뽑아 버리면 제단의 모습을 좀 더 한눈에 볼 수 있을 것 같다.

"자네들. 이쪽으로 와서……."

용병을 부르려던 데보라는 유심히 나무를 들여다보았다. 자세히 보니까 나무가 아니라 긴 나무 막대를 타고 오른 넝쿨이었다.

그녀는 막대를 잡고 흔들어서 바닥에서 뽑아냈다. 얽혀 있는 넝쿨을 훑어서 떼어 냈다. 데보라를 멀뚱히 보고 있던 라만이 눈을 부릅떴다.

"대현자님. 그건!"

말끔해진 나무 막대의 한쪽 끝은 뭉툭하고 반대쪽 끝은 뾰족했다. 뭉툭한 쪽은 손아귀에 맞는 아치형으로 깎여 있었다.

"마법사 지팡이……."

마법사에게 지팡이가 상징물이었던 시절은 옛날이었다. 지팡이를 사용하지 않은 지 꽤 되었다. 그러니 데보라가 들고 있는 지팡이는 최소 수십 년 전의 마법사가 사용했던 물건이었다.

지팡이를 손으로 만지며 살피는 데보라의 눈이 가늘어졌다. 낡았으나 금 간 곳도 없이 말끔했다.

데보라는 주변을 휙 둘러보았다. 지금은 건기라 다행히 오면서 비를 맞지 않았다. 그래도 습도가 높았다. 우기가 되면 한 달 내내 비가 오는 곳이었다. 살아 있지 않은 모든 것들의 부패가 순식간에 이루어지는 환경을 갖추었다.

'상당히 높은 마력을 지닌 마법사의 물건이었어.'

마법사가 오래 지닌 물건에는 마력이 스며들기 마련이다. 특히 고위 마법사일수록 마력의 매개체가 되는 지팡이는 특별한 관리가 없어도 쉽게 썩지 않았다. 마탑에는 수백 년 전에 사용되었던 지팡이도 보관 중이었다.

"라만. 오늘이 며칠인가?"

라만의 대답을 듣고 데보라는 한숨을 내쉬었다.

"벌써 시간이 그리되었나? 시간 가는 줄을 모르는군."

금발의 어린 소녀의 얼굴이 눈앞에 스쳐 지나갔다. 친구의 마지막 부탁이었다. 데보라는 능력이 닿는 한 아델을 살펴보겠다고 결심했다. 친구처럼 따뜻한 애정으로 품을 자신은 없으나 최소한 그 아이가 원할 때 도움은 주고 싶었다.

아델을 친구의 손자에게 맡겨 둔 지 석 달이 훌쩍 지났다. 잘 지내고 있는지 한 번 찾아가 볼 때가 되었다.

"마탑으로 돌아가야겠네. 지팡이의 소유자가 누군지 알아봐야겠어."

"아, 지팡이는 제작할 때 주인을 식별하는 표식을 해 둔다지요."

"먼저 가 보겠네. 자네는 이곳의 이동 좌표를 만들어 주게."

"예. 대현자님."

한 번 가 봤던 곳의 좌표를 만들어 두면 언제든 순식간에 다녀올 수 있었다. 데보라는 나중에 다시 와서 천천히 조사할 생각이었다.

〈다음 권에 계속〉